Mongo Beti

Sonne Liebe Tod

Aus dem Französischen

Unionsverlag

Die Originalausgabe erschien 1999
unter dem Titel *Trop de soleil tue l'amour*
bei Editions Julliard, Paris.

Die Übersetzung aus dem Französischen wurde
unterstützt durch die Gesellschaft zur Förderung
der Literatur aus Afrika, Asien und Lateinamerika e.V.
in Zusammenarbeit mit der Schweizer Kulturstiftung
PRO HELVETIA.

Deutsche Erstausgabe

Auf Internet
Aktuelle Informationen
Dokumente, Materialien
www.unionsverlag.ch

Unionsverlag Taschenbuch 172

Rieterstrasse 18, CH-8059 Zürich
Telefon 0041-1 281 14 00, Fax 0041-1 281 14 40

Umschlaggestaltung: Heinz Unternährer, Zürich
Umschlagbild: Prisma/Nonstock
Druck und Bindung: Clausen & Bosse, Leck
ISBN 3-293-20172-5

Die äußersten Zahlen geben die aktuelle Auflage
und deren Erscheinungsjahr an:
1 2 3 4 5 - 04 03 02 01 00

1

Wie so oft war der Morgen eine Zeit köstlicher Harmonie gewesen, begleitet von zarten, vermeintlich zufälligen Berührungen und verstohlenen Neckereien, die sich hinter scheinbar belanglosen Scherzen verbargen.

Das Ganze hatte sich erst am späten Nachmittag zugespitzt. Elisabeth kam von den zahlreichen Erledigungen, mit denen die Zeitung sie geradezu rituell beauftragte, zurück und fand Zam, der gerade dabei war, ein Fax zu schreiben, ganz ohne Zweifel wieder einmal in jenem Zustand vor, den sie am wenigsten leiden konnte. In solchen Fällen igelte sie sich für gewöhnlich in Unnahbarkeit und Schweigen ein.

Wie soll ich die Sache bloß hinbiegen?, fragte sich Zam gerade, während er, sich der Gefahr nicht im Geringsten bewusst, sein Fax verfasste und dabei wie ein Landsknecht fluchte. Bébète hingegen dachte: Wie ein Säufer, ein alter Säufer.

Tatsächlich konnte Zam es sich nur noch mit Mühe verkneifen, sich der abscheulichen Ausdrucksweise seines Freundes Eddie zu bedienen. Dies war ohnehin gerade eines seiner nicht eben wenigen Probleme, weil es – von nahem betrachtet – doch recht erschreckend ist, wie ansteckend kleine Macken sein können.

So fragte er sich beispielsweise: Ja, wie soll ich das jetzt hinbiegen? Sicher, er ist ein Kumpel, kein Zweifel. Aber er muss sich ja nicht unbedingt fragen, ob ich noch ganz dicht bin, selbst wenn er im Recht wäre. Ausgerechnet er, wo er mich doch immer für einen ausgeglichenen, ernsthaften und verantwortungsvollen Mann und was sonst noch alles gehalten hat. Schließlich hat jeder ein Image zu verteidigen, oder etwa nicht?

Ist doch wahr! Dir knallen nicht gleich die Sicherungen durch, nur weil ein paar kleine Hühnerdiebe dich um circa hundert Jazz-CDs erleichtert haben. Aber verdammt noch mal, genau das ist mir gerade passiert!

Sicher, ich geb's ja zu, die Dinger waren die Crème, die absolute Spitze, der Gotha. Ungelogen!

Moment, wart mal kurz, lass mich nachdenken …

Da war zum Beispiel, nur so aufs Geratewohl und in lockerer Reihenfolge erwähnt, Charlie Christian in *From Swing to Bop* dabei – wenn du das Stück noch nie in deinem Leben gehört hast, mein liebes Väterchen, wie Eddie zu sagen pflegt, dann hast du eigentlich gar nicht gelebt. Oder auch Armstrong, in seinem genialsten *On the Sunny Side of the Street,* Illinois Jacquet mit seinem legendären Solo in *Flying Home,* der Duke in seinem historischen *I don't mean a Thing* mit Ivy Anderson, natürlich auch Parker, besonders in *Parker's Mood* und *A Night in Tunisia,* der Count mit mindestens drei verschiedenen *Tickle Toe* – es war so unglaublich spannend, die unterschiedlichen Fassungen miteinander zu vergleichen und so die Geschichte dieses Orchesters und sogar die Geschichte des Jazz zu entdecken; oder Buddy Tate in einem völlig verblüffenden *Mack the Knife;* die Four Brothers in *Early Autumn,* Johnny Guarnieri in Bestform mit *Autumn Leaves,* Lady Day in *Trav'lin' all alone* ihrer Debützeit, als sie noch eine richtige Göre war; Clifford Brown natürlich in *Jordu* zusammen mit Max Roach, Sonny Rollins mit *Saint Thomas* – das Ding ist vielleicht kein Jazz in Reinkultur, eher schon halb Calypso, halb Blues, aber ich war regelrecht versessen darauf. Fast hätte ich Ella vergessen, und das herrliche Scat in ihrem Schwindel erregenden *Take the A train.*

Selbstverständlich war auch Bessie Smith dabei, und John Coltrane, Stan Getz, Dizzy, Miles Davis, Charlie Mingus, Art Blakey mit seinen diversen und unvergesslichen *Messengers* … Wen vergesse ich da nicht alles! Im Licht der Erinnerung und des Vergnügens waren die Dinger Millionen wert. Vor allem Joe King Oliver in seinem *Dipper Mouth Blues,* eine Art musikalischer Urknall. Und sogar der Pres – was ja kaum der Rede wert ist. Den Pres muss man sich ungefähr so vorstellen, als wäre Picasso Jazzmusiker gewesen. Ziemlich schade, dass er's nicht war, aber was will man machen. Beim Jazz ist's wie sonst überall anders auch: Nichts ist perfekt.

All das habe ich verloren. Im Grunde ging damit meine Jugend flöten, mit einem Schlag, an einem einzigen Tag. Ich bin jetzt meiner Jugend beraubt, und das in meinem Alter! Und Sie wundern sich, dass mir die Sicherungen durchknallen?

Klar, nur würde hier kein Mensch ein Drama aus einem Einbruch machen, ob es dabei um Jazz geht oder nicht. In einem anderen Land will ich so was ja nicht ausschließen. Wäre das beispielsweise in Helvetien passiert oder in Liechtenstein oder in Island, nun ja, in einem jener von den Göttern gesegneten, womöglich nur imaginären Länder, wo das Volk seine politischen Führer frei bestimmt, während die Ordnungshüter den Bürger schützen, in eben solchen Ländern würde allein die Ungeheuerlichkeit dieser Tat sämtliche Nachbarn auf die Barrikaden rufen. Wir würden vor das Rathaus ziehen und dort protestieren, im Schulterschluss mit Menschenrechtsorganisationen und Verbraucherschutzverbänden würden Landespolizei und Gendarmerie wie die Schießhunde auf den Plan treten. Ich übertreibe kaum.

Bei uns aber, Pustekuchen! Hier wüten die Todesschwadronen notorisch ungestraft. Nach etlichen anderen Opfern, zu denen auch friedliche ausländische Geistliche gehörten, wird ein großer Wissenschaftler und womöglich zukünftiger Nobelpreisträger ermordet, ohne dass man davon groß Notiz nimmt. Also, was bedeuten da schon hundert Jazz-CDs …

Genau das sagte sich Zam, während er sein Fax verfasste. Und es ging noch weiter: Ich werde versuchen, ein bisschen Humor in das Ganze zu bringen. Wie willst du hier überleben, mein liebes Väterchen, wenn du nicht wenigstens ein bisschen Humor in die Alltagssoße bringst? Ja, wie soll ich die Sache bloß hinbiegen? Mal sehen.

»Hallo Alter, treibst du dich in diesen bewegten Zeiten ab und zu mal in der Musikabteilung irgendeines Supermarkts, Bereich Jazz-CD, herum, falls du verstehst, was ich meine? Ja? Wunderbar! Wenn du dich also das nächste Mal in diesen Gefilden wieder finden solltest, dann schau mal unter Lester Young/Teddy Wilson nach. Es gibt da nämlich eine CD, die mit *All of me* anfängt und drei Nummern weiter auch *Just you, just me* enthält. Leider habe ich das Label vergessen. Mit diesen Angaben dürftest du sie jedoch finden. Schick sie mir mit dem ersten Kumpel, der in Roissy ein Flugzeug besteigt, du wirst mir das Leben retten. Du weißt ja, wie süchtig ich bin, schon seit Wochen bin ich ohne meinen President auf Turkey. Ich fühle mich nicht wohl in meiner Haut. Es geht mir gar nicht gut, aber wirklich ganz und gar nicht. Ein paar kleine Ganoven haben meiner Bude in meiner Abwesenheit einen Besuch abgestattet. Totalentrümpelung. Vollkommen gefleddert, wie Chester Himes sagen würde, wäre er noch von dieser Welt. Es ist furchtbar: Du kannst dir gar nicht vorstellen, wie sehr ich, meines Dope beraubt, in diesem verfluchten Land leide …

Dies schrieb Zamakwé einem fernen Freund, um einen realen Katzenjammer so gut es eben ging zu kompensieren, aber sicher auch, um sich ein wenig von der Beklemmung abzulenken, die auf ihm wie auf so vielen anderen Einwohnern der Stadt seit einigen Wochen lastete.

Nachdem die Nachricht von Maurice Mzilikazis Tod wie eine Bombe eingeschlagen war und vor allem in Anbetracht der ungewöhnlichen Umstände, hatte Zamakwé genau wie manch anderer seiner Mitbürger sofort geglaubt, der große Wissenschaftler hätte Selbstmord begangen, derart absurd erschien die ganze Angelegenheit. Seither hatte er seine Überlegungen zu diesem schrecklichen Vorfall jedoch nicht weiter vertiefen können. Es kamen andauernd irgendwelche Dinge dazwischen, die ihn davon abhielten. Zumindest rechtfertigte er sich so.

Womöglich wich er diesem Problem aber auch nur unbewusst aus, und zwar aus reiner Schwäche. Es sei denn, ihm wäre der Wille zu methodischem Denken von jener Krankheit geraubt worden, welche die Dichter als die älteste der Welt bezeichnen – wobei das älteste Gewerbe wohl die Prostitution sein soll – und deren Anfälle ihn mittlerweile in immer kürzeren Abständen in Form wüster konvulsivischer Schimpfkanonaden heimsuchten, die ihn Tag für Tag ein wenig mehr der Wirklichkeit entfremdeten.

Die Wahrheit ist, dass die Selbstmordhypothese in diesem Fall schon auf den ersten Blick keinen Sinn ergab. Eigentlich war sie sogar ziemlich aberwitzig, aber sie gefiel und trieb, wie man so schön sagt, in den Köpfen mancher Leute ihre Blüten. Aus gutem Grund!

Zunächst einmal ergibt hier sowieso nichts irgendeinen Sinn. Kann man sich denn ein Land vorstellen, das ständig von sozialen, ethnischen und politischen Umwälzungen erschüttert wird und zu allem Überfluss noch unterentwickelt ist und dessen Staatschef sich sechs wunderbar lange Wochen Sommerfrische im Ausland gönnt?

Kann man sich denn allen Ernstes wirklich vorstellen, dass die Straßenbeleuchtung in manchen Vierteln dieser Stadt, immerhin unserer Hauptstadt, die nicht weniger als eine Million Einwohner beherbergt, tagsüber angeht, aber bei Einbruch der Nacht wieder erlischt? Und was lässt sich zum Ausfall der Wasserversorgung im vergangenen Monat noch sagen? Hundertprozentig und allumfassend: Nicht ein Tropfen der kostbaren Flüssigkeit gelangte zu den Neugeborenen in die Krankenhäuser oder anderswohin, nichts ging in die privaten Haushalte, in denen sich die menschlichen Ausscheidungen anhäuften und dreißig Tage lang in den Toilettenschüsseln der bürgerlichen Wohnhäuser vor sich hin blubberten und die Luft verpesteten, die unsere armen Kleinen einatmen. Von den Eltern erst gar nicht zu reden.

Für jemanden, der nicht von hier ist, erwecken wir den Anschein, irgendwie alle auf den Köpfen herumzulaufen: Wimmeln unsere Straßen denn nicht von Verrückten jeden Alters? Vielleicht erklärt das die herablassende Art der Ausländer uns gegenüber.

»Ja, ich weiß schon, wie du mir jetzt kommst, Alter«, fuhr Zam fort. »Nichts ist umsonst – ich soll dir verklickern, was sich hier so tut. Ihr Exilanten malt euch immer aus, in der Heimat wäre irgendwas los. Nun, von Pater Mzilikazis rätselhaftem Tod abgesehen ist hier nichts passiert. Okay, wenn das schon reicht und du mir dafür die CD vom Pres schickst, will ich gerne versuchen, deine Wahnvorstellung zu befriedigen. Sofern mich meine Erinnerung nicht täuscht, hast du letztens einen Monat in Libreville zugebracht, nicht wahr – anlässlich irgendeines von der Europäischen Gemeinschaft organisierten Wirtschaftskolloquiums oder so was in der Art? Nun, dann weißt du ja alles, und den Rest auch. Man braucht bloß ein paar Wochen in irgendeiner der frankophonen Republiken Afrikas gelebt zu haben, um die unglaubliche existenzielle Monotonie zu erfassen, die diesen Ländern eigen ist. Hier, wie dort sicherlich auch, herrscht eine unwirkliche Atmosphäre, in der einen das Gefühl beschleicht, dass sich mit Ausnahme von Unglück und Leid schlichtweg alles woanders, mehrere Lichtjahre weit weg, abspielt. Banale Manifestationen einfachsten Lebens inbegriffen, wie etwa Neuerscheinungen von Büchern, Erstaufführungen neuer Filme, denkwürdige politische Umschwünge in Form von Gemeinde-, Parlaments- und Präsidentenwahlen oder der ersten Parlamentssitzung nach den Ferien. Als würde alles durch Milliarden von Federbetten erstickt, die überall herumliegen, in den Häusern, auf den Straßen, in öffentlichen Gebäuden. Die Zeitungen der zivilisierten Welt, die einzigen kleinen Fluchten aus der schleichenden Verzweiflung, treffen mit einer Woche Verspätung hier ein. Das staatliche Fernsehen verdient nicht einmal seinen Namen. Außerdem weint der Himmel die ganze Zeit, besonders im Juni, und bedenkt die Bewohner dieses Paradieses mit einer Art Nieselregen, einem müde plätschernden, zähen schleimigen Etwas, das an Auswurf erinnert und sich nur schlecht und recht in Platzregen verwandelt, falls es ihm überhaupt gelingt.

So, Alter, jetzt weißt du, in wenigen Sätzen zusammengefasst, was wir hier durchmachen. Und glaub mir, es ist wirklich nicht lustig … Füg dem Ganzen noch den Mord an Pater Mzilikazi hinzu … was für ein düsteres Bild, nicht wahr?«

Dieser Mord hatte sich übrigens just im Juni unter einem stürmischen, von ungestümen Wolken verhangenen Himmel ereignet, während der großen, manchmal sogar sengenden Hitze.

»Sag mal, was hältst du eigentlich von dieser Sache?«, fragte Zamakwé scheinbar in die Kulissen, wobei er natürlich an Pater Mzilikazi dachte.

»Welche Sache?«, fragte Elisabeth (auch Bébète genannt) mit abwesender Miene zurück, so ganz Frau, der Politik völlig einerlei war, sofern diese sie nicht einfach bloß nervte.

Ihre letzte Versöhnung hatte gerade erst am Vortag stattgefunden und schien wie jedes Mal das Morgenrot einer wunderbaren Idylle anzukündigen.

Der Kassettenrecorder unterm Tisch, zwischen seinen Füßen, hatte bis dahin bloß belangloses Zeug, zumeist westliche Unterhaltungsmusik, gedudelt. Plötzlich ertönte ein Thema, das zu Zams Fetisch-Stücken gehörte, nämlich *Dipper Mouth Blues* von Joe King Oliver, das sich durch welches Wunder auch immer auf das Band verirrt hatte wie ein Diamant zwischen die Spritzen und Präservative im Mülleimer irgendeines heißen Viertels. Das glaubte er zumindest, weil er im Grunde seines Herzens eigentlich ein kleiner Poet war, wenn auch wider Willen. In Wahrheit hatte sein bester Freund Eddie, ein Abenteurer und Sammler zugleich, der sich Rechtsanwalt schalt und zudem ein diskreter und hilfsbereiter Mensch war, ihm eine alte 33er überspielt, um ihn über den Verlust seiner CDs hinwegzutrösten.

»Das ist doch nicht möglich!«, rief Zamakwé mehrere Male aus, während er von lustvollen Schauern geschüttelt wurde. »Ist da tatsächlich *Dipper Mouth Blues* drauf? Und von wem? Vom alten Joe King Oliver. Hör dir das an, meine geliebte Bébète, hör zu, ich bitte dich. Ein his-to-ri-sches Stück! Hier wurde gewissermaßen zum ersten Mal echter Jazz gespielt! Hörst du das?«

»Was soll ich mir anhören?«, blaffte Bébète zurück, zunehmend in Rage. »Da gibt's nichts zu hören, ich mag das nicht. Und außerdem stinkst du nach Alkohol.«

Zamakwé, den seine Freunde auch Zam nannten, brach in Gelächter aus, das wie ein Verzweiflungsschrei klang: »Entweder gibt's nichts zu hören, oder du magst es nicht; aber beides zusammen geht nicht.«

»Ich versteh gar nichts«, maulte die junge Frau in ihrer Muttersprache. »Ich bin schließlich keine Intellektuelle.«

»Da liegst du aber falsch! Ob Intellektuelle oder nicht, jedenfalls hast du Verwandte jenseits des Großen Teichs, wundervolle Leute. Während sie auf Gedeih und Verderb der Hölle der Baumwollfelder ausgeliefert waren, haben die Sklaven diese Musik da erfunden, die schönste auf der Welt. Begreifst du das, Bébète?«

»Yë mabissi!«*

»Na gut, dann mach dich wenigstens nützlich und bring dieses Fax ins Büro vom Patron.«

Zamakwé setzte sogleich zu einem Selbstgespräch an, dem sich in diesem Moment – an einem Tag des Jahres 1996, zwei Jahre nach dem rwandischen Genozid also – sicher noch eine ganze Reihe afrikanischer Intellektueller hingaben, die von Heldenepen und endgültiger Emanzipation träumten. Und dieses Selbstgespräch begann so: Wenn unsere Leute das in Amerika geschafft haben, spricht doch überhaupt nichts dagegen, dass wir hier nicht auch so was zu Stande bringen. Vielleicht können wir es sogar noch besser … wenn auch in anderen Bereichen. Stell dir nur mal vor, wie die angefangen haben, und sieh dir an, wie weit sie gekommen sind! Welch ein wunderbares und tragisches Abenteuer!

Und als das Band zu Ende war und Elisabeth wieder zurückkam, schloss er sie in die Arme, um ihre Stirn mit Küssen zu bedecken. »Endlich mal eine nette Überraschung, trotz allem.«

Sie machte sich steif, blieb abweisend, beinahe eisig, als glaubte sie sich seit kurzem mit gleichsam wundersamen Argumenten versehen und könne sich nur mühsam zurückhalten, eine alte Rechnung

---

* Interessiert mich nicht die Bohne!

zu begleichen, obwohl sie endlich über die Möglichkeiten verfügte, ihren Gegner in einer entscheidenden Auseinandersetzung zu vernichten. Zwischen ihnen waren Zärtlichkeiten schon immer auf Schläge gefolgt, und Schläge auf Zärtlichkeiten.

»Ich wette, du bist betrunken. Wenn du einfach so, ohne jeden Grund, große Worte gebrauchst, dann heißt das, dass du mehr als genug getrunken hast.«

»Mehr Eindruck macht es nicht auf dich, dass ich dich verliebt küsse, um *Deeper Mouth Blues* zu feiern? Und obendrein wagst du noch zu behaupten, ich hätte keinen Grund dazu? Wir zwei werden wohl nie auf der gleichen Wellenlänge liegen! Sag, macht dir mein Kuss wirklich nicht mehr Eindruck?«

»Was soll er mir schon machen? Stimmt es etwa nicht, dass du schon ziemlich viel getrunken hast? Und warum trinkst du eigentlich andauernd? Sag, warum?«

»Weil es zum Trinken immer einen Grund gibt, mein Kind. Und hier, bei uns, meine liebe Bébète, hier gibt es sogar tausend Gründe. O ihr Glückseligen, die ihr nie das Bedürfnis zu trinken verspürt, denn als wahre Unschuldige werdet ihr geradewegs ins Paradies gelangen, und ihr werdet zusammen mit den Anachoreten und den Seraphim zur Rechten des Vaters sitzen, so sagte einst …«

»Was gibst du da nur für einen Unsinn von dir? Du bist eben doch völlig betrunken!«

»Willst du meine Meinung hören, Bébète? Der Himmel, die Rechte des Vaters und der ganze Kram scheint nicht allzu spaßig zu sein. Die ewige Kontemplation der Vollkommenheit mag ja gut und schön sein, aber so ganz ohne einen Tropfen Alkohol … nein danke, ohne mich; da werfe ich lieber gleich das Handtuch.«

Sie hörte nicht mehr zu und kehrte ihm demonstrativ den Rücken.

Nach einigem Bitten und Betteln ließ sie sich unwillig breitschlagen, ihn ins Restaurant zu begleiten, um »das Ganze zu feiern«, wie er sagte, verkniff sich aber wider Erwarten jede Bemerkung, als er zum Aperitif nacheinander zwei J&B bestellte:

»Dieser Whisky ist abscheulich«, verkündete er wie üblich. »Er macht mich krank.«

Er rechnete damit, dass sie ihm wie gewöhnlich entgegenhielt: »Warum trinkst du ihn dann?«

Und wie gewöhnlich hätte er ihr dann geantwortet: »Weil er der billigste ist.«

Doch sie blieb einfach stumm, stopfte ihr Essen in sich hinein und schaute woanders hin.

Da sie sich an einen Tisch in einer ruhigen Ecke gehockt hatten und somit keine Gefahr bestand, von fremden Ohren belauscht zu werden, sagte er zu ihr: »Liebling, gestern Abend bin ich sehr gemein zu dir gewesen, das stimmt; aber ich liebe dich so sehr, und wenn ich gemein bin, dann will ich dir damit nur zeigen, wie sehr ich dich liebe.«

»So, so! Dann nennst du mich also nur deshalb ›dreckige Nutte‹, weil du mich liebst?«, brach sie, mit einem Mal hellauf empört, ihr verächtliches Schweigen. »Liebst du jetzt etwa Nutten? Das ist mir aber neu. Da hast du gestern Abend noch was ganz anderes gesagt. Aber das hast du natürlich schon wieder vergessen. ›Nutten sind mir zutiefst zuwider. Wenn ich gewusst hätte, dass du eine Nutte bist … Wenn ich bedenke, wie viele Typen schon über dich gestiegen sind …‹, hast du mir an den Kopf geworfen. Und jetzt hast du natürlich alles schon wieder vergessen, wie jedes Mal, wenn du getrunken hast.«

»Du hast doch überhaupt nichts von einer Nutte an dir, das war nicht so gemeint. Und ich, bin ich etwa ein altes Arschloch? Wie oft hast du mich schon als altes Arschloch beschimpft.«

Zu Zamakwés großer Verblüffung, der ihren letzten Streit bereits begraben geglaubt hatte, erwiderte sie kalt, jedes Wort, sogar jede Silbe mit Nachdruck betonend: »Ja, du bist ein altes Arschloch und ein dreckiger Säufer; ich bedaure, aber du bist einfach ein Säuferarschloch. Schau dich doch nur mal im Spiegel an, du siehst so alt aus, dass man's kaum für möglich hält. Und du lässt das Trinken nicht, obwohl ich dir schon mehrfach gesagt habe, du sollst damit aufhören. Ich bin es leid, verstehst du? Und müde, ja müde. Der kleinste Anflug von Freude, den nicht du verursacht hast, ja sogar ein einfaches Lachen reicht aus, und schon kommst du mit den furchtbarsten Eifersuchtsszenen und Beschimpfungen, die einen in den Selbstmord treiben können. Ich bin müde, einfach nur müde. Und will bloß ein bisschen Ruhe, mehr verlange ich gar nicht von dir.«

Vielleicht schlug sie sich ja ebenfalls mit Trennungsgelüsten herum …

»Was treibst du dann noch hier?«, spie Zamakwé nun vollends in Fahrt geraten und öffnete sämtliche Schleusen: »Ja, lass uns endlich Schluss machen. Warum bist du überhaupt zurückgekommen? Hab ich dich etwa zurückgeholt? Sag, war ich es, der dich diesmal gerufen hat? Warum bist du dann überhaupt noch hier, dreckige kleine Nutte? Bumst du etwa nicht für Kohle? Wenn das nicht typisch für Nutten ist, was dann, he, sag du's mir! Gestern Abend bist du ich weiß nicht wie in meine Bude gekommen. Du bist ungebeten in meine Kiste gekrochen – und das aus gutem Grund!«

»Tatsächlich? Du vertrottelst wirklich vor deiner Zeit, Monsieur. Ich wusste ja, dass mit dir nicht mehr viel los ist, aber das ist nun die Krönung … Bei dir geht alles zum Teufel, Monsieur, sogar das Gedächtnis. Ich soll ungebeten in dein Bett gekrochen sein, altes Arschloch? Tatsächlich?«

»Sicher, und warum sitzt du mir heute so auf der Pelle, du dreckiges Miststück? Du brauchst doch Geld, oder? Du willst, dass ich dir meinen Schotter gebe, he, verdammte Schlampe? Ich bin vielleicht alt, aber meine Kohle ist jung genug und interessiert dich, he, blöde Tucke?«

Sie hatte zu Ende gegessen, sie sagte nichts, starrte nur woanders hin. Vermutlich wartete sie, dass er ihr als Abschluss seiner klassischen Schimpfkanonaden so wie immer befehlen würde: »Mach dich vom Acker, du fette Trutsch, ich will dich nicht mehr sehen, du verdammte Schlampe. Los, hau ab, verzieh dich! Ich brauch Luft! Nutten stinken!« Dann wäre sie sicher gewesen, dass er sie wirklich davonjagte, könnte endlich gehen … Doch er tat nichts dergleichen. Ganz im Gegenteil, zum ersten Mal, seit sie zusammen waren, sagte er mit unvermutet sanfter Stimme und ohne sie anzusehen: »Weißt du was? Es gibt Tage, an denen ich mich frage: Warum ausgerechnet sie? Ja, warum die da, und nicht irgendeine andere? Dann schaue ich dich an, betrachte jede Einzelheit – deinen Mund, deine Beine, deine Art zu gehen …«

Sie unterbrach ihn unvermittelt mit ihrem schallenden Gelächter und erwiderte auf Französisch: »Und die Gründe des Herzens? Die der Verstand nicht kennt?«

Sie lachte lange, ein Lachen voll ruhiger Sinnlichkeit, stoßweise und leise wie verhohlenes Schluchzen. Allem Anschein nach hatte sie ihm gerade alles verziehen wegen des zugegeben wunderbarsten Kompliments, das ein Mann einer Frau je gemacht hatte, es sei denn, sie hätte andere Gründe gehabt, mitten auf freiem Feld die Waffen zu strecken.

Nichtsdestotrotz dachte er: Wie vulgär sie doch ist, eine richtige Nutte! Und wie sehr ich sie doch liebe! Ich bin wohl selbst ziemlich vulgär, denn wie konnte ich nur in die Fänge einer Nutte geraten? Stimmt doch, noch vulgärer als ich … Warum soll ich mir etwas vormachen? Ich bin eben sehr vulgär, man kann sich halt nicht umkrempeln.

Mehr bedurfte es nicht an diesem Tag, um ihre millionste Versöhnung zu besiegeln. Dennoch rebellierte er insgeheim bei der Vorstellung, dass diese absurde Liaison, wie immer sie auch ausgehen mochte, das Wenige, was ihm von seiner Existenz noch geblieben war, zu zerstören drohte. Doch war das Wenige überhaupt der Rede wert?

Am nächsten Morgen litt er Höllenqualen. Das Gemisch aus schlechtem Whisky, Côtes-de-Provence und dunklem Bier, das er sich am Abend zuvor im Restaurant reichlich einverleibt hatte, musste in seinem Magen eine Art übel riechenden und giftigen Cocktail zusammengebraut haben, dessen Pesthauch ihm in die Nase stieg und immer wieder aufstieß. Er wusste, diese Pein würde nachlassen, sobald er Stuhl lassen könnte, und daher lauerte er vergebens auf die ersten Anzeichen dieser Erleichterung, wobei er sich wie jedes Mal schwor, den neuen Tag in völliger Abstinenz zu verbringen.

Dort, wo man den Vorhang auf die Seite gezogen hatte, drang hartes Tageslicht herein. Elisabeth hatte drei Viertel des Bettes in Beschlag genommen und sich bequem breit gemacht: Die Arme hatte sie gekreuzt, die riesigen Brüste zerdrückten das Laken, die Beine lagen gespreizt da, der Hintern war in die Luft gestreckt, und sie atmete geräuschvoll.

Der Anblick dieser überzeichneten Karikatur praller Weiblichkeit erschreckte und überwältigte ihn zugleich. Was war nur mit ihm passiert, fragte er sich, dass er seit Monaten das Bett mit einer solchen Kreatur teilte?

Er sagte sich: Was kann ein hübsches Mädchen hier schon tun, um zu überleben, außer sich ab und an zu prostituieren. Alle Frauen hier sind so weit gekommen. Arme Göre! Doch es brauchte schon mehr, um seine Gewissensbisse und seinen Ekel zu besänftigen.

In Wahrheit wusste er nichts über Bébètes Vorleben, mit Ausnahme dessen, was als Bröckchen, recht zufälligen und nebulösen nebenbei bemerkt, aus den Gesprächen der jungen Frau herauszuhören war, wobei man sich tatsächlich dem Gefühl hingeben konnte, man würde, indem man ihr nur geduldig zuhörte, Tag um Tag ein wenig mehr herausfinden. Zu Beginn ihrer Beziehung, als Bébète sich noch zu Vertraulichkeiten hinreißen ließ, wie sie es einer Freundin gegenüber getan hätte, hatte er sie in einem von Hölzchen auf Stöckchen kommendem Gespräch sagen hören: »Oh, mir sind die Männer zuwider, die meine Scham berühren …« Damals war er bei dem bloßen Gedanken, er könne sich in einen lockeren Vogel verguckt haben, in Panik geraten. Denn dann hätte er sich, seinen persönlichen Moralbegriffen folgend, von ihr trennen müssen. Daher hütete er sich wohlweislich, sie zu fragen, unter welchen Umständen es denn zu den von ihr erwähnten Handlungen hatte kommen können.

Ein andermal hatte sie zu ihm gesagt: »Ich fühle mich so wohl, wenn ich neben dir liege, da bin ich wenigstens sicher, dass du morgen früh noch da sein wirst …« Diesmal aber hatte er es genauer wissen wollen, worauf sie ihm scherzhaft geantwortet hatte: »War ich denn noch Jungfrau, als wir uns kennen gelernt haben?« Das Geständnis war zweideutig, und Zam gab sich damit zufrieden oder tat zumindest so. Doch bereits von da an war der Wurm drin gewesen, wie der Volksmund sagt. Schon bald darauf enthielt sie sich derartig vertraulicher Bekenntnisse und zog sich in ihr Schneckenhaus zurück, da sie sich mit einem Mal bewusst geworden war, dass ihre Offenheit sie der Missbilligung und Verachtung preisgab.

In seinem krampfhaften Bemühen, sie irgendwie einzuordnen, stützte sich Zam vor allem auf den Anfang ihrer Beziehung. Wie leicht hatte er sie angebaggert, quasi im Handumdrehen, so pflegte er zu sagen. Manchmal überkamen ihn sogar Zweifel, wer von ihnen denn nun die Galanterien eröffnet hatte, und er versuchte vergeblich, sich ins Gedächtnis zurückzurufen, wie sie ihm eigentlich aufgefallen und ob nicht vielmehr sie es gewesen war, die zuerst ein Auge auf diesen Bourgeois geworfen hatte, der unter Umständen vermögend schien – diese Fehleinschätzung traf ihn häufig und erklärte sich aus seinem sporadischen Dandytum –, oder vielleicht hatte PTC, sein Chef, ihm an diesem Tag seinen alten Suzuki Vitara geliehen? Hat sie ihn womöglich deshalb auf irgendeine Weise angemacht? Wie dem auch sei, kaum hatte er ihr einen Wink gegeben, war sie ihm auch schon in ein Restaurant gefolgt. Dort hatte sie es sich ohne jede Hemmung wohl sein lassen, als wäre ihr diese Situation bestens vertraut.

Eigenartig und womöglich recht aufschlussreich in Sachen Liebe auf den ersten Blick war sicher folgender Umstand: Nachdem er im

Hotel festgestellt hatte, dass sie mit einer Schülerin wahrlich nichts gemein hatte, war sein erster Gedanke nicht etwa: »Verflixte kleine Nutte!« gewesen, wie es bei jedem anderen jungen Mädchen, das beinahe noch eine Jugendliche war, der Fall gewesen wäre, sondern: »Sollte es auf der Welt noch so eine hübsche Göre geben! Eine schönere als die da …«

Später hatte sie mehrfach behauptet, er habe ihr in jener Nacht das erstaunliche Geständnis gemacht: »Ich habe so lange nach dir gesucht …« Und da sie dies nicht verstanden hatte – konnte sie es denn verstehen? –, soll er sich folgendermaßen berichtigt haben: »Ich suche dich unablässig seit Mamas Tod …« Zam bezweifelte, dass er solche Äußerungen hatte von sich geben können – nicht unbedingt, weil sie ihm wie aus dem Lehrbuch und geschmacklos vorkamen, sondern weil ihm so viel Mystizismus unvereinbar schien mit einem ungläubigen Menschen, für den er sich ja hielt, als ob Mystizismus nicht die am weitesten verbreitete Sache der Welt wäre, selbst bei Ungläubigen.

Dies war der erste, zwar rasch vergessene, doch niemals ausgemerzte Riss in ihrer Harmonie: Von da an war sie der festen Überzeugung, dass er von Gedächtnisverlust befallen wurde, sobald er getrunken hatte, und fand hierin einen willkommenen Anlass, ihm ständig Moralpredigten zu halten.

Wie auch immer, jedenfalls wurde diese erste Nacht zum Anbeginn dessen, was Aufstieg ins Paradies und Höllenfahrt in einem werden sollte, für ihn wie für sie.

Mit drei Fingern streifte er fast unmerklich Elisabeths reglosen Arm; die pechschwarze Haut, die noch dunkler war als eine Nacht in den Tropen, besaß eine körnige Struktur und eine Elastizität, eine solch magische Anziehungskraft, dass er sie einfach streicheln musste. Zam schien es so, als entdeckte er zum ersten Mal die ganze Vielfalt ihrer Reize. Da war zunächst, unter dem hoch frisierten Haar, der Nacken und seine sanfte, beinahe kindliche Wölbung, dann der grazile Hals, der kein Millimeter zu lang oder kurz war.

Die vortretenden Wangenknochen und die leicht schlitzförmigen Augen verwunderten etwas und erinnerten an asiatische Züge. Die gewölbte Stirn, der schmale Oberkörper, die schweren Brüste, umrahmt von den langen zartgliedrigen Armen, vollendeten Zams Verzauberung. Aus diesem Bann würde er sich nicht so bald lösen können, falls es überhaupt jemals dazu käme.

Er betrachtete sie, ohne auch nur ahnen zu können, dass er schon bald bedauern sollte, diese Augenblicke durch irgendwelche fremden Vorurteile verpfuscht zu haben, und dass er sich an sie erinnern würde wie an Momente seltenen Glücks, die ihm das Schicksal beschert hätte. Was konnte eine träumerische Seele in diesem verfluchten Land schon trösten als die Betrachtung eines schönen Gesichts? Vielleicht steckte hinter Maurice Mzilikazis tragischem Tod ja eine Frau. Warum eigentlich nicht, alles in allem?

Ja, Mzilikazi war nicht unbedingt das, was man einen Dissidenten nennt, und noch weniger ein Oppositioneller. Es war sogar schon vorgekommen, dass er für die Diktatur Partei ergriffen hatte, wenn auch sehr diskret, im Mantel einer gewissen Eleganz und unter dem Vorwand, die Unruhestifter der Opposition an den Pranger zu stellen, wie es sich für einen respektablen Kirchenmann ja auch ziemt. Mzilikazi führte ein behagliches Leben, so wurde gemunkelt, da er wie fast alle Notabeln des Landes Gefälligkeitsbankdarlehen erhalten hatte, was nie ohne – zumindest heimliche – Protektion des Regimes vonstatten ging. Und nach dem Beispiel vieler anderer hatte auch er diese Gelder nicht zurückgezahlt, wobei man wissen muss, dass die Staatsmacht diese Praxis ausnutzt, um so ziemlich jeden, der zu unserer Intelligenzija zählt, an der Leine zu halten und mundtot zu machen.

Der Clou ist jedoch, dass Mzilikazi katholischer Priester war, und bei dieser Sorte von Leuten kommt Selbstmord angeblich nicht infrage, so heißt es zumindest. Aber was wissen wir schon von solchen Dingen? Heißt es denn nicht auch, unsere Priester wären Liebesspielchen nicht abgeneigt? Was soll man da glauben und was nicht? Ja, vielleicht steckt hinter all dem irgendeine Weibergeschichte, warum nicht?

Im Leben eines Mannes muss es immer eine Weibergeschichte geben, und erst recht bei seinem Tod, dachte Zam, davon kann ich Liedchen singen. »Cherchez la femme«, so sagen in Kriminalromanen die Profis der Verbrechensaufklärung doch, oder?

2

Die Selbstmordthese zog nicht lange, so romantisch und willkommen sie all jenen auch erscheinen mochte, die von der Diktatur genug hatten und den mutmaßlichen Freitod des Paters als Vorboten ihres ersehnten Niedergangs interpretierten: Sie sprach der Wirklichkeit schlichtweg Hohn. Als die Polizei mehrere Tage nach dem Vorfall endlich geruhte, den Schleier zu lüften, stellte sich heraus, dass Maurice Mzilikazi tatsächlich ermordet worden war, und die ganze Stadt war vor Bestürzung wie gelähmt.

Doch erst viel später wurde bekannt gegeben, das Verbrechen sei wie ein Ritualmord ausgeführt worden: Schaurige Handlungen hätten ihn begleitet, die ganz offensichtlich als makabre, rätselhafte und provokative Botschaften verstanden werden sollten und von der Polizei nur in homöopathischen Dosen preisgegeben wurden. Der Körper des offenbar erdrosselten Priesters war, so erfuhr man, völlig nackt aufgefunden worden. Überdies wies der Tote eindeutige Spuren von Schlägen auf, als habe man ihn zuvor gefoltert. Seine Mörder hatten ihm außerdem Exkremente in den Mund gestopft und eigenartigerweise eine beachtliche Menge Bargeld in großen Scheinen, die deutlich sichtbar auf einem Tisch herumlag, verschmäht. »Was hat all das wohl zu bedeuten?«, fragte sich jedermann voller Entsetzen.

Eine noch grausigere Information, sofern diese Steigerung überhaupt noch möglich war, sollte etliche Zeit später das Bild vervollständigen: Während der wenige Stunden dauernden Aufbahrung im Leichenschauhaus hatte irgendeine kühne und flinke Hand dem toten Gelehrten das Gehirn entnommen.

Zum Glück konnte Zam schon seit langem nichts mehr so leicht aus der Fassung bringen, erst recht nicht an jenem Abend. Was sicherlich auf seinen Alkoholkonsum zurückzuführen war. Der mit harten Drinks und diversen Weinen begossene Abend war ziemlich spät eingeläutet worden, wobei der Journalist den sengend heißen

Nachmittag bereits in Unmengen von Bier ertränkt hatte. Er schwamm in einer durch Gefühllosigkeit noch lähmender gewordenen Euphorie, dem Zustand eines Kranken ähnlich, der unter Lokalanästhesie operiert worden war.

Kaum dass er aus dieser Betäubung auftauchte, als ein hoch gewachsener Mann, den er nicht kannte, sich zu ihm herunterbeugte und ihm ins Ohr flüsterte: »Man hat gerade einen Toten in Ihrer Wohnung gefunden.«

Nach kurzem Schweigen, als hätte er einen Augenblick gezögert, fügte der Unbekannte noch besonders witzig hinzu: »Immerhin brennt's ja nicht. Gehen Sie also nur in Begleitung Ihrer Freunde hin.«

Zam drehte sich nach dem Mann um, sah aber nur noch dessen breite Schultern, da der Unbekannte nach Überbringung seiner unglaublichen Botschaft auf dem Absatz kehrtgemacht hatte und in der Menge untergetaucht war.

Im ersten Moment hielt Zam das Ganze für einen jener Wachalpträume, die ihn häufig heimsuchten, wenn er einen gewissen Pegel erreicht hatte, zumal er sich den Tod, in seiner ganz persönlichen Allegorie, gemeinhin als hoch gewachsenen Unbekannten vorstellte, der sich zu ihm herunterbeugen und ihm ins Ohr flüstern würde: »Deine Stunde hat geschlagen. Komm mit!«

Selbstverständlich wusste Zam sich an vorderster Front als Zielscheibe, seit er begonnen hatte, den Landraub zu denunzieren, den heimische Dorfgemeinschaften zum alleinigen Profit hochrangiger Mitglieder des Regimes oder ausländischer Holzwirtschaftsfirmen, über die die Regierung bei angemessener Vergütung ihre schützende Hand hielt, erleiden mussten. Mehrmals schon hatte man ihm mit boshafter Freude klargemacht, in welch exponierter Lage er sich befand, vor allem bei jener denkwürdigen Soiree, mit der sie Patrice Azombos Rückkehr aus dem Exil – wahrscheinlich der zehntausendste verlorene Sohn, der in den letzten vier Jahren in sein Vaterland heimgekehrt war – mit viel Tamtam gefeiert hatten. Jedenfalls schien von diesem Abend an das Unheil seinen Lauf genommen zu haben.

Gleichwohl geriet Zam nie in Panik, wie er es eigentlich von sich als einem verzagten Luftikus erwartet hätte. Ich habe keine Angst, und das ist eigentlich überhaupt nicht normal, wunderte er sich.

Allenfalls überrascht fragte Zam sich einen Moment lang, wie er sich verhalten sollte. Unter großen Mühen bahnte er sich eine Gasse durch die beschwipsten Gäste und erkannte im Vorübergehen die Berühmtheiten und Hanswürste dieser Kreise, bei deren Anblick sich paradoxerweise keinerlei Enthusiasmus in ihm regte.

Der Dienst habende Hanswurst des Abends las weder wie üblich Gedichte mit holprigen Versen vor, noch gab er armselige Kalauer zum Besten oder bot sich mit grotesker Pantomime zur Schau. Nein, er machte rundweg in Provokation.

»Ist euch eigentlich aufgefallen«, sagte der Hanswurst, »dass der Tod wie durch einen Fluch unsere Alten in einem Ausmaß dahinrafft, das die durchschnittliche Sterblichkeit der Bevölkerung bei weitem übersteigt? Soll ich euch des Rätsels Lösung verraten?«

»Selber Rätsel, du Hornochse!«, warf ihm ein gerade vorbeikommender Citoyen an den Kopf. »Schließlich haben wir es Leuten wie dir und euren Dummheiten zu verdanken, dass es so weit mit uns gekommen ist.«

»So sind meine afrikanischen Brüder eben«, erwiderte der Hanswurst. »Zurückgeblieben, intolerant und was sonst noch alles. Wie dem auch sei, ihr Hinterwäldler und Bauerntrampel, die Exilanten sind wieder zurück. Und nichts wird jemals wieder so sein wie früher. Wahrlich, wahrlich, ich sage euch: Eine neue Ära nimmt ihren Anfang. Ja, sie sind zurück, und euch werten Bauerndeppen bleibt nichts anderes übrig, als euch wohl zu verhalten, denn von jetzt an werden sie die Dinge in die Hand nehmen: Eure Politiker haben doch wirklich zur Genüge im Mist ihrer Unfähigkeit herumgefuhrwerkt und uns dadurch tief genug in die Scheiße geritten! Nun stehen endlich Männer voller Erfahrung bereit, die im Ausland gelebt haben und dort sehen konnten, was Politik machen tatsächlich heißt. Und da sich die Intelligenz endlich einmischt, werdet ihr schon sehen, was ihr zu sehen bekommt. Wann werdet ihr nur begreifen, wie Sokrates bereits im Kindesalter sagte … nein, da haben wir's, jetzt rede ich tatsächlich schon dummes Zeug, Sokrates ist niemals Kind gewesen, oder aber man hat es uns trefflichst verheimlicht – wie Sokrates also sagte, nachdem er kaum eine Stunde zuvor den Schierlingsbecher getrunken und nur noch wenige Minuten zu leben hatte: Die Kunst ist gleichbedeutend mit Nonkonformismus, das heißt mit Neuerung, Erfindungsgeist und sogar mit Provokation? Der große Sokrates selbst hat das gesagt, meine Kinder – und zwar, als er nur noch wenige Minuten zu leben hatte. Das haut euch um, was, ihr Herren Bauerntölpel? Nun denn, meine Brüder, lauscht diesem Rätsel: Der Tod rafft vor allem Greise dahin, und wisst ihr auch, warum? Ich weiß es jedenfalls, aber ich verrate es euch nicht, hi, hi, hi …«

Zam gelang es endlich, sich seinem Patron zu nähern, einem korpulenten Mann mit einem unverwüstlichen Grinsen im ewig schweißbedeckten Gesicht, das er sich ständig abtupfte. Er redete auf einen jungen Weißen ein, den Zam gut kannte, und hatte sich in eine seiner Tiraden gestürzt, mit denen er stets Eindruck schindete: »Wir mögen die Franzosen hier nicht sonderlich«, verkündete der Patron. »Diese Leute haben nie vergessen, dass sie unsere Herren waren. Sehen Sie sich nur an, was in Ruanda passiert ist. Die sind zu allem fähig, um ihre Macht hier zu erhalten. Hören Sie mir mal genau zu: Weshalb muss ich mich an einen hier ansässigen französischen Vertragshändler wenden, wenn ich ein japanisches Auto kaufen will? Warum kann ich das nicht bei einem Landsmann tun? Bei einem einheimischen Vertragshändler? Warum sind wir eigentlich unabhängig, wenn nicht einmal einer unserer eigenen Leute Vertragshändler für japanische Wagen sein kann? Wo sonst gibt es so was denn noch? Können Sie mir das vielleicht erklären? Wolle Gott, dass Kabila eines Tages in Kinshasa einmarschiert, wie er es unlängst versprochen hat. An diesem Tag werde ich meiner gesamten Redaktion eine Runde Champagner spendieren! Wir wollen die Franzosen hier nicht mehr, auf gar keinen Fall. Aber ist das eigentlich deren Problem? Zuerst sind sie uns mit ihrem verfluchten CFA-Franc gekommen, einer echten Plage. Und jetzt gehen sie uns auch noch mit ihrer Frankophonie auf den Wecker. Die Länder Lateinamerikas sind doch Ihre ehemaligen Kolonien, nicht wahr? Predigen Sie denen da drüben auch die Hispanophonie, wie es die Franzosen mit ihrer Frankophonie hier tun? Ich habe einen Freund, der in solchen Fragen äußerst beschlagen ist. Oh, da steht er ja gerade. Guten Abend, Zam. Wie geht es dir, großer Mann? Hast nicht du mir erzählt, dass es in Südamerika, genauer gesagt in Kolumbien, eine Stadt namens Cartagena gibt, in der hunderttausende hispanophoner Schwarzer leben, doch kein einziger dieser Schwarzen wäre ohne weiteres im Stande, dir auf einer Karte Madrid zu zeigen? Das hast du mir doch erzählt …«

»Aber sicher, PTC«, sagte Zam. »Das hab ich, und das ist absolut wahr, aber frag doch lieber den Herrn Kulturattaché.«

Daraufhin kam es plötzlich zu einem Geschiebe und Gedränge, das die Gruppen auseinander riss, sodass Zam seinen Chef endlich beiseite ziehen konnte, um ihm anzuvertrauen: »Hör mal, das Ganze ist vielleicht nur ein dummer Streich, aber da hat mir gerade eben ein Typ geflüstert, dass in meiner Wohnung eine Leiche herumliegen soll. Ich kannte diesen Kerl nicht, hab ihn noch nie gesehen, und außerdem hat er sich sofort in der Menge verdrückt. ›Gehen Sie nur in Begleitung von Freunden hin‹, hat er mir außerdem empfohlen.«

»Ja was hat das denn zu bedeuten?«, fragte PTC. »Eine richtige Leiche?«

»Woher soll ich das wissen?«

»Und was machen wir jetzt?«

»Ja nun! Wir gehen hin, was für eine Frage!«

PTC war natürlich kein richtiger Name, sondern die witzige Abkürzung der Aufschrift Poids Total en Charge, die auf jeder x-beliebigen Nutzfahrzeugtür zu finden ist und sich hinter seinem Rücken bisweilen in Patate verwandelte. Diese burleske Benennung war zwar eher eines Schulhofs würdig, ging im Übrigen auf seine übermäßige Körperfülle zurück, die man unter anderen Himmeln Fettleibigkeit genannt hätte, und sie gefiel ihm auch nicht über die Maßen, wie man sich leicht vorstellen kann, hatte sich jedoch fest eingewurzelt und konnte durch nichts mehr aus dem Alltag seiner Untergebenen ausgemerzt werden. PTC hieß in Wirklichkeit Lazare Souop, woran sich außer ihm selbst jedoch niemand mehr zu erinnern schien.

Letzten Endes zwängten sich an die zehn auf die Schnelle zusammengetrommelte Zeitungskollegen in zwei schwankende Limousinen.

»Ich muss noch mein liebes Frauchen einsammeln«, rief Zam unvermittelt. »Wo ist Bébète abgeblieben? Meine Frau! Elisabeth …«

Prompt machten sie sich auf die Suche nach Bébète und fanden sie in heller Verzückung zu Füßen des deklamierenden Hanswurstes.

»Was ist der schlimmste Albtraum«, schwadronierte dieser gerade. »Sucht es euch aus, meine Brüder: Du bist Zairer zur triumphalen Glanzzeit Mobutu Sese-Sekos – möge Gott Kabila segnen –, du bist HIV-positiv wie alle Zairer – wer weiß? –, du hast in Kisangani eine japanische Linienmaschine bestiegen, dein Flugzeug ist soeben in einem sibirischen Nadelwald abgestürzt, du bist der einzige Überlebende, kannst aber kein einziges Wort der Landessprache der Eingeborenen namens Oroken, ja, ja, Oroken, es fällt dichter Schnee … Oder aber du hast die ganze Nacht in unseren Wäldern gejagt, du bist müde, du setzt dich am Fuße eines Baumes nieder und schläfst ein; beim Erwachen stellst du fest, dass sich zwei Mambas auf deinem Schoß paaren …«

Ein frankophoner Toubab, der gerade vorbeikam, rief ihm zu: »Was du da erzählst, ist viel zu lang, Kamerad, die kürzesten sind die besten. Hör mal, ich erzähl dir einen, der aber nicht von mir ist. Weißt du, was eine Flugzeugstewardess rasend macht? Sich ausziehen zu müssen, damit sich der Schwanz des Fliegers hebt. Und einen Gärtner …«

»Verdammte Hacke«, flüsterte Zam Bébète ins Ohr, während er sie rücksichtslos wegzerrte. »Was treibst du hier? Kapierst du denn nicht, dass das nur blödes Gewäsch eines Geisteskranken ist?«

»Und wenn's mir aber gefällt?«, entgegnete Bébète.

»Würd es dir denn auch gefallen, dich ins Knie ficken zu lassen?«

Nachdem Zam, Bébète und PTC, noch immer wild entschlossener Frontkämpfer, in den Wagen gestiegen waren, den letzterer im Übrigen nicht ohne eine gewisse Unsicherheit chauffierte, führte der Patron allein das große Wort.

»Eine Leiche in der Wohnung eines Journalisten, und nicht etwa irgendeines Journalisten! Des militantesten, den die Leute an der Macht am meisten fürchten ... Die Todesschwadronen haben wieder zugeschlagen, bei Gott!«, erklärte er kategorisch. »Nach dem Bischof und den beiden Ordensfrauen ...«

»PTC, glaubst du nicht, dass du mit deinen Erklärungen etwas rasch bei der Hand bist«, fragte ihn Zamakwé, ein wenig in seiner Bescheidenheit gekränkt, die mit der tiefsten Überzeugung einherging, ein Versager zu sein. »Glaubst du nicht, dass du womöglich alles durcheinander bringst?«

Dieser Einwand zog ein weiteres Durcheinander nach sich, da zwei Repliken folgten, die aber auch gar nichts miteinander zu tun hatten. Als der Patron nämlich, wie es seine Art war, einen jungen Mann beschimpfte, der allzu nonchalant und in der althergebrachten Manier der Fußgänger in dieser Stadt die Straße überquerte, schrie Bébète ihn an: »Ja meinst du denn, du wärst auf dem Hinterhof deines Vaters?«

»Nna wama!*«, rief der dicke PTC sogleich aus und fuhr dann zornig in afrikanisch gefärbtem Französisch fort: »Wie kannst ausgerechnet du überhaupt so etwas sagen? Mann! Was soll ich durcheinander bringen? Wer macht denn hier sämtliche Schweinereien? Ist

* Bei meiner Mutter!

das etwa nicht die Regierung? Wer murkst denn hier Leute ab? Etwa nicht die Regierung?«

»Ich wollte damit eigentlich nur sagen, PTC«, unterbrach ihn Zamakwé gleichmütig, »dass wir uns erst einmal vergewissern müssten, ob wirklich jemand getötet wurde und ob es tatsächlich eine Leiche gibt.«

»Da hast du Recht, mein Bruder«, pflichtete ihm PTC bei. »Wir sind ja zuallererst Journalisten, nicht wahr? Ich würde wirklich glänzend dastehen, falls man gar keine Leiche entdeckt hätte. Warum wohnst du eigentlich so weit draußen, und dann auch noch in einem Reichenviertel? Wie kann ein militanter Journalist überhaupt mit den Reichen zusammenleben?«

Schließlich fanden sie einen blauen Toyota-Lieferwagen mit dem Nummernschild SN für Sécurité nationale vor, der quer am Fuße der traditionellen Müllpyramide neben dem Wohnhaus parkte. Erwartungsgemäß hatten sich die schläfrig dreinblickenden Gaffer, einige noch in die Decken gehüllt, in denen sie eingeschlafen waren, bereits zusammengeschart. Die meisten waren Bewohner des Viertels, und die Journalisten begingen den groben Fehler, sich ausgerechnet bei denen über die Ereignisse zu informieren.

Unter den tausend Versionen, die ihnen in nur wenigen Minuten geboten wurden, fanden sich nicht einmal zwei wirklich übereinstimmende. Ein oder zwei Stunden zuvor waren jedenfalls Schüsse gefallen, zumindest in diesem Punkt waren sich alle einig. Was aber die Frage betraf, wer denn nun von wo aus und vor allem warum geschossen hatte, da herrschte wahrhaftig eine babylonische Sprachverwirrung vor, denn sämtliche Nachbarn schienen sich untereinander offenbar nicht mehr zu verstehen.

In der Wohnung selbst waren mehrere Fensterscheiben offensichtlich durch Einschüsse zu Bruch gegangen. Die wenigen Einrichtungsgegenstände befanden sich jedoch noch an Ort und Stelle, wie Zams rasche Bestandsaufnahme ergab. Das Schlafzimmer, in dem er seine

Kleider aufbewahrte, im Grunde genommen sein ganzer Besitz nach dem Diebstahl der CDs, des Videorecorders und des Fernsehapparats, war nicht betreten worden. Polizeibeamte mit verschlossenen Mienen schienen sich im Umkreis einer Bahre zu schaffen zu machen.

Ein gravitätisch auftretender Mensch, zweifelsohne ein Flic in Zivil, den Zamakwé noch nie gesehen hatte, ging auf den Journalisten zu und fragte ihn: »Sie sind doch der Hausherr hier, nicht wahr? Erkennen Sie diesen Mann?«

Im selben Augenblick schlug ein Beamter in Tenue das schmutzig graue Tuch zurück, das den Leichnam bedeckte. Es handelte sich um einen athletischen jungen Mann in ziemlich ärmlicher Kleidung, der Mund war weit geöffnet, der Unterkiefer halb ausgerenkt und blutig, das Gesicht zu einer Fratze verzerrt. Ein unerträglicher Anblick.

»Ich habe diesen Typ noch nie gesehen«, rief Zamakwé ohne Zögern aus.

»Monsieur, tun Sie mir den Gefallen, schauen Sie sich ihn genau an«, jammerte der Beamte in Zivil. »Nehmen Sie sich etwas mehr Zeit, ich bitte Sie. Sehen Sie noch mal hin.«

»Nein«, meinte Zam sichtlich verärgert. »Ich sage es Ihnen ein zweites Mal und bleibe dabei: Ich habe diesen Typ nie gesehen. Also wirklich, ich weiß doch schließlich, wen ich schon einmal gesehen habe und wen nicht. Ich erkläre ausdrücklich: Diesen Typ hab ich noch nie zuvor gesehen!«

»Wer ist das?«, fragte PTC den Beamten in Zivil, bei dem es sich offenbar um einen Polizeikommissar handelte.

»Wenn ich das wüsste!«, erwiderte der vermeintliche Polizeikommissar seufzend, den Blick gen Himmel gerichtet.

»Nun ja, aber was ist hier eigentlich passiert?«, fuhr PTC herrisch fort. »Wollen Sie bitte eine Erklärung abgeben, Monsieur le Commissaire? Sie sind doch Polizeikommissar, nicht wahr?«

»Lassen Sie es gut sein, Monsieur«, entgegnete der mutmaßliche Polizeikommissar in einem Ton, der einer Drohung nahe kam. »Ich habe nichts zu erklären, und ich werde auch nichts sagen.«

»Jaja, so sieht es in unserem bejammernswerten Land aus«, hob PTC zu einer Rede an, indem er die zahlreichen Leute, die inzwischen in die Wohnung eingefallen waren, zu Zeugen anrief. »In jedem anderen Land der Welt macht sich die Polizei eine Pflicht daraus, die Bürger bei einer derart spektakulären Straftat unverzüglich zu informieren. Doch bei uns kommt so etwas ja nicht infrage. ›Ich habe nichts zu erklären, und ich werde auch nichts sagen‹ … Können Sie eigentlich die Ungeheuerlichkeit Ihrer Worte ermessen, Monsieur le Commissaire? Ich jedenfalls halte weiterhin an meiner Auffassung fest, dass Sie tatsächlich Polizeikommissar sind.«

Der Beamte in Zivil ging auf PTC zu, den er um Kopf und sogar Schultern überragte, musterte ihn eine ganze Weile voller Wut, wie es ein Lehrer getan hätte, der einem Schüler eine Ohrfeige verpassen will, bis er schließlich in aller Deutlichkeit klarstellte: »Belingboa, Jean-Martial, Divisionskommissar, zu Ihren Diensten! Sind Sie nun zufrieden, Monsieur Souop, Lazare, auch Poids Total en Charge oder Patate genannt? Ich bleibe dabei und gebe Ihnen Brief und Siegel darauf: Ich habe nichts zu erklären und werde nichts sagen. Punkt und Schluss. Hingegen erwarte ich den Mieter dieser Wohnung morgen im Hauptkommissariat, Büro Nummer 17. Gute Nacht, Messieurs.«

»Demnach kennen Sie mich also, Monsieur le Divisionnaire?«, erwiderte PTC, der nie klein beigab, scharfsinnig. »Haben wir denn schon einmal die Ehre gehabt?«

»In unserem Land kennt ein Flic jeden Journalisten, wussten Sie das etwa nicht? Unsere beiden Berufsgruppen sind sozusagen Zwillingsschwestern.«

»Siamesische, mit Verlaub, Monsieur le Divisionnaire.«

Der Polizist wandte sich ab, mit seinen Argumenten offenbar am Ende.

»Kein Kommentar!«, schleuderte PTC ironisch und mit donnernder Stimme den zahlreichen, wie Gänse schnatternden Kollegen entgegen, die der heilige Zorn um ihn geschart hatte. »Und obendrein weiß der sogar, wer ich bin, und ich kenne ihn nicht einmal …«

Hinterher erschienen nur wenige Berichte, weil die meisten unabhängigen Blätter ohnehin Wochenzeitungen waren. Und da die Empörung in den Redaktionen nicht lange anhielt, was ja auch im Allgemeinen für die Freuden der Liebe gilt, widmete man sich schließlich vorwiegend der Rekonstruktion des Hergangs, einer zwangsläufig zur Vergeblichkeit verdammten Übung in einem System, in dem die Kriminalpolizei sich stur auf eine Statistenrolle beschränkt, sofern sie sich nicht gegen jede Zusammenarbeit mit der Presse rundweg sperrt.

Die von den Reportern eingeholten Zeugenaussagen gingen aufs Drolligste auseinander. So behaupteten die einen, es habe einen längeren Schusswechsel gegeben, eine Art Gun Party wie beim Showdown eines Western, der eine Stunde, vielleicht auch zwei gedauert und die Einwohner des Viertels in Panik versetzt habe. Diese Darstellung der Ereignisse favorisierten hauptsächlich die jüngsten Zeugen.

Einen Schusswechsel habe es tatsächlich gegeben, bekräftigten wiederum andere, nur sei er sehr kurz gewesen, höchstens drei oder vier Schüsse seien gefallen. Manche wiederum stellten einen eventuellen Schusswechsel völlig in Abrede und gaben vielmehr an, mehrere Schützen hätten die Wohnung mit MG-Feuer belegt und seien dann geflohen.

Das Ganze war wirklich äußerst verzwickt, was ganz allgemein auf die meisten Kriminalfälle in diesem verfluchten Land zutraf, und jeder fand sich schon mit der Aussicht ab, dass die Ermittlungen genauso versanden würden wie in der Sache Maurice Mzilikazi, um die es kaum zwei Wochen nach dessen Ermordung schlagartig still geworden war, obwohl die Polizei eine rasche Untersuchung zugesagt hatte.

Anderntags ließ man Zam im Hauptkommissariat lange warten. Er war in Begleitung seines Chefs PTC und seines alten Komplizen in Sachen Jazzomanie, Eddie, erschienen, dem sie wundersamerweise nur wenige Minuten zuvor in der Verkleidung eines Rechtsanwalts über den Weg gelaufen waren. Der Anwalt stellte sich gerne als routinierten Mann des Rechts dar, gestählt durch die Ausübung einer von Zufällen und Fährnissen bestimmten Profession. Mit dem atavistischen Lächeln eines Weisen trotzte Eddie also den diversen Unbilden, die aufrechtem Stehen in der modrigen Eingangshalle eines Polizeikommissariats in einem frankophonen Land anhaften, wie auch den versteckten Vorwürfen seines Klienten, der ihm dauernd ins Ohr flüsterte: »Aus welchem Loch tauchst du so plötzlich auf? Wir haben uns verdammt lange nicht gesehen, sag mal ...«

»Lass gut sein, Kerl!«, erwiderte der gezwungen dreinblickende Mann des Rechts halblaut. »Geh mir nicht auf die Nerven.«

»Glaubst du, dass das funktionieren wird?«, flüsterte der Journalist in heller Angst. »Meinst du etwa, einen richtigen Profi blenden zu können?«

»Einen richtigen Profi, am Arsch!«, grummelte der Anwalt. »Ich sag dir, lass mich nur machen. Eben warst du doch noch so dafür, diese Bauerndeppen in die Wüste zu schicken, oder nicht? Wie auch immer, denk doch mal ein bisschen nach, du zweitklassige Intelligenzbestie, was riskierst du denn, he? Was denkst du eigentlich, wo du hier lebst? Im Paradies des Habeas Corpus vielleicht? Mann, ich glaub, ich träum.«

»Wart mal kurz. Seit wann weißt du etwas von der Habeas-Corpus-Akte?«

»Scheiße! Halt den Rand.«

In den praktischen Übungen des Stoizismus recht wenig bewandert, echauffierte PTC sich allmählich über den Gestank nach Pisse, der zu Kopfe stieg, über das ständige Kommen und Gehen der Beamten in Tenue, die herumtobten wie Bälger beim Schulschluss, über das dauernde Schlagen von Türen, das schummrige Licht in diesen heiligen Hallen, ja sogar über die Conditio humana im Allgemeinen, so schien es fast.

Wie zu erwarten gewesen war, brachte Zamakwés Verhör gar nichts.

Der Kommissar verwehrte dem Anwalt und PTC zunächst, sein Büro zu betreten und der Befragung des Journalisten beizuwohnen. So entbrannte eine juristische Kontroverse mit dem Ergebnis, dass der Anwalt seinem Klienten unter den gegebenen Umständen sehr wohl nach Recht und Gesetz beistehen durfte, wohingegen PTC, mangels eines expliziten Passus der Strafprozessordnung, abgewiesen wurde.

Anschließend versteifte der Kommissar sich darauf, Zam zu dem Eingeständnis zu bewegen, dass er besagten Mann, dessen Leiche in seiner Wohnung aufgefunden worden war, tatsächlich gekannt habe.

»Also wirklich, Monsieur«, dozierte der Beamte, »wie kann man sich in der Wohnung eines Mannes ermorden lassen, den man nicht einmal kennt, mit dem man weder in familiärer noch geschäftlicher oder politischer Beziehung steht?«

Jedes Mal wenn der Polizist diese Frage stellte, der eine gewisse Stichhaltigkeit nicht abzusprechen war – zumindest aus dem Blickwinkel polizeilicher Logik, wie man wohl zugestehen muss, wenngleich diese keiner anderen ähnelt –, wandte Zam sich empört und konfus, mit offenem Mund und stockendem Atem seinem Anwalt zu.

»Monsieur le Commissaire, das ist nun eine sehr gute Frage, mit Verlaub«, erklärte der Anwalt salbungsvoll, ein unverdrossenes Lächeln im Gesicht, das Zam langsam reizte. »Doch genau darin liegt das Rätsel, das zu lösen den Ermittlungen obliegt. Da mein Klient, wie allgemein Usus, von Rechts wegen der Pflicht enthoben ist, den Beweis für seine Unschuld selbst anzutreten, ist es an Ihnen zu belegen, dass er das Opfer tatsächlich kannte. Wie ich jedoch aus Ihrem ungebührlichen Insistieren entnehmen kann, sind Sie dazu offenbar nicht im Stande.«

Man könnte meinen, er hat diesen ganzen Kram auswendig gelernt, dachte der Journalist voller Bewunderung.

An einem gewissen Punkt gelang es Zam, der vor Zorn sichtlich nach Atem rang, endlich dazwischenzufahren: »Das kann doch wohl nicht wahr sein, der ist ja krank, dieser Typ! Ist das ein übler Scherz oder was? Was hab ich denn mit diesem Kadaver zu schaffen? Ich war noch nicht einmal zu Hause …«

Der Anwalt trug zwar auch weiterhin eine ziemlich entrückte Miene zur Schau, hob aber die Hand zum Mund und bewegte die Finger, um Zam zu bedeuten, er solle still sein oder, genauer gesagt, die Schnauze halten – in der Sprache aller Kommissariate dieser Welt.

Inzwischen verstrich die Zeit, während der der Divisionskommissar nur stumm vor sich hin blickte und es keineswegs eilig zu haben schien, die erhoffte Entscheidung zu treffen. Zu guter Letzt stand der Anwalt auf und fragte: »Monsieur le Divisionnaire, dürften wir die Ehre und das Vergnügen haben, uns aus diesen erhabenen Hallen zurückzuziehen?«

»Wegen der Erfordernisse der Untersuchung«, verfügte der Kommissar schließlich mit tief betrübtem Blick, »sehe ich mich gezwungen, auf die Inhaftierung Ihres Klienten zurückzugreifen, Herr Anwalt.«

Der Anwalt setzte sich wieder, stieß ein kurzes Lachen aus, seufzte und verkündete: »Ich muss gestehen, ich persönlich sehe keinerlei verfahrensrechtliche Einwände, die ich erheben könnte. Trotzdem gebe ich Ihnen Folgendes zu bedenken: Mein Klient gehört nicht nur einem emsigen und sogar rachsüchtigen Berufsstand an, er hat in diesem Land zudem noch zahllose Bewunderer, ja sogar fanatische Anhänger unter der Jugend, würde ich mal so sagen. Können Sie sich tatsächlich ausmalen, welch flammendem Protest Sie gegenüberstehen werden, mein teurer Divisionnaire? Ich wage, Sie darauf hinzuweisen, dass man mit Bestimmtheit bedauerliche, aber völlig spontane Aktionen nicht ausschließen kann …«

Der Anwalt hatte seine spitzfindige Phrasendrescherei kaum abgespult, da war der Kommissar auch schon aufgestanden und versetzte lakonisch, gleichsam angewidert: »Auf Wiedersehen, Messieurs!«

3

»Was ist nur in den gefahren, dass er ganz plötzlich, einfach so, mitten auf freiem Feld die Waffen gestreckt hat?«, fragte Zam seinen Anwalt, sobald sie draußen waren.

»Ich nehme an«, erwiderte der Anwalt, »du sprichst von diesem Scheißhinterlader von einem Westentaschenflic, den ich übrigens noch nie zuvor gesehen habe, was mich trotz allem ziemlich stutzig macht? Ist dir aufgefallen, wie der quatscht? Erinnert irgendwie an einen Schauspieler, der seinen Text lange geprobt hat. Und wie der dich erst angeglotzt hat, hast du das gesehen? Und wenn der vielleicht schwul ist?«

»Jedenfalls war bei ihm plötzlich die Luft raus, oder ich versteh gar nichts mehr. Wie kam das?«

»Hast du das wirklich nicht gerafft, du Hinterhofschreiberling? Um diesen Furzsäcken Angst zu machen, gibt es heutzutage Zauberworte. Wenn du zum Beispiel *Fanatiker, unkontrollierte Aktionen* oder *rachsüchtige Individuen* auch nur erwähnst, dann ist die Sache schon geritzt.«

»Erklär mir das mal …«

»Das heißt, dass diese Schwulen eins auf die Fresse kriegen oder ganz einfach das Fell durchsiebt bekommen, seitdem sie nicht mehr das Monopol auf Schusswaffen haben. Was denkst du, was die seit drei Jahren für Dresche beziehen und austeilen? Bulle sein heißt noch lange nicht, dass man den allgegenwärtigen Mangel an Sicherheit nicht zu spüren bekommt. Diese ganzen Strafexpeditionen sind doch nicht für die Katz, glaub mir. Also ziehen sie den Schwanz ein, wie der erstbeste Zivilist.«

»Es lebe das Chaos!«

»Was! Machst du dich etwa für die Diktatur stark? Das ist ja wohl die Höhe.«

»Ist es denn schon so schlimm?«, fragte Zam ungläubig.

»Na hör dir diesen Kerl an. Jemand hirnrissigeren als einen Journalisten gibt's in diesem verblödeten Kaff wirklich nicht! Aus welchem Loch kommst denn du? Gehst du nie vor die Tür? Sprichst du nie mit den Leuten? Lass uns jetzt über ernste Dinge reden. Es kommt nicht infrage, dass du wieder in deine Bude zurückkehrst. Also, du packst noch heute deinen Krempel ruck, zuck zusammen und verdrückst dich woandershin. Klar?«

Eddie ließ Zam in einen funkelnagelneuen Mercedes einsteigen, den der Journalist zum ersten Mal sah.

»Sag mal, meine kleine Freundin fragt sich, wie das möglich ist, dass du immer so tolle Sachen hast?«, wunderte sich Zam. »Du gehörst doch der Opposition an, oder? Du hast doch kein Gefälligkeitsdarlehen wie die Säulen des Regimes und deren Freunde und bist auch nicht von Einfuhrzöllen befreit …«

»Du bist eine Null, Kerl, deshalb bist du auch neidisch. Keiner ist so neidisch wie eine Null. Die Diktatur hast du noch nie begriffen, und das Schlimmste ist, du willst auch gar nichts verstehen.«

Der Anwalt versuchte, aus der Sackgasse zu kommen, in der er unvorsichtigerweise geparkt hatte, und sich in den Strom der Fahrzeuge einzufädeln, der unbarmherzig dahinrollte und ihm keine Chance ließ. Jedem feindlichen Autofahrer rief er ein paar lustige Nettigkeiten zu, etwa im Stil: »blöde Schwuchtel«, »verfurzter Kaffer« oder auch »du stammst wohl von einem Makaken und einem Pinseläffchen ab«. In der Regel blieben die Fahrer völlig gelassen, denn hier bei uns ist es noch nicht Mode, sich unter Automobilisten zu beleidigen. Als verlauste Insassen vorsintflutlicher Klapperkisten hatten sie gegenüber einem herrlichen Mercedes, dem Markenzeichen höchster Ämter innerhalb der Regierung, ohnehin nie ein anderes Gefühl als tiefste Ehrerbietung. Dem Anschein nach nahmen die Leute diese unflätigen Grobheiten mit einem erstaunten Lächeln auf, so als würde deren Urheber einen Film mit versteckter Kamera drehen, oder irgendetwas in der Art, und habe sie gewissermaßen um ihre Mitwirkung gebeten. Im Grunde betrachteten sie ihn als eine Art Künstler, und das war in Zams Augen wirklich der Gipfel.

»Ich sag's dir noch mal, du musst woandershin, und zwar sofort«, meinte der Anwalt triumphierend, diesmal an Zam gewandt, nachdem sie der Falle endlich entronnen waren.

»Woandershin, woandershin, das sagst du so einfach, aber wohin?«

»Du hast doch wohl 'ne Freundin. Übrigens, ist es noch immer dieselbe oder eine andere?«

»Noch immer dieselbe. Ich für mein Teil habe gute Manieren, mein lieber werter Herr.«

»Dein Pech. Eines Tages wirst du mir Recht geben, wirst schon sehen. Puppen sind wie Hemden, die muss man häufig wechseln, vor allem hier, wo Überfluss herrscht, sonst ranzt du ein. So was ist schlecht für die Hygiene. Wo haust sie?«

»Was weiß ich?«

»Willst du damit sagen, dass du noch nie bei ihr aufgelaufen bist?«

»Warum sollte ich? Ich hab schließlich ein Dach über dem Kopf. Na ja, ich hatte eins, und meine Eroberungen habe ich immer mit zu mir genommen!«

Bei diesen Worten schien der Anwalt über dem Lenkrad seines Mercedes zusammenzuklappen, so sehr musste er vor lauter Lachen nach Luft ringen.

Als er sein Zwerchfell endlich wieder in der Gewalt hatte, stieß er aus: »Eroberungen nennst du diese Horizontalen! Wie jemand sagte, den ich mal gut kannte: Noch so eine Eroberung wie die, und du bist definitiv erledigt. Du bist wirklich einzigartig, ein richtiger europäischer Spießbürger. Hältst du dich für Romeo? Mein liebes Väterchen, da wirst du aber ordentlich Mühe haben, hier eine Julia aufzugabeln.«

»Hast du noch Worte, der Mensch ist ja enzyklopädisch gebildet«, versetzte Zam. »Gib's zu, du hast gerade einen Roman von Peter Cheyney gelesen.«

»Peter wer? Stammt der Kerl denn wenigstens von hier? Tut mir Leid, dem bin ich noch nie begegnet. Zum Glück weiß ich ja, wie geschwollen du quatschst. Aber auf den Witz mit deinen Eroberungen, auf den war ich wirklich nicht gefasst, den werd ich mir merken. Mit deinen Eroberungen meinst du doch sicher deine Nutten, oder?«

»Ääh«, stammelte Zam, um Zeit zu gewinnen und den richtigen Ton zu treffen, »sagen wir mal, so in etwa. Nur dass ich nichts bleche, wenn ich eine Nummer schiebe.«

»Du meinst, dass sie blechen. Na, dann bist du ja auf den richtigen Dreh gekommen: du hast deine eigenen Strichbienen. Im Grunde bist du doch nicht so blöd, wie's aussieht. Nur frag ich mich, warum du dann noch keinen Mercedes hast?«

»Du hast tatsächlich nur Mist im Kopf; ich begreife nicht, dass wir schon so lange Freunde sind.«

»Gegensätze ziehen sich an, Kerl, was glaubst du denn. Na ja, das ist doch schon mal ein Pluspunkt, dass du 'ne kleine Freundin hast, und immer noch dieselbe. Dann werden wir jetzt versuchen, sie aufzustöbern. Ansonsten hätt ich vielleicht eine andere Lösung für dich. Aber sag erst mal: Wo ist deine Dulcinea im Moment?«

»In der Redaktion. Sehr wahrscheinlich ist sie mit den Kumpels zurückgefahren und wartet dort treu auf mich; sie ist nämlich sehr treu, sie kennt nichts anderes als Treue.«

»Verlass dich nicht zu sehr drauf, Väterchen. Unsere Weiber hier sind nicht wie anderswo. Mit Liebe, Treue und dem ganzen Kram brauchst du denen erst gar nicht kommen, das kennen die nicht. Die macht doch nur Kohle heiß.«

»Nur mal langsam mit den Pferden, Ben Hur …«

»Glaub mir. Ich schwör's. Wirst schon sehen. Selbst ein Leprakranker hat hier 'ne Chance, vorausgesetzt, sein Stumpf winkt mit 'nem Geldschein. Wart nur ab, bis dein Nachbar, du weißt schon, der Blindfisch direkt nebenan, der dir so oft von vorn auf den Rücken klopft, bis er dir irgendwann von hinten ins Gesicht spucken kann, wie der alte Kalauer so schön sagt, wart nur mal ab, bis dieser klebrige Bauerntrottel und Phrasendrescher deiner Pseudojulia einen winzigen Fünftausender, ach, was sag ich, einen Zweitausender vor die

Nase hält, und dann wirst du schon sehen, dass sie ihm ihr Höschen ohne Skrupel hinhält. Was wetten wir?«

»Dass du wie üblich rumspinnst. Musst schon wissen, was du willst: Entweder ich ziehe um, wozu du mich ja gerade überreden willst, und dann ist der Blindfisch nicht mehr mein Nachbar. Oder aber der Blindfisch bespringt irgendwann meine Bébète, und dann bin ich nicht umgezogen.«

»Na und? Glaubst du denn, der würde dir nicht nachspüren, wenn ihm danach ist?«

»Hör auf mit deinem Blödsinn. Es gibt Tage, da bist du vor lauter Verbitterung dermaßen ekelhaft, dass du mich anwiderst, bäh, bäh. Was bist du eigentlich genau? Schizo? Parano? Sado-maso? Anarcho? Chaotengaucho? Bolscho? Trotzkisto? Guevaro? Neofascho? Situationist? Black Panther? Hooligan? Marienkind …«

»Was genau ich bin? Das weiß ich nicht so richtig, und das ist ja gerade das Drama meiner Existenz. Ich weiß nicht, was ich bin. Willst du meine einzige Gewissheit hören? Ich habe keine Wahl gehabt, sonst wäre ich bestimmt nicht in diesem Kaff geboren und würde jetzt woanders leben.«

»Und wenn ich dir sage, dass es uns allen so geht? Glaubst du, ich hätte mich tatsächlich mit einer Horizontalen, wie du so boshaft sagst, auf ein Liebesabenteuer eingelassen, wenn ich die Wahl gehabt hätte? Und die Weiber? Glaubst du, die wären in eine Welt in der Horizontalen hineingeboren worden, wenn sie die Wahl gehabt hätten? Menschen haben nie die Wahl, genau wie in der griechischen Tragödie …«

»Hör auf, mir mit deinem verworrenen Pseudointellektuellenmist auf den Geist zu gehen. Was haben die Griechen denn mit dem Ganzen zu tun? Erzähl mir nichts von griechischen Kaufleuten, die kenn ich nämlich, von denen gibt's hier jede Menge …«

»Ich rede doch von den alten Griechen. Du musst immer bis zu den alten Griechen zurückgehen, wenn du was verstehen willst!«

»Was verstehen? Ich habe keine Lust, irgendwas zu verstehen. Im

Leben gibt's nichts zu verstehen. Es gibt nur das Feeling, und damit basta! Weißt du, was das ist, Feeling? Das ist wie im Blues, zwei oder drei kleine Töne, ein Gläschen Gin, und los geht's. *I went down to Saint James Infirmary* … Was gibt's schon zu verstehen? Vor allem hier bei uns? Tu mir den Gefallen und sag mir die Wahrheit: Hab ich dir deinen hübschen Traum mies gemacht, he, mein Großer? Hast du Aua? Oh, verzeih mir. Doch du solltest dir Folgendes gut merken: Dreißig Jahre Diktatur jedweder Art haben zwangsläufig die Sitten verdorben und die Mentalität der Leute ramponiert. Wer hier auf Romantik aus ist, der ist verdammt schief gewickelt.«

»Und du meinst, dass es anderswo nicht genauso ist?«, fragte Zam, um angesichts des unverschämten Selbstvertrauens dieses Menschen wieder Oberwasser zu bekommen.

Vergebene Liebesmühe.

Der Anwalt, der nicht wirklich einer war, hieß gemeinhin Eddie, obwohl Eddie nicht sein richtiger Name war, wie es hier häufiger vorkommt, besonders in den letzten zehn Jahren, in denen Anarchie, Betrug, Desorientierung und Angst unsere Gesellschaft heimgesucht haben. Sein Werdegang lässt sich nicht schnell erzählen. Das Wichtigste war hauptsächlich in den Sechzigern und Siebzigern passiert. Eddie hatte lange als noch sehr junger Arbeitsloser und beinahe schon Clochard in Paris gelebt, wohin er sich damals wie alle Welt aufgemacht hatte, also ohne Grund, nur um mal nachzusehen, ob Paris sich tatsächlich auf Paradies reimt, wie zu jener Zeit ein populärer Song behauptete, der selbst in den Buschdörfern noch ziemlich Furore machte. Unser Mann war nacheinander in den allzu gastlichen Quartiers Goutte d'Or, Belleville, Ménilmontant, Pigalle, Rochechouart und Mouffetard untergetaucht und hatte sich mit der jeweiligen, für diese Viertel charakteristischen Einwohnerschaft eingelassen, wobei der Umgang mit den unterschiedlichsten Milieus seiner mündlichen Ausdrucksweise zu dieser erlesenen Perfektion verhalf, die hier unter seinen vermeintlichen Standesbrüdern so völlig aus dem Rahmen fiel. Von anderen Milieus ganz zu schweigen.

Wie viele junge Afrikaner, die in jenen Jahren nach Europa ausgewandert waren, hatte Eddie sich in Saint-Germain-des-Prés eine Zeit lang an Jazzmusik versucht, genau wie die Rassisten – O Paradox! – fest davon überzeugt, dass es schon reichte, schwarz zu sein, um auf diesem Gebiet zu brillieren. Auf dem Weg von Misserfolg zu Misserfolg war er irgendwie in den Vereinigten Staaten gelandet, wo er in der Person des Harlemer Tenorsaxophonisten Eddie »Lockjaw« Davis ein Idol fand. Von dessen Bühnenspiel, der raumgreifenden und jähen Gestik, der Wildheit, mit der dieser sein Instrument traktierte, seinem sturen Gaunergesicht und den ungestümen und gleichzeitig so anrührenden Chorussen völlig hingerissen, hatte er sich dermaßen mit seinem Helden identifiziert, dass er zumindest den Vor-, Spitz- und sogar den Familiennamen dieses Halbgottes angenommen hatte, wenn er sich schon nicht dessen Genie hatte aneignen können.

Wieder zurück in Frankreich, wurde Eddie in jenen, von galoppierender Le-Pen-isation vergifteten Zeiten des Handels mit Betäubungsmitteln bezichtigt und per Chartermaschine hinausgeworfen. Dies geschah Anfang der Achtziger, also lange bevor eine derart feinsinnige Vorgehensweise während der ersten Cohabitation, unter Innenminister Charles Pasqua, zur anerkannten Mode wurde. Zumindest munkelte man dies hinter seinem entschwindenden Rücken, da er selbst nie ein entsprechendes Geständnis abgelegt hatte – es sei denn, die Tatsache, in unserem Land gewissermaßen der französisierteste Zeitgenosse und dennoch der Franzosen größter Feind afrikanischer Herkunft zu sein, wäre als solches zu verstehen.

Eddie war also wieder in seinem Heimatland gestrandet, wo er sich daraufhin bei der Anwaltskammer eintrug. Niemand wusste so recht, durch welches Kunststück ihm dies gelungen war, hatte doch nach Aussagen aller, einschließlich seiner eigenen Familie, kein Mensch Kenntnis davon, dass Eddie jemals irgendein Examen gemacht hätte, nicht einmal das der Juristerei, einer fürwahr einfachen, dem erstbesten Dahergelaufenen zugänglichen Wissenschaft. Wie er jedoch so häufig sagte: »Bei genauerem Hinsehen ist die Diktatur nicht das Schlimmste, vorausgesetzt, man weiß sich ihrer zu bedienen.« Um dann mit wieherndem Lachen hinzuzufügen: »Wenn sich's auch nicht reimt, so dichtet's doch und stimmt!« Hierzu muss erwähnt werden, dass Eddie sich für einen Intellektuellen, wenn nicht für einen äußerst gebildeten und belesenen Menschen hält, obschon seine Kenntnisse der französischen Literatur sich derzeit auf die ziemlich oberflächliche Lektüre des Gesamtwerks von Coluche selig, seinem Idol, beschränkt, was ja schon gar nicht mal so schlecht ist. Wie viele einheimische Intelligenzler könnten dies von sich behaupten?

Und ist Eddie in Sachen Jazz, was dessen Geschichte und Protagonisten angeht, nicht auch die größte Koryphäe auf der ganzen Welt? In dieser besonderen Disziplin hätte er jederzeit seinen Doktor machen können, mit den Fingern in der Nase sozusagen. Und ebendieses Fachwissen sicherte ihm die unverbrüchliche Verbundenheit Zamakwés, eines ebenso fanatischen Liebhabers jener hier zu Lande kaum bekannten Musik, obgleich sie doch von unserem Kontinent stammt – so wie der Mensch vom Affen abstammt, pflegt Eddie zu sagen, bei dem Sarkasmus zur zweiten Natur geworden ist.

Zams Sympathie für den Anwalt war an jenem Tag entflammt, als Eddie feierlich und für dieses eine Mal mit großem Ernst erklärt hatte: »Wie hätte ich das Exil ohne Jazz ertragen können? Abgesehen vom Tod, von dem ich verschont bleibe, kann dem Menschen nichts Schlimmeres widerfahren als das Exil. Gott sei Dank gab es den Jazz. Weißt du, die Story, die der Pres in *Blue Lester* oder in *Shoeshine Boy* erzählt, die ist haargenau wie meine eigene. Als ich das erste Mal *These Foolish Things* gehört habe, hab ich gedacht, ich würde sterben. Hast du dir mal die Chorusse angehört, die Lester in *Love me or Leave me* aneinander reiht? Meinst du, Lester war wirklich ein Mensch? Kann ein Mensch diese himmlische Musik improvisieren?«

Zam hätte nie zuvor geglaubt, dass irgendein Sterblicher, von ihm selbst einmal abgesehen, so was empfinden könnte. Und deshalb hatte er sich mit dem merkwürdigen Kerl angefreundet, nur um nochmals solche göttlichen, in seinem Land ganz unerwarteten Äußerungen von ihm zu hören. Am meisten verwunderte ihn, dass sein Freund in solchen Momenten die grässliche Pariser Gossensprache völlig vergaß, die er für gewöhnlich so sehr zu schätzen schien.

Zu einer quasi mystischen Seelenverwandtschaft wurde ihr Verhältnis an dem Tag, an dem sie folgendes Gespräch führten, das einem Nichteingeweihten wenn nicht rundweg spinnert, so doch zumindest abstrus vorgekommen wäre.

»Ich mag Boogie-Woogie wahnsinnig«, setzte Eddie im Verlauf einer vom Hundertsten ins Tausendste kommenden Unterhaltung über Stilrichtungen an.

»Ich auch«, erwiderte Zam sofort.

»Je primitiver er ist, desto mehr mag ich ihn.«

»Ich auch.«

»Pine Top Smith zum Beispiel.«

»Ich auch …«

Irgendwann ertappten sie sich sogar dabei, wie sie bei der Erinnerung an den einsamen Tod ihres gemeinsamen Idols in einem schäbigen Hotelzimmer, des vorzeitig gealterten Pres nämlich, Tränen vergossen.

Woran sich eine Freundschaft doch festmacht!

Eddie hat dem Familien- und dem Spitznamen des großen, inzwischen verstorbenen Harlemer Saxophonisten mittlerweile zwar abgeschworen, dessen Vornamen jedoch beibehalten. Warum, weiß niemand so genau – und alle Welt kennt ihn unter diesem Namen.

»Falls deine Freundin nicht mitmacht, habe ich vielleicht eine andere Lösung. Dann bring ich dich eben bei meiner Freundin unter, nur für einen Tag oder zwei, bis du was gefunden hast, wo du hausen kannst. Einverstanden?«

»Aha, wahrscheinlich ’ne Strichbiene? Wenn ich das richtig verstanden habe, hast du meiner unmaßgeblichen Person eben noch garstige Sitten unterstellt. Ganz unter uns, wenn ich ehrlich bin, habe ich Strichbienen noch nie sonderlich appetitlich gefunden. Zum Beweis: Ich habe mich noch nie mit einer eingelassen, glaub mir, oder lass es bleiben.«

»Keine Angst, Kerl, es gibt immer ein erstes Mal.«

Zam war ziemlich baff über diese Unverfrorenheit, die schon an Hellseherei grenzte. Der Gauner weiß gar nicht, wie Recht er hat, dachte er. Und ich hab mir eingebildet, ihn zu kennen, dachte er noch …

4

Als sollte Eddie Lügen gestraft werden, wartete Bébète im Zeitungshaus auf Zam, treu und brav, zumindest für den Augenblick. Sie nahm ihn für die Nacht zu sich mit, ins *Quartier* also, wie die Leute diesen Stadtteil nennen, mit anderen Worten: in die Randzone außerhalb des eigentlichen Stadtgebiets, das über eine annähernd europäisch anmutende Infrastruktur mit Ministerien, Banken, Hotels, luxuriösen Villen, Tankstellen und Postämtern verfügt.

Hier aber beherrschen eher Bidonvilles das Bild. Statt richtiger Straßen schlängeln sich enge gewundene Gassen zwischen windschiefen, von plärrenden Neugeborenen widerhallenden Elendshütten hindurch, aus denen es nach Kacka und Pippi, Haushaltsmüll und billigem Schnaps stinkt. Keine Straßenbeleuchtung, keine Polizeistreifen, also weder Recht noch Sicherheit.

Bébète bewohnte mit ihrer älteren Schwester, einer Krankenpflegerin, eine Bruchbude aus zementverputzten Lehmmauern in einem völlig zugebauten Block. Fließend Wasser für ein halbes Dutzend Wohnungen spendete lediglich ein Ecksteinbrunnen im Innenhof, der erst ab einer gewissen, zudem noch ständig wechselnden Uhrzeit zugänglich war, je nach Laune der sehr kapriziösen Besitzerin eben. Für Körperpflege und Toilette musste ein rudimentärer Wellblechverschlag herhalten. Ein ähnliches, doch der Allgemeinheit zugängliches Häuschen bot Schutz, wenn man menschliche Bedürfnisse befriedigen wollte.

»Nein wirklich, das ist doch nicht möglich«, flüsterte Eddie, nachdem Zam ihm alles geschildert hatte. »In so einem Saustall kannst du doch nicht wohnen.«

»Warum nicht?«, antwortete Zam, schützte er doch ständig vor, sein Leben dem militanten Kampf gewidmet zu haben, um lauthals zu behaupten, er stehe weit über den Wechselfällen des Daseins, obwohl er genau genommen von seinem Wesen her nur allzu sehr dem Stoizismus zuneigte und nicht völlig frei von Masochismus war.

»Du bist bekloppt«, entgegnete ihm Eddie. »Ich nehm die Sache in die Hand, also lass mich bitte in Frieden.«

»Aber, aber, meine Brüder, was ist denn nun schon wieder los?«, fuhr PTC die beiden Freunde an. »Warum hört ihr nicht auf euren Senior? Ist was passiert?«

»Nein, nichts«, antwortete Eddie. »Wir wussten nur bereits im Voraus, was du sagen würdest. Die Franzosen hängen uns mit ihrer Frankophonie und ihrem CFA-Franc so schon zum Hals raus, und jetzt werfen sie auch noch unsere Brüder aus dem Land, und zwar chartermaschinenweise. Es ist Zeit, dass sie uns hier endlich in Frieden lassen und nach Hause gehen. Nach dem Völkermord in Ruanda dürften die sich nicht mal mehr auf die Straße wagen. Wenn es Kabila doch nur gelingen könnte, sie aus Zaire zu verjagen, und so weiter, und so fort.«

»Na und, stimmt's etwa nicht?«, entrüstete sich PTC.

»Doch, doch, es stimmt alles, aber das wussten wir schon. Mehr wollt ich gar nicht sagen. Hör mal, Patate, weißt du, was du noch hinzufügen könntest, um deine Nummer so richtig interessant zu machen?«

»Nein, aber du wirst's mir sicher gleich erzählen.«

»Du könntest beispielsweise einbauen: *Um den Franzosen Dampf zu machen, damit sie endlich abhauen, sollten wir deren Botschafter mal tüchtig in den Hintern treten.* Oder: *Lasst uns wie Kabila zu den Waffen greifen.* Oder auch: *Boykottieren wir doch ihre Sprache, indem wir einmal die Woche einfach kein Französisch mehr sprechen, zum Beispiel samstags von elf bis siebzehn Uhr …*«

»Warum ausgerechnet samstags?«, fragte allen Ernstes PTC, dessen Sinn für Humor nicht unbedingt mit jeder Situation Schritt hielt.

»Warum nicht, meine alte Kartoffel?«, meinte Eddie bloß. »Aber Spaß beiseite, verrat uns endlich, wie man diese Rüpel rausschmeißen könnte, statt den lieben langen Tag zu jammern. Jetzt flennen wir schon dreißig Jahre rum, und was hat's uns gebracht? Gerade das ist ja unser eigentliches Problem: *Wie* sollen wir sie uns vom Hals schaffen, ist doch der springende Punkt. *Warum* wissen wir schon seit fünfzig Jahren.«

»Nachdem wir die Sache eben mit Eddie durchgesprochen haben, der ja Ahnung hat«, fügte PTC an, den letzten Einwand des Anwalts schlicht übergehend, so treffend war er, »sind wir nun davon überzeugt, dass unser Freund ins Fadenkreuz der Killer des Machtapparats geraten ist. Wie ließe sich sonst erklären, was gestern passiert ist. Die ganze Sache liegt zwar noch etwas im Dunkeln, aber trotzdem … Ich will das jetzt nicht weiter ausführen, ihr versteht, was ich meine. Folgende Frage möchte ich jedoch eurem Scharfsinn anheim geben: Wie stellt man es an, einen Kameraden zu schützen, wenn dieser ins Fadenkreuz von Killern geraten ist? Denn schützen müssen wir ihn doch, darüber sind wir uns im Klaren. Also, was machen wir. Ich warte auf eure Antworten. Wir müssen uns organisieren und können uns nicht mehr damit begnügen, die einfach machen zu lassen. Also, wie stellen wir's an?«

Sollte PTC allen Ernstes geglaubt haben, die anderen stünden wie er selbst, und wie es auch logisch gewesen wäre, unter Schock, so hatte er sich schwer getäuscht.

»Über welche Mittel verfügen wir denn tatsächlich?«, wandte ein Humorist ein. »Was die schwere Artillerie betrifft, da könnten wir schon mithalten, da können wir uns nicht allzu sehr beklagen. Aber wäre es beispielsweise nicht möglich, uns ein Atom-U-Boot zu besorgen?«

PTC tupfte sich den Schweiß ab und schien ganz plötzlich einem Schlaganfall nahe. Da aber gut die Hälfte der Anwesenden in schallendes Gelächter ausbrach, überwand er sich und lachte nolens volens, ohne große Lust, mit.

»Ist doch wahr, PTC«, schaltete sich ein anderer Humorist, ein Mann von Bildung, ein. »Es ist wirklich nicht zu leugnen, dass der Feind Format hat, zumindest im Vergleich zu uns. Pascal sprach vom unendlich Großen und dem unendlich Kleinen, als hätte er unsere Situation vorwegnehmend beschreiben wollen! Ich für mein Teil würde den Akzent gerne auf die Fakten legen, das ist doch unser Beruf, oder? War der kaltgemachte Typ überhaupt echt? Handelt es sich nicht vielleicht um eine geschickte Inszenierung? Unter Umständen hat man sich an das Leichenschauhaus gewandt und sich dort eine Kadaver ausgeborgt. Dann wäre alles anders.«

»Aber was hätte das dann zu bedeuten?«, fragte Eddie.

Anhaltende Stille trat ein, bis Zamakwé das Wort ergriff: »Wenn wir schon mal dabei sind, können wir auch gleich die Schießerei infrage stellen.«

»Eben«, knurrte Eddie ohne weitere Erklärung.

»Eben was?«, bohrte Zam nach.

»Eben eben, nichts weiter«, antwortete Eddie.

Sie waren in einer Sackgasse. Ziemlich schnell kamen die Teilnehmer der Besprechung darin überein, dass in einem Land, das sicher nicht im Zeichen von Glasnost regiert wurde – was wohl das Mindeste war, das man von ihm sagen konnte –, nirgendwo und zu keinem Zeitpunkt irgendeine Wahrheit ans Licht kommen könne, sodass alles in allem stecke und umgekehrt, wie ein alter Kalauer so treffend formulierte. Auf diese betrübliche Feststellung hin beschlossen sie einstimmig, auseinander zu gehen, was sie schließlich auch sogleich taten.

Zam schlief nur eine Nacht in dem Loch, in dem seine Angebetete lebte, doch seinem eigenen Urteil nach bereicherte diese Erfahrung seine Einsichten über das Leben und die Menschen weit mehr als irgendeine andere seines bisherigen und beileibe recht langen Daseins. Wie schwülstig diese Feststellung auch daherkommen mochte, es mangelte ihr weder an Wahrheit noch an Aufrichtigkeit.

Bébète und Zam richteten sich gemeinsam in einer kleinen Dreizimmerwohnung mit Küche ein, die hatte Eddie aufgetan, ihr nunmehr offiziell bestallter Beschützer – zu Bébètes großem Verdruss, der er paradoxerweise zunehmend unsympathischer war: So sind die Frauen eben, da kann man nichts machen.

Sie kamen stets vor Einbruch der Nacht nach Hause, wenn der Himmel sich bereits zum Horizont hin wölbte, um bald darauf in den verzückten, ja beinahe ungläubigen Augen des Journalisten zu einer mütterlichen und schützenden Heimstadt zu werden, illuminiert von zarten Farben, die ihm bis dahin völlig unbekannt gewesen waren. Ihm war, als sei er als Astronaut nach wochenlangem Flug durch das Grau des Weltraums geradewegs in eine andere Welt gelangt.

Die in ein Gefilde des Glücks verwandelte Stadt hatte ihr Elend wenn schon nicht abgeschüttelt, so doch immerhin vergessen. Die barfüßigen kleinen Mädchen tanzten auf einsamen Gehsteigen zu den Klängen von Kinderliedern, die nur sie allein zu hören schienen. Ältere Bengel, die nicht mehr zur Schule gingen, lächelten jeden Vorbeikommenden über beide Backen an und boten auf großen, geschickt auf den Köpfen balancierten Platten Bananen, Erdnüsse oder Krapfen feil, bescheidene Waren, denen die seltenen, doch großzügigen Kunden wohlgesinnt waren. Statt die Einwohner in Apathie zu versetzen, schienen die stärksten Hitzewellen die Lebensgeister noch zu stimulieren. Der Regenzeit gingen Stürme, Tornados und Windhosen voraus, die den Müllpyramiden die Spitzen kappten, Straßen und Hauseingänge mit umherfliegenden Abfällen, Blütenblättern gleich, übersäten und den Frauen die Röcke lupften, die diese sofort wieder über die Beine zurückschlugen und dabei kleine Schreie irgendwo zwischen Entrüstung und Lust ausstießen, als wäre ihnen Gewalt angetan worden.

Selbst das Schauspiel des Regens war, als er dann kam, ein bezaubernder Anblick in dieser auf der Welt zweifelsohne einzigartigen Landschaft unzähliger Hügel und ebenso vieler Schluchten. Der Kontrast zwischen den Landstrichen, die noch unter den sengenden Strahlen einer im Zenit stehenden Sonne glühten, und den Gebieten, über denen der verdunkelte Himmel bereits Wassermassen niedergehen ließ, erfüllten Zam mit dem tiefen Bedauern, kein Poet zu sein. Schlagartig brach über die ganze Stadt die Dunkelheit des tropischen Gewitters herein, bisweilen erhellt von mächtigen Blitzen, denen beinahe augenblicklich das ohrenbetäubende Krachen heftiger, wie ein Bombenhagel explodierender Donner folgte. Zam und Bébète standen eng aneinander geschmiegt auf der Terrasse und sahen sich an den einzelnen Abschnitten dieses Schauspiels satt, das eine verschwenderisch freigiebige Natur erfunden und in Szene gesetzt hatte.

Der Sonntag war nach wie vor Feiertag. Nachdem sie bis in den Tag hinein geschlafen hatten, gingen sie eingehakt zum Markt, schlenderten die von Esswaren überquellenden Gassen entlang, feilschten endlos und hatten dabei ihren Spaß an der Gerissenheit der Händler. Sie vertrödelten den ganzen Morgen mit diesem Zeitvertreib, ihrer einzigen Beschäftigung übrigens an diesem Wochentag.

Sobald Bébète hereinkam, verwandelte sich die kleine Wohnung einschließlich der Küche in ein phantasmagorisches Reich. Mit bunten Bermudas bekleidet, die großen Füße nackt und die Brüste unbedeckt, als ob sie diese darbieten wolle, machte sie sich singend an einer »Platte«, einer Art Miniaturgasherd, zu schaffen, auf der stets schmackhafte Gerichte vor sich hin köchelten. Sie hatte einen herrlichen Natursopran, der in der Oper Furore gemacht hätte.

So jedenfalls sollte er sich mit einiger Distanz und dem verklärenden Blick in die Vergangenheit an jenes verlorene Paradies erinnern.

Mal auf Französisch, mal in ihrer Muttersprache sagte sie häufig zu ihm: »Ich mag deinen Freund Eddie nicht.«

»Warum denn, mein Bébé?«, fragte Zam. »Weil ausgerechnet er uns diese Wohnung besorgt hat? Jedenfalls hat er uns damit wirklich aus der Klemme geholfen. Was hätten wir denn sonst gemacht?«

»Zunächst mal geht er nie irgendwelche Risiken ein, weder mit Worten noch bei euren Protestmärschen. Er ist nie da, wenn die Polizei euch verhaftet. Und außerdem ist er reich, zu reich, finde ich. Wie kann man in diesem Land reich sein, ohne der Regierung oder

der *Partei* anzugehören? So was geht doch nicht mit rechten Dingen zu. Wie macht er das bloß? Warum bist du nicht reich, he?«

»So etwas darf man nicht sagen, mein geliebtes Bébé, das beweist nämlich, dass man neidisch ist. Und Neid ist etwas sehr Hässliches. Zuerst einmal stimmt das überhaupt nicht, Eddie ist nicht der Mann, der sich vor einem Flic verdrückt. Ich frage mich, wo du das schon wieder her hast. Außerdem ist er nicht der Einzige in der Opposition, der reich ist. Und ich, ich bin nicht reich, weil ich nicht reich sein will. Verstehst du das? Ich will nicht reich sein. Ich habe beschlossen, nie reich zu sein.«

»Wann hast du das beschlossen?«

»Als ich noch ganz klein war, klitzeklitzeklein«, antwortete Zam, da es ihm Spaß machte, ihr irgendwelchen Unsinn zu erzählen. »Da gab es in meinem Dorf nämlich einen sehr reichen und sehr dicken Mann, mit einem Spitzbauch, und ich erinnere mich noch, dass er andauernd gerülpst oder gefurzt hat, bäh, bäh, bäh … Er besaß eine Kakaoplantage, Schafe, Ziegen, mehrere Frauen und einen ganzen Stall voller Kinder. Er war der Cousin meines Vaters, oder sein Halbbruder, so genau weiß ich das nicht mehr. Um es kurz zu machen, eines Tages ist er dann einfach so gestorben, urplötzlich, ohne krank gewesen zu sein. Stirbt man denn einfach so, ohne krank gewesen zu sein? Das hat mich wirklich erschüttert. Und dann habe ich zufällig mit angehört, wie meine Mama vor sich hin gemurmelt hat: ›Er war ja auch zu reich. Wie kann einer aber auch so reich sein! Kein Wunder, dass er vergiftet wurde.‹ Ich weiß nicht mehr, warum – ich war ja noch klitzeklitzeklein, musst du bedenken –, jedenfalls habe ich Mama gefragt: ›Wird man denn immer vergiftet, wenn man reich ist?‹ Und meine Mama hat gesagt: ›Ja, immer. Werde niemals reich, wenn du nicht vergiftet werden willst, mein lieber kleiner Schatz.‹ Mama hatte mich sehr lieb, das muss ich schon sagen, und ich hatte sie auch sehr lieb, ich war ein sehr braves Kind, wenn auch etwas leichtsinnig. Weil ich damals große Angst davor hatte, vergiftet zu werden, und immer der liebe kleine Schatz meiner Mama sein wollte, habe ich beschlossen, niemals reich zu werden. So hat sich das damals zugetragen. Kannst du dir vorstellen, wie glücklich meine Mama wäre, wenn sie jetzt von den Toten auferstehen würde? Ich habe mein Wort gehalten, da ich nie reich geworden bin.«

»Jetzt hast du aber doch keine Angst mehr, vergiftet zu werden, wie damals, als du noch ganz klein warst?«

»Nnnein.«

»Und warum wirst du dann nicht reich?«

»Aus reiner Gewohnheit, nicht reich zu sein, und weil ich auf ewig der liebe kleine Schatz meiner Mutter bleiben will.«

»Deine Mama ist doch tot.«

»Ja, aber für mich ist es so, als wäre sie noch immer da und würde mich beobachten. Wirklich schade, dass die Toten nie wieder auferstehen. So könnten sie wenigstens sehen, was wir aus ihrer Liebe und unseren Schwüren gemacht haben.«

Verdutzt hielt Bébète mitten in ihrer Bewegung inne, starrte einen Moment ungläubig in die Ferne und fuhr dann fort: »Das ist genauso, wie wenn du sagst, dass du nicht an Gott glaubst. Glaubst du denn wirklich nicht an Gott, ist das dein Ernst?«

»Ja, das ist mein Ernst; warum sollte ich das nicht ernst meinen?«

»Oh, du machst doch nur Spaß, jeder glaubt doch an Gott.«

»Nun ja, ich jedenfalls glaube nicht an Gott.«

»Und warum glaubst du nicht an Gott?«

»Weil es bisher noch niemandem gelungen ist, mich irgendwie von seiner Existenz zu überzeugen. Und überhaupt, wer hat ihn denn je gesehen, außer den Scharlatanen, die uns Märchen erzählen, damit wir einen Sou in ihre Bettlerschale werfen?«

»Das verstehe ich nicht.«

»Wie, das verstehst du nicht? Du bist doch katholisch, oder? Bist du noch nie zur Messe gegangen? Hast du nie gesehen, wie der Priester am Schluss mit einem Teller in der Hand durch die Gemeinde geht? Kannst du glauben, was dir ein Monsieur erzählt, der so bettelt? Alle Bettler sind Lügner, und zwar aus gutem Grund.«

Bébète blieb skeptisch und kam auf ihr Lieblingsthema zurück.

»Außerdem kommt der Typ immer dann, wenn man ihn nicht erwartet, und nistet sich regelrecht ein«, wunderte sie sich. »Er scheint sich nicht sonderlich gerne in seinen eigenen vier Wänden aufzuhalten.«

Ausgerechnet in dem Moment tauchte Eddie auf, ohne dass sie ihn hatten klingeln hören. Verheißungsvoll streckte er ihnen zwei Flaschen algerischen Sidi-brahim entgegen, den einzigen Tropfen, der Gnade in seinen Augen fand, weil die Schwarzhändler, so behauptete er wenigstens, dessen Qualität verkannten und daher noch nicht auf den Gedanken gekommen wären, diesen im Unterschied zu allen anderen edlen Weinen zu panschen.

»Der Hauswart hat mich jedenfalls klingeln hören«, verteidigte Eddie sich auf Bébètes rabiaten Vorwurf hin, die ihre Abneigung kaum verhehlte. »Sollte ich eure traute Zweisamkeit jedoch stören, meine Kinder, dann gehe ich natürlich sofort wieder.«

Eine völlig unriskante Drohung, wusste er doch genau, dass niemand es wagen würde, ihm die Tür zu weisen, nicht einmal Bébète, sowenig sie ihn auch ins Herz geschlossen hatte.

Eines Abends verkündete Eddie, er sei zum Abendessen gekommen, obwohl er gar nicht eingeladen worden war. Zum Beweis seiner Behauptung schwenkte er einmal mehr zwei Flaschen Sidi-brahim, einen Roten und einen Rosé.

»PTC glaubt, es wären französische Geheimdienstler gewesen«, sagte er, kaum dass er am Tisch saß. »Er ist fest davon überzeugt. An und für sich ist das nicht mal so hirnrissig, wenn's auch 'ne fixe Idee bei ihm ist, vor allem, seit er vor sich hin blubbert, dass Kabila Uvira eingenommen hat – ich könnte dir dieses Kuhkaff nicht mal auf der Karte zeigen. Trotzdem ist das gar nicht mal so dumm. Du hast schließlich eine Kampagne gegen die Waldrodung geschürt, und wenn du hier am Thema Holz rührst, dann nervst du zwangsläufig die Franzosen. So lautet jedenfalls PTC's These. Er versteht immerhin einiges von der Sache, nicht so viel wie du, aber trotzdem. Wenn man ihm Glauben schenkt, sollen die Franzosen zurzeit das bei uns geschlagene Tropenholz horten, um für die Verknappung von Bau- und Möbelhölzern vorzusorgen, die in den Jahren 2020 oder 2030 erwartet wird. Und wenn es dann so weit ist, werden sie einen unglaublichen Reibach machen, weil sie praktisch eine Monopolstellung haben werden, genau wie Elf Aquitaine beim Erdöl in Zentralafrika. Das soll auch die Erklärung dafür sein, weshalb sie unsere Wälder wie verrückt kahl schlagen. PTC behauptet, das mit dem Erdöl und dem Holz sei ein Komplott der Franzosen, um die Afrikaner für immer zu Hungerleidern zu machen und auf ewig am Gängelband halten zu können. Ich sag's noch mal, blöd ist die Überlegung nicht, aber ich mag's nicht so recht glauben.«

»Und warum nicht?«, fragte Bébète bissig.

»Die Vorgehensweise, der Modus operandi, wie man auf Lateinisch sagt, stört mich, mein kleines Mädchen. Die Franzosen halten es mit Gift – erinnert euch an Dr. Félix Moumié – oder Verkehrsunfällen. Mit was Raffiniertem eben, so was hat noch Stil. Ein brutaler Sturmangriff mit Kalaschnikow aber ist doch sehr afrikanisch, das klingt nach Mobutu gegen Lumumba, Eyadema gegen Sylvanus Olympio, Compaoré gegen Sankara oder Tombalbaye gegen Outel Bono, das klingt nach Bambule mit Trommeln und Negertänzen, Happi-happi und dem ganzen Kram, das liegt dem Kannibalen, wie die Weißen sagen, wenn sie unter sich über uns quatschen. Und wenn ihr meine Meinung hören wollt, so frag ich mich, ob die Toubabs wirklich Unrecht haben.«

»Und der Völkermord in Ruanda?«, empörte sich Zam.

»Eben, da haben diese Schweinehunde die Sache einfach laufen lassen und vielleicht auch ein bisschen ins Rollen gebracht«, erwiderte Eddie. »Dass wir sie gefressen haben, ist absolut unsere Sache, doch wir können nun wirklich nicht behaupten, sie hätten selbst Hand angelegt – zumindest bis zum Beweis des Gegenteils, damit muss man immer sehr vorsichtig sein.«

»Und wenn es sich doch um eine geschickte Inszenierung handelte, wie ein Kollege neulich argwöhnte – du schienst ihm ja sogar beizustimmen?«, wagte sich Zam vor.

»Nein, das war eine echte Leiche, ich habe mich bei einer sicheren Quelle erkundigt.«

»Mit anderen Worten, jetzt brauchen wir nur die Fortsetzung der Lustbarkeiten abzuwarten«, schloss Zam. »Das ist wie bei einer Epidemie: Die ersten Fälle sind noch unklar, erst im weiteren Verlauf bestätigt sich die Krankheit.«

»Du sagst es, Knalltüte. Apropos, hast du an manchen Tagen nicht Muffensausen?«

»Wo denkst du hin!«, meinte Zam und lachte gezwungen auf. »Hast du mich schon mal genau angeschaut? Sehe ich etwa aus wie einer, der sich vor Angst in die Hosen macht? Bewundere Chakas leibhaftiges Ebenbild, mein Lieber!«

»Hast die Klicker an der richtigen Stelle. Hut ab, Kerl!«

»Glaubst du etwa, was der erzählt?«, schrie Bébète, den Tränen nahe. »Meinst du, dass das ein Leben ist?«

Genau in diesem Augenblick hörte man ein apokalyptisches Donnern, ein gewaltiges *Bumm*, mit nichts vergleichbar, was den Ohren der Bewohner unserer Stadt vertraut gewesen wäre. Es hörte sich allenfalls wie ein Donnerschlag an, aber wirklich nur sehr entfernt. Jedenfalls kam der Krach aus unmittelbarer Nähe, wahrscheinlich aus dem Erdgeschoss des Wohnhauses, wenn nicht aus dem Keller. So ungefähr dürfte es sich anhören, wenn in Palästina oder Algerien ein mit Sprengstoff vollgestopftes Auto hochgeht. In diesem Moment weiß man nicht so genau, was ohrenbetäubender ist – ob nun die Explosion selbst oder der Satz, den das angrenzende Gebäude vollführt, wenn es sich mitsamt Fundamenten und tragenden Wänden dem Erdreich entreißt und seine Bestandteile bei dem gigantischen Einsturz kunterbunt zusammenschüttet. Und tatsächlich folgten auf den gewaltigen Rums ein länger anhaltendes Kollern und Rumpeln.

Und wie durch ein Wunder wurde das Viertel gleich darauf von heulenden Sirenen erfüllt, Einsatzfahrzeuge der Feuerwehr – einer Einrichtung, deren Untätigkeit gleichwohl schon sprichwörtlich war. Auch mehrere Kombis der für ihre Langsamkeit berühmten Polizei fielen ein. Überall herrschte heilloses Durcheinander. Irgendwelche Leute brüllten Anweisungen, die andere vergebens auszuführen versuchten. Man rannte, kletterte an Wänden hoch, stürmte Treppen hinunter. Hier wurde gelacht und weiter weg geweint, aus welchem Grund auch immer. Unter dem Vorwand, er stehe unter Schock und müsse daher in ein Krankenhaus, um ihm intensive Pflege angedeihen zu lassen, trennten allem Anschein nach hilfsbereite Geister den Anwalt schon bald von seinen Freunden. Zam und seine Angebetete wurden aus einem Trümmerhaufen befreit, zwar staubbedeckt, doch unversehrt.

Ein Mann stieg aus einem Taxi, trat auf das verstörte Liebespaar zu und erklärte ihnen in ihrer Muttersprache: »Ich will euch eines sagen: Ihr könnt euch gar nicht vorstellen, was für ein unverschämtes Glück ihr habt. Nicht nur, dass ihr diesen Anschlag überlebt habt, durch einen verrückten Zufall habe ich auch noch etwas sehr Ordentliches zum Wohnen für euch. Ich habe gerade eben mit dem Eigentümer gesprochen, und der hat mich beauftragt, ihm eventuelle Mieter zu suchen. Was für ein Zufall aber auch, findet ihr nicht? Ein wahres Wunder. Ja, ich komme gerade von dem Mann. Ich kenne ihn sehr gut, er wird der glücklichste Mann auf der Welt sein, wenn er sieht, wen ich ihm da bringe. Obendrein ist es fast geschenkt, glaubt mir. Nicht mehr als hunderttausend, und es gibt sogar ein Schwimmbad. Ihr werdet's nicht fassen können. Was habt ihr nur für ein Glück … Was für ein Zufall, ein wahres Wunder.«

Zam und Bébète schauten sich an. Der Taxifahrer war offenbar ein anständiger Bursche. Außerdem widersteht man hier nur schwer jemandem, der einen in seiner Muttersprache anspricht, so selten kommt dies mittlerweile in der Hauptstadt vor.

»Was für ein Glück ihr doch habt«, wiederholte er. »Warum zögert ihr noch? Kommt mit, ihr werdet's nicht bereuen. Was für ein Zufall, ein wahres Wunder …«

Sie gingen auf das verlockende Angebot ein und verbrachten noch dieselbe Nacht in einer eleganten, als Rotunde konzipierten Villa mit Telefon, Schwimmbad und Nebengebäuden.

Bébète war etwas Derartiges offenbar noch nie zuvor passiert, und sie wirkte daher nicht gerade über die Maßen unbeschwert. Wie ein verängstigtes Schoßhündchen wich sie Zam nicht mehr von der Seite. Sie war noch nie geschwätzig gewesen, doch an diesem Tag schien sie geradezu die Sprache verloren zu haben.

Zam streichelte ihr über die Wange und sagte: »Hab keine Angst, mein hübsches Bébé. So oder so werden wir bestimmt bald erfahren, ob's Speck oder Schwein ist, wie die Franzosen sagen.«

Normalerweise hätte Bébète ihm in afrikanischem Französisch, auf das sie sich gut verstand, wenn sie nur wollte, erwidern müssen: »Was soll das nun wieder heißen?«

Doch sie sagte nichts, und Zam nahm nicht weiter Anstoß an ihrem hartnäckigen Schweigen.

Kurz vor Einbruch der Nacht tauchte eine nicht sonderlich Vertrauen erweckende junge Person in der Villa auf. Man musste die Gartenbeleuchtung einschalten, damit sie bis zur Freitreppe fand, wo sie sich mit munterer Stimme als Tochter des Besitzers vorstellte. Sie überschüttete die beiden Turteltauben mit einem wahren Wortschwall, ohne ihnen jedoch in überzeugender Weise Aufschluss zu verschaffen. Indes musterte sie abwechselnd Zam und dann Bébète unverhohlen, dann wieder Zam und so weiter, als bestünde ihre tatsächliche Mission darin, sie zu identifizieren oder sich zumindest ihr Bild einzuprägen, um sie jemandem zu beschreiben.

»Wir würden doch gerne genauer wissen, mit wem wir es zu tun haben«, sagte Zam schließlich. »Es kommt gar nicht infrage, dass wir auch nur einen Tag länger in dieser Ungewissheit leben. Dann gehen wir lieber.«

»Oh, wenn es wirklich nur das ist!«, meinte die junge Person mitleidig. »Machen Sie sich keine Gedanken über die Identität Ihres Vermieters oder über seine Absichten. Gefällt Ihnen das Haus denn wenigstens? Das ist die Hauptsache. Was alles Übrige angeht, brauchen Sie sich nicht zu beunruhigen, glauben Sie mir. Nun ja, wenn Sie aber so großen Wert darauf legen, wird schon morgen, spätestens um die Mittagszeit, alles aufgeklärt sein.«

In der Tat fand sich anderntags, gegen Mittag, ein sehr kleiner hagerer Mann bei ihnen ein, der zwar nicht der Eigentümer, aber dessen Bevollmächtigter war. Er hielt sich buchstabengetreu an die Versprechungen des Taxifahrers. Das wahrhaftig mit einem Schwimmbad ausgestattete Haus wurde ihnen für hunderttausend CFA-Francs vermietet. Überdies räumte man dem Journalisten weitgehende Zahlungserleichterungen ein.

»Das ist bekloppt!«, rief Zamakwé andauernd aus, während er, eine verängstigte und stumme Bébète nach wie vor an den Fersen, den tausendsten Rundgang durch sein neues Reich machte. »Das ist bekloppt, bekloppt ... Jetzt bin ich mit einem Schlag so was wie ein Pascha.«

Nachdem er sage und schreibe zum hundertdreiundsechzigsten Mal sein »Das ist bekloppt!« ausgerufen hatte, besann er sich plötzlich und verkündete, scheinbar in die Kulissen, wie man meinen konnte und er es fast immer tat, wenn er mit Bébète alleine war: »Scheiße, Scheiße, nochmal Scheiße. Nehmen wir mal an, übel gesinnte Leute wollten meine Gespräche ausspionieren und sich ipso facto im Voraus über meine geplanten Artikel informieren, was würden sie dann tun? Sie würden mich auf ganz gewiefte Weise dazu bringen, in ein mit Mikros gespicktes Haus zu ziehen. Nun denn, da bin ich! Ich habe mich wie ein Wickelkind in die Falle locken lassen. Die werd ich schon foppen. Wir werden ja sehen, wer schlauer ist.«

Eine Woche lang quälte Zamakwé die ständige Angst vor den Mikros. Er sagte kein Wort, solange er sich im Innern seines neuen

Domizils aufhielt. Bébète brauchte er dies jedenfalls nicht anzuraten – sie war stummer denn je, sofern dies überhaupt noch möglich war. Von Zeit zu Zeit jedoch bekam er trotz allem einen Lachanfall, den er sogleich unterdrückte. Er malte sich aus, wie die vor ihren Geräten hingen, fiebrig lauschten und völlig entgeistert waren, weil die nichts hörten, wie die sich schließlich von Missmut überwältigen ließen und ihre Kopfhörer wutschnaubend auf den Tisch knallten. Wie im Film.

5

Eddie kam ein paar Tage später aus dem Krankenhaus und suchte seine Freunde sofort in der Redaktion auf, ihrem schon traditionellen Treffpunkt, der mit der Zeit gewissermaßen zum Hauptquartier des Widerstands wurde. Natürlich konnte Zam ihm seine Psychose nicht verheimlichen.

Der Anwalt hakte nach: »Du hast dich natürlich sofort bemüht herauszufinden, wo diese sagenhaften Mikros versteckt sind?«

»Wie sieht so ein Mikro eigentlich aus?«, fragte Zam mit jener außerordentlichen Treuherzigkeit, die ihn offenbar kennzeichnete.

»Du wirst mich doch immer wieder aufs Neue verblüffen«, erwiderte Eddie, nachdem er sich wie ein Amerikaner vor Lachen ausgeschüttet hatte. »Demnach weißt du nicht mal, was ein Mikro ist, bist aber fest davon überzeugt, dass die Wände deiner Hütte damit gespickt sind.«

In seiner gewohnt humorigen Art, die Bébète so verdächtig vorkam, gestand der Anwalt indes sehr bald ein, dass auch er keine Ahnung hatte, wie diese Teufelsdinger eigentlich aussahen, versprach aber, bereits am nächsten Tag in aller Frühe einen Kumpel, eine Schwuchtel von Bullen, vorbeizubringen, der sich mit so was bestens auskannte.

»Kriegen wir etwa schon Besuch von einem Polizisten?«, empörte sich Bébète, an Zamakwé gewandt.

»Ich bitte dich, Schatz, auch bei den Polizisten gibt's solche und solche«, antwortete Zam.

Doch schon donnerte PTC los, wie es so seine Art war: »Aber, aber, meine Brüder, was gibt's denn jetzt schon wieder, dass ihr nicht auf euren Senior hört? Habt ihr ein Problem? Dann müsst ihr's mir sagen. Warum bin ich denn der Nestor und Patron hier, wenn man mir doch nichts erzählt? Habt ihr's schon gehört? Kabila ist in Goma. Doch, doch, doch, Radio France Internationale hat es gemeldet, also ist es kein Gerücht. Mein Bericht wird kurz und bündig ausfallen: Auf der ganzen Linie war ich auf dem Holzweg.«

»Nicht möglich!«, kommentierte Eddie halblaut und die Unschuld selbst, als könne er kein Wässerchen trüben.

»Was soll das denn überhaupt heißen, auf dem Holzweg sein?«, bohrte ein Fundamentalist der afrikanischen Authentizität nach. »Holzwege kennen wir doch gar nicht. Die sind wieder mal so eine Erfindung aus dem Land der Weißen, oder etwa nicht?«

»Das ist doch die reinste Demagogie«, griff ein Mann ein, der von sich glaubte, mit Menschenverstand gesegnet zu sein. »Was faselst du da eigentlich? Ist das nicht Französisch? Und stammt das nicht auch aus dem Land der Weißen?«

Wie üblich tupfte sich PTC wutschnaubend den Schweiß ab.

»Ja glaubt ihr denn, ich hätte euch hier zusammengerufen, damit ihr euch vor meinen Augen wie Schimpansen in einem Zuckerrohrfeld kabbelt?«

»Schönes Bild!«, begeisterte sich Eddie.

Da alle in Gelächter ausbrachen, hellte sich PTC's Gesicht auf, und er beruhigte sich wieder. »Ich wollte euch nur mitteilen, dass ich, was den Schutz unseres Freundes angeht, bei den Behörden nichts erreicht habe.«

»Verdammt! Was hast du dir eigentlich erhofft?«, entfuhr es Eddie.

»Was ich erhofft habe, was ich erhofft habe?«, äffte PTC ihn nach. »Diese Leute behaupten doch unentwegt: ›Wir sind ein Rechtsstaat!‹ Und was ist ein Rechtsstaat? Beinhaltet der nicht auch den Schutz seiner Bürger, wenn diese bedroht sind?«

»Mächtig scharf nachgedacht, Kerl!«, bemerkte Eddie leise.

»Wie?«, entgegnete PTC, indem er die Hand wie ein Hörrohr ans Ohr legte. »Wer hat da gesprochen? Warst du das, Eddie? Was wolltest du damit sagen?«

»Nichts«, erwiderte Eddie. »Nur dass du gut nachdenkst, du bist intelligent, ein richtiger Patron eben.«

»Ich hab den Gouverneur aufgesucht«, setzte PTC wieder an. »Hab zu ihm gesagt: ›Monsieur le Gouverneur, einer meiner Journalisten ist zur Zielscheibe übel wollender Leute geworden, ob von Ganoven, Gegenspielern von der Konkurrenz oder Rivalen, weiß man nicht. Sicher ist jedenfalls, dass sie ihn töten wollen, dass es Killer sind. Er muss geschützt werden. Erst wird eine mysteriöse Leiche in seiner Wohnung entdeckt. Und während die Untersuchung in dieser Angelegenheit noch läuft, fliegt auch noch das Haus, in dem er Zuflucht gesucht hat, offenbar durch eine Explosion in die Luft. So kann es nicht weitergehen. Das ist kein Leben mehr, das ist die Hölle.‹ Der Gouverneur hat mir zerstreut zugehört, das heißt, während ich redete, hat er weiter beharrlich die Tageszeitung der Regierung gelesen, als ob er mich demütigen wollte, wobei er trotz allem von Zeit zu Zeit zu mir aufgeblickt hat, sodass ich ihm nicht wirklich böse bin. Zum Schluss hat er in frotzelndem Ton gemeint: ›Wir alle sind durch die herrschende Anarchie gefährdet. Selbst meine Wenigkeit, *ékyé:* Wussten Sie überhaupt, dass ich letztens, als ich mich in einem Fischgeschäft befand, um eine von meiner Frau aufgetragene Besorgung zu erledigen, genau wie alle anderen Kunden von mehreren mit abgesägten Gewehren bewaffneten Individuen überrascht wurde, die uns tatsächlich zugebrüllt haben: „Alles mit dem Bauch auf den Boden!" Und was glauben Sie, tat ich? Je nun, Monsieur, ich legte mich flach auf den Bauch, wie alle anderen, einschließlich der Frauen. Ékyé, eines dieser Individuen hat daraufhin gebellt: „Zieht euch aus, allesamt!" Und was glauben Sie, tat ich?‹ – ›Sie haben sich ausgezogen, Monsieur le Gouverneur, wie alle anderen, einschließlich der Frauen‹, habe ich ergänzt. ›Ganz genau.‹ – ›Monsieur le Gouverneur, hatten Sie denn wenigstens die Möglichkeit, sich die Damen anzusehen, als diese ausgezogen waren? Was ja nicht unbedingt so unangenehm gewesen sein dürfte. Die Franzosen, diese großen Lüstlinge, nennen so etwas sich den Blick klarspülen.‹ – ›Ékyé, Monsieur Souop, ich werde mich genötigt sehen, Ihnen die Tür zu weisen.‹ – ›Bitte tausendmal um Verzeihung, Monsieur le Gouverneur, aber die Sache wurde in der Presse sattsam breitgetreten. Sie waren gerade aufgestanden, um sich wieder anzuziehen, nicht wahr? Anders geht das ja auch sehr schlecht. Doch da bellt dieser Mensch erneut: Flach auf den Bauch!‹ – ›Ganz genau. Und so habe ich mich wieder flach auf den Bauch gelegt, splitternackt, wie alle anderen, einschließlich der Frauen. Würde ich sonst leibhaftig hier sitzen, ékyé, mit Ihnen über höchst unerfreuliche Dinge reden und dabei gemütlich einen uralten, mit einem Eiswürfel verfeinerten Chivas schlürfen? Was soll man machen, Monsieur? Leben heißt Anarchie. Wir müssen uns eben ins Unabänderliche fügen.‹ Genau das hat der Gouverneur zu mir gesagt, wortwörtlich. Im Grunde hat der Innenminister auch nichts anderes gesagt, nur mangelte es dem an Humor.«

»Ist das wahr?«, kommentierte Eddie gemessen.

»Der Minister hat zu mir gesagt: ›Bilden Sie sich tatsächlich ein, der Staat würde jedem x-beliebigen Bürger, nur weil der sich bedroht fühlt, einen Polizisten zur Seite stellen? Wo sollten wir das nötige Geld für ein solches Unterfangen hernehmen? Damit muss man sich abfinden. O tempora, o mores.‹ Ich glaube, dieser Typ da kann Griechisch. Ich war derart in Rage, dass ich zu ihm gesagt habe: ›Sie selbst finden sich damit aber nicht ab, mit Verlaub, Monsieur le Ministre, Sie haben ja hundert Leibwächter.‹«

»Und dann? Und dann?«, rief der ganze Raum mehrmals im Chor.

»Dann hat er mir die Tür gewiesen«, erklärte PTC.

»Recht geschehen! Wie kann man aber auch …«, kommentierte Eddie lakonisch mit gesenkter Stimme.

»Schlussendlich habe ich noch den neuen Sicherheitsbeauftragten aufgesucht«, fuhr PTC fort. »Und was ich da zu hören bekam, war wirklich die Krönung. Ihr werdet euren Ohren nicht trauen.«

»Wir werden's versuchen, Patate«, meinte Eddie.

»Der Beauftragte hat gesagt: ›Ganz unbestritten ist es überaus lästig, von Leuten verfolgt zu werden, die man nicht zu Gesicht bekommt – und auch von solchen, die man zu Gesicht bekommt. Das gestehe ich liebend gerne zu.‹ Dabei hat er gelacht. ›Aber ahnt Ihr Journalist wenigstens, weshalb er verfolgt wird?‹

›Ja‹, habe ich zögernd geantwortet. ›Wahrscheinlich wegen seiner Artikel über unsere Wälder, die mit aller Gewalt an ausländische Gesellschaften verhökert werden. Er hat sogar kürzlich als bestandserhaltende Maßnahme vorzuschlagen gewagt, man solle den Export von Rohholz augenblicklich einstellen. Da muss der Hund begraben liegen. Ansonsten wüssten wir nichts, wirklich.‹

›Das trifft sich gut‹, hat der Sicherheitsbeauftragte mit seiner dämlichen Lache geantwortet, denn schließlich ist er ja noch ein blutjunger Mann. ›In meiner Heimat heißt es nämlich: Wenn man schon Bauchschmerzen hat, sollte man besser wissen, was man gegessen hat. Da Ihr Journalist ja weiß, was er gegessen hat, würde ich an seiner Stelle davon nichts mehr zu mir nehmen. Wie sehen Sie das?‹

›Ich wage gar nicht, meinen Ohren zu trauen, Monsieur le Délégué à la Sécurité‹, habe ich geantwortet. ›Ist es wirklich Ihr Ernst, dass Sie meinem Journalisten raten, seine Kampagne zum Schutz unserer Wälder abzubrechen?‹

Nachdem er sich auf seinem Schaukelstuhl ausgiebig gerekelt hatte, erwiderte der Beauftragte: ›Monsieur Souop, ich sage nur so viel, wer hat denn hier Bauchschmerzen, he? Doch wohl Ihr Journalist, da stimmen Sie mir zu? Ich für mein Teil stehe mit meinem Verdauungsapparat auf bestem Fuße; ich habe keine Koliken. Wenn man Bauchschmerzen hat, dann tut man etwas dagegen. Und das beste Mittel bei solchen Wehwehchen ist doch, alles zu meiden, was einem Bauchschmerzen bereitet. Auf Wiedersehen, Monsieur.‹

Ich glaube, dieser Typ da hat ein Diplom in Medizin. Jedenfalls wissen wir jetzt, was mir der Sicherheitsbeauftragte zu raten gewagt hat: Summa summarum sollen wir die editorische Leitlinie unserer Zeitung ändern. In diesem Land erlebst du wahrlich alles!

Daraufhin habe ich, wie ihr wisst, beschlossen, mich an die Parteiführer zu wenden, damit sie sich mit uns beraten. Sie werden sicher bald eintreffen, denn die Lage ist ernst. Derart anarchische Zustände müssen unsere Nation über kurz oder lang in Gefahr bringen. Bereitet euch darauf vor, ihnen die opportunsten Fragen zu stellen, und die anderen auch. Ah! Da sind sie ja …«

6

Nun zeigte sich im schonungslosesten Lichte das wahre Übel, ja das einzige Übel unserer Gesellschaft, sofern man die halsstarrige Versessenheit unserer Intellektuellen ausnimmt, die vulgären Sitten der Führungsclique unseres Regimes nachzuäffen, statt dem Volk als leuchtendes Beispiel edler und produktiver Lebensführung voranzugehen.

Gestalten jeden Alters in sehr unterschiedlicher Gewandung betraten in der Tat den Raum, ohne Eile indes und mit dem Ausdruck offensichtlicher Langeweile und Abwesenheit im Gesicht, den man bei Gymnasialschülern beobachten kann, die in einem leeren Klassenzimmer eine Strafarbeit zu schreiben haben. Das beflissene Erscheinen dieser politischen Dinosaurier und ihre Pünktlichkeit entzückten die Journalisten, zeugten sie doch vom Einfluss PTC's und seiner Zeitung. Wer sonst in der ganzen Stadt hätte sie in so kurzer Zeit und so großer Zahl zusammenführen können?

Es waren ausnahmslos Vertreter der Opposition – nicht ein Mitglied der Regierungspartei war der von der Zeitung verbreiteten Einladung nachgekommen. Größere Manichäer als die hiesigen Politiker gibt es nicht; da verhält es sich genauso wie mit den sprichwörtlichen Wischlappen und Handtüchern, die bei der Wäsche partout nicht zusammengehören.

Die Leute aus der Partei des Diktators kennen nur eine Sprache, nämlich die der Gewalt – ob als stets großzügig und natürlich blindlings verabreichte Schlagstockhiebe, als Gewehr- oder Pistolenschüsse, vorzugsweise aufgesetzt oder einfach ins Kroppzeug gefeuert, oder auch in der Manier diverser heimtückischer Aktionen, einer altbekannten Spezialität von Sippschaften, die nicht gerade vor lauter Mut bersten.

Was die Führer der politischen Opposition betrifft, so sind diese Meister in der Rhetorik der Entrüstung und des Anprangerns, wahre Virtuosen, denen keine Phrase zu abgedroschen ist. Feurige Zungen gegen Kanonenschüsse, rhetorische Blüten gegen Friedhofsblumen und andere Bettseicher, mit anderen Worten der ewige Streit zwischen irdenem und ehernem Topf. Zam mochte sie nicht mehr als Eddie und pflegte daher über die Männer der Politik zu sagen, dass weder die einen noch die anderen unbedingt zur Familie jener Spezies gehörten, die den berühmten Entomologen Jean Henri Fabre dereinst in Begeisterung versetzten. »Ich versteh's zwar nicht, aber es dürfte stimmen«, bemerkte Eddie bisweilen hierzu.

An diesem Abend gelang es den Journalisten dank geschickten und verwegenen Taktierens, ihre Gäste für dies eine Mal auf den Boden der Realitäten zu bringen, und diese hier zu Lande alltäglichen Realitäten trugen die Namen aller Grauen von Anarchie und Chaos. Ein jeder gestand daraufhin, was er wusste oder selbst erlebt hatte, zumeist unter Leid und Demütigung. Hier waren Familienväter geschlagen worden, bevor man sie um ihren Besitz gebracht hatte, dort ehrenwerte Matronen vor den Augen ihrer Kinder und Enkel sodomisiert, Diebe von der Menge gesteinigt, Villen manchmal am helllichten Tag von Gangsterkommandos im Sturm genommen worden. Auch die Erpressung des Beförderungsgewerbes durch die Leute in Tenue hatte inzwischen nahezu rituelle Züge angenommen – die Gewalt schien alles überschwemmen zu wollen wie eine apokalyptische Sintflut.

Stundenlang saß man über Polizei und Justiz zu Gericht, die eine so korrupt und verderbt wie die andere und weitaus krimineller als die Kriminellen, deren Verfolgung und Bestrafung eigentlich ihre Aufgabe war.

Jedoch genüge es nicht, sich zu entrüsten, wandten die Journalisten endlich ein. Gab es denn keine Möglichkeit, dem Bösen Einhalt zu gebieten?

Eddie, der häufig als Gentleman, wenn nicht als Mann von Welt auftrat, spottete ab und an des Protokolls, auch auf die Gefahr hin, ins Fettnäpfchen zu treten, es sei denn, dass es Zam, der üblicherweise neben ihm saß, gelang, ihn im Zaum zu halten und zuzuflüstern: »Lass die seltsamen Pfarrkinder da doch im Schlamassel herumwurschteln. Was geht uns das an?« Zam hatte sich indes verdrückt, zweifelsohne um diskret seinen Durst zu stillen. Das Patentrezept gegen Gewalt wäre an diesem Abend wahrscheinlich ohnehin nicht ausgetüftelt worden. Ehrlich gesagt, wer kann die Gewalt noch eindämmen, wenn sie bereits ein solches Ausmaß erreicht hat? Sei's drum: Wie Eddie jedenfalls als Erster das Wort ergriff, ohne formell dazu aufgefordert worden zu sein, schien er mächtig in den Ameisenhaufen zu treten und legte sogleich das Feuer an die Lunte, indem er einen – von ihm doch leidlich oft gehörten – Vorschlag anführte, dessen anerkannte Banalität und Irrwitz unter diesen Umständen höchstens zu einem müden Lächeln hätte führen dürfen.

»Der Mord an Pater Mzilikazi«, verkündete er, »und die Nachrichtensperre bei der Untersuchung sind doch wirklich unglaublich. Und was soll man erst von den Anschlägen halten, die auf unseren Freund Zamakwé abzielen? Wir befinden uns in der gleichen Situation wie die Schwarzen von Montgomery, Alabama, im Dezember 1955. Ich bin ein großer Bewunderer dieses genialen amerikanischen Schwarzen namens Martin Luther King. Was hätte er in einer solchen Situation getan? Er wäre mit seinen Anhängern auf die Straße gegangen, um zu beten. Wie hat dort drüben eigentlich alles begonnen? Eine alte Negerin, die gerade von der Arbeit kam, hatte sich in aller Ruhe auf der Sitzbank ihres Busses niedergelassen. Dann tanzt auf einmal irgend so ein Typ an und sagt zu ihr: ›Überlass mir deinen Platz!‹ Und der war weiß. Das war schon seit Jahrhunderten so in Montgomery. Wenn du schwarz bist, auf einer Bank sitzt, und ein Weißer rückt an, dann musst du aufstehen und ihm deinen Platz überlassen. An diesem Tag aber weigert sich die alte Negerin zur Verblüffung aller, dem jungen Grünschnabel ihren Platz zu überlassen. Sie wird festgenommen und zur Polizeiwache gebracht. Was tut Martin Luther King daraufhin? Zunächst hält er Reden, das stimmt, die braucht es immer. Dann aber geht er mit seinen Anhängern auf die Straße. Dort beginnt er zu beten und baptistische Choräle zu singen.

Und als die Bullen über ihn herfallen, fordert er die seinen auf, niederzuknien und mit noch größerer Inbrunst weiterzubeten. Die weißen Bullen knüppeln, pöbeln, lassen ihre Bluthunde los. Doch Martin Luther King hält stand, er betet nur, von den seinen unterstützt. Genauso hat dort drüben alles angefangen. Ich werde Ihnen nicht die Beleidigung zufügen und Ihnen sagen, wie es ausgegangen ist. Wenn wir also wollen, dass die Gewalt aufhört, die unser Land heimsucht, dann müssen wir hinaus auf die Straße und es laut und vernehmlich sagen, mit Gebeten, Tänzen, na ja, mit irgendwas halt, aber wir müssen etwas tun, Scheiße noch mal!«

Wie man dem Ton dieses geistigen Höhenflugs entnehmen konnte, sprach Eddie als ein Mann des Herzens, der sich im Angesicht des Unrechts rasch erzürnt, jenem leichten Hang zur Unmoral zum Trotz, den Zam, der Reinste der Reinen, ihm so oft vorhielt. Eddie verabscheute Etikette und Ehren, er kannte keinerlei Berechnung, hatte keine Ambitionen im Hinterkopf. Sein Desinteresse an Macht war vollkommen.

Und dennoch. Nachdem sich die erste Unschlüssigkeit im Raum gelegt hatte – die Journalisten hielten sich derweil an ihre Unparteilichkeit als Berichterstatter, ein angeblich ehernes Berufsethos, und die Führer der politischen Opposition schwiegen sich über ihre Gedanken zunächst geflissentlich aus –, wurde Eddie schon bald der Demagogie geziehen. Doch in diesem Fall geschah das mit einer seltenen Gehässigkeit, wie er sie sich nach den bisherigen eher netten Abfuhren beileibe nicht hätte vorstellen können.

»Wer bist du eigentlich?«, hielt ihm jener wohl bekannte Führer der Opposition vor, von dem gesagt wurde, er könne einen Parteikongress in einer Telefonkabine abhalten, derart schwindend, wenn nicht gar inexistent waren seine Truppen. »Ja, was bist du überhaupt? Bist du Journalist? Politischer Führer? Was bist du? Was machst du überhaupt hier? Im Namen welcher Sache ergreifst du hier das Wort?«

Dies war genau die Art, mit der man Eddie besser nicht kam.

Daher erwiderte der Anwalt prompt: »Und du, wer bist denn du, du dummes Arschloch? Kleiner verschissener Schwuler, du blöder Hinterlader von einem Kaffer, wo sind denn deine Truppen? Wen repräsentierst du denn?«

Eddies Widersacher, ein gutmütiges Männlein von kaum sechzig Kilo, fünfundsechzig, wenn's hoch kommt, sprang von seinem Stuhl auf und schickte sich nach Kräften an, ihm an die Gurgel zu gehen. Auf halbem Wege jedoch wurde er problemlos von den Muskelprotzen der Zeitung, wahren Hünen, abgefangen und schonungslos wieder auf seinen Stuhl verfrachtet.

Eddie hatte ihm den Rücken halb zugedreht und sich nicht einmal die Mühe gemacht, ihm die Stirn zu bieten. Nicht dass er derart eindrucksvoll gewesen wäre mit seinem Meter fünfundsiebzig, größer war er sicherlich nicht, doch so stämmig, kraftstrotzend und unverwüstlich robust er nun mal gebaut war, wirkte er eben wie ein Kleiderschrank. Groß und stark halt. Dessen bedurfte es schon, um ein Abenteurerleben zu führen, wie Eddie es so lange in der ganzen Welt geführt hatte und nun auch hier tat.

Die Journalisten kicherten, wohingegen die Politiker ernst dreinblickten und zu sehr damit beschäftigt waren, sich ihre Hirnwindungen zu zermartern, um Eddie in wohl gesetzten Worten Paroli zu bieten. Der eine führte den republikanischen Legalitätsgrundsatz ins Feld, ein anderer die Gefahr, das Volk durch unangebrachte Demonstrationen zu erschrecken, ein dritter die kooperative Haltung des IWF gegenüber der Opposition und dass sich hieraus die Pflicht ergebe, den bislang eingeschlagenen strategischen Kurs beizubehalten. Und so weiter und so fort.

Letztendlich war es dann doch PTC, der die Leidenschaften, möglicherweise ungewollt, bis zum Äußersten anfachte, indem er scheinheilig erklärte: »Wolle Gott, dass es Kabila gelingt, Mobutu zu verjagen. Dann würden wir ihn vielleicht zum Vorbild nehmen, um die Jagd auf die Tyrannen bei uns fortzusetzen. Ich persönlich verstehe unsere Freunde von der Opposition. Sie haben schon einmal den

Hintern versohlt bekommen und legen keinen Wert darauf, sich erneut dieser Pein auszusetzen. Wer von uns wüsste nicht, dass die von einem Augenblick auf den anderen in diesen Raum platzen können, um uns Gott weiß wohin zu schleifen und windelweich zu prügeln. Die haben es bereits mehrfach getan und würden es liebend gern auch heute ungestraft tun, darin liegt ihre Macht. Ich verstehe unsere Freunde von der Opposition. Sicherlich kann man auch vorsichtig sein, ohne sich gleich dessen schämen zu müssen. Der Mensch lebt eben nur einmal und wünscht sich diesen Aufenthalt auf Erden so angenehm wie möglich. Das ist völlig normal, ich verstehe unsere …«

Einer der Oppositionsführer, der die einzige einhellig geachtete Partei des Landes repräsentierte, glaubte, sich gegen diese Äußerungen erheben zu müssen, und verkündete, heftig mit dem Arm rudernd: »Uns kann man tausendmal den Hintern versohlen, das wird uns bestimmt nicht zum Wanken bringen. Meine Partei ist entschlossen, auf die Straße zu gehen, vorausgesetzt, die Vorsitzenden der anderen Parteien willigen ein, sich gemeinsam mit uns an der Spitze des Zuges zu zeigen und allen Gefahren auszusetzen, die man sich vorstellen kann – wozu sie seit jener denkwürdigen Tracht Prügel jedoch nie mehr den Mut gehabt haben.«

»Bravo!«, rief Eddie. »Das nenne ich einen Mann, einen wahren.«

Mehr sagte Eddie nicht. Gewiss, nur waren diese wenigen Worte voller Anspielungen, die er nicht erst zu erklären brauchte, die aber jeder für sich folgendermaßen interpretierte: Ihr anderen, die ihr nicht applaudiert, ihr seid doch nur armselige Arschlöcher und warme Memmen. Eddie hatte dies zwar nicht explizit gesagt, doch alle verstanden es so.

Daher wurde er abermals von einem der Oppositionsführer attackiert, nicht vom selben, sondern von einem anderen, einem manischen Duzer, der ihm vorwarf, ein amerikanophiler Provokateur im Dienste des Regimes zu sein.

»Wo sonst, so frage ich«, fügte der Politiker hinzu, und er war sich seiner Wirkung auf die Zuhörerschaft gewiss, »wo sonst treibst du das ganze Geld auf, das du ja brauchst, um auf so großem Fuß leben zu können?«

Zum Glück hatte Eddie eine fertige Antwort parat, um derartige Anschuldigungen zu entkräften, der Leser kennt sie bereits von ähnlichen Vorkommnissen. »Mit Verlaub, Monsieur le Politicien«, hob er gestelzt an, wobei er im Nachfolgenden ostentativ das Sie betonte, wahrscheinlich um diesem Menschen eine Lektion in Sachen Höflichkeit zu erteilen. »Sie sind eine Null, genauso eine Null wie die Leute, die Sie zu bekämpfen behaupten. Es geht doch wirklich nichts über eine Null, will man den üblen Geruch von Neid verbreiten. Sie sind nur deshalb neidisch, weil Sie eine Null sind. Ich wette mit Ihnen, mit Ihnen oder mit wem auch immer, hier oder anderswo, dass Sie außer Stande sind zu sagen, wo und wann man je gesehen hätte, dass ich mit dem Diktator oder mit seinen Freunden oder mit Vertretern einer ausländischen Macht gemeinsame Sache gemacht hätte.«

»Sicher, nur sieht man so was ja auch nicht unbedingt«, kicherte der Herr Politiker.

»Was man hingegen gesehen hat«, parierte Eddie prompt, »ist ein gewisses Pasquill, eine Schmähschrift unter dem Titel *Wer regiert tatsächlich das Land?*, seinerzeit verfasst als Lobrede auf den Diktator, dem Sie Offenheit und Toleranz zuschrieben. Man möchte meinen, Sie hätten diese Meisterleistung vergessen, allerdings wären Sie in dem Fall der Einzige. Sie brachte Ihnen viel Ehre ein und zweifelsohne auch wohlklingendes und vollwichtiges Bargeld. Es war ja auch zu einfach: Man dient der Diktatur über Jahre hinweg mit Fußkuss und bemüht sich währenddessen geflissentlich, aus den Schatullen des Staates zu schöpfen und sich die Taschen zu füllen. Wenn man einen ordentlichen Batzen angehäuft hat, erklärt man sich lauthals zum großen Gegenmanitu. Namen wollen die Herren Journalisten? Folgen Sie meinem Blick.«

Und schon heftete er seine Augen auf den Politiker, der sich sofort ganz klein machte und keinen Pieps mehr von sich gab.

»Das haut Sie mächtig um, nicht wahr, Sie Herr Berufspolitiker?«

So war er, der Eddie. Ich glaube nicht, dass er sich seit den Ereignissen, von denen diese Chronik berichtet, geändert hat. Es würde mich sehr wundern, wenngleich ich ihn nicht wieder gesehen habe. Hingegen habe ich bei der Schilderung des Zwischenfalls erfahren, dass Zam, der nicht zugegen gewesen war, weil er still und leise seinen Durst stillen wollte, mit galliger Verwunderung zu Eddie gesagt haben soll: »Pasquill! Das kann nicht wahr sein, du hast Pasquill gesagt! Du kennst tatsächlich dieses Wort? Wer hat's dir beigebracht?«

»Na du natürlich, du Hinterhofintelligenzbestie«, soll Eddie erwidert haben.

»Entweder habe ich absolut keine Ahnung von der Psychologie des gemeinen Ganoven, oder aber du gerätst langsam auf die schiefe Bahn, auch wenn du Peter Cheyney nicht gelesen hast«, schloss Zam angeblich.

Woher hatte Eddie nur so ein Talent, die Leute in Verlegenheit zu bringen und sogar aufs Höchste zu ergrimmen? Und zwar nicht den Mann von der Straße, der weiß Gott andere Sorgen hatte, sondern vielmehr gewisse Personen, die in irgendeiner Weise – ob zu Recht oder Unrecht – zu den wichtigen Kreisen im Lande gehörten.

Freilich darf man eins nicht vergessen: Wenn nach einer langen Periode der Diktatur die Exilanten, durch einen unerwarteten Umstand begünstigt, in Scharen wieder ins Land zurückströmen, so muss dies die Machthaber zwangsläufig beunruhigen. Doch ganz im Widerspruch zu dem, was man a priori annehmen könnte, bringt dies für die Gesamtheit der etablierten Gesellschaft ebenfalls eine gewisse Unruhe mit sich – schließlich hat sie sich von der Zeit und den Gewohnheiten doch allzu trefflich formen lassen und mit dem, was man den Zwang der Verhältnisse nennt, allzu sehr abgefunden. Es ist, als ob ein heftiger Windstoß in eine Lehmhütte fahren und in den Köpfen und Herzen Sturm säen würde. Sinnen und Trachten, Sprache und Verhalten der Neuankömmlinge muten nicht nur fremd an, sondern unverständlich, ja sogar abstoßend. Spiegelt der Kontrast zwischen deren Lebensweisen und den traditionellen Sitten und Gebräuchen nicht vielmehr die eigene Rückständigkeit und den Verfall wider? Bei uns war eine blutrünstige Despotie durch eine verdeckte Diktatur abgelöst worden. Diese zögerte zwar, die Massen mit Maschinengewehren niederzumetzeln, meuchelte aber Einzelne im Verborgenen. Sie brüstete sich zwar, Wahlen auszurichten, jedoch gerieten diese sogleich zur Farce. So wie die menschliche Zelle sich dergestalt modifiziert, dass sie sich an eine Sättigung mit Alkohol gewöhnt, um letzten Endes unfreiwillig zum Initiator dieses Missstands zu werden, so hatte sich die sesshafte Bevölkerung an die Misshandlungen, Ausplünderungen und Schandtaten der Autokraten gewöhnt, sich all dem sogar bis zur Unkenntlichkeit angepasst. Fast nichts verletzte oder verwunderte die Menschen noch, ganz im Gegenteil; sie hatten es sogar so weit gebracht, dass sie den Tollheiten der Diktatur Beifall spendeten. Wo man das Volk zu lange vom Licht und von den Segnungen des Rechts fern hält, wird Verderbtheit zur Norm, Unlauterkeit zur Regel, Willkür zur Tugend. Das massive Eintreffen von Exilanten versetzte allen Bevölkerungsschichten einen Schock und ließ sie hochschrecken … In der Öffentlichkeit freute man sich über die Heimkehr der verlorenen Kinder, privatim aber tadelte man sie dafür, nicht wie alle Welt zu handeln und zu fühlen. Ereiferten sich die Heimkehrer etwa über die Korruption, so antwortete man ihnen: »Jeder muss schließlich essen.« Oh, welch garstig Wort! Unterließen sie es, die Mächtigen zu hofieren, so schalt das Volk: »Gott hat gesagt: Gehorcht den Oberen.« Stürzten sie sich erbittert in die Arbeit, dann rügte man sie deswegen unter dem Vorwand, dass der Mensch nur ein Leben habe und es, wenn irgend möglich, nicht vergeuden dürfe. Nahmen sie Anstoß am lächerlichen Budget im öffentlichen Bildungs- und Gesundheitswesen, konterten Weltbank und Internationaler Währungsfonds barsch: Schuldentilgung hat Priorität! Predigten sie gar die Revolution, wie es bei heimgekehrten Exilanten gerne zur Manie wird, dann hob man nur den Blick gen Himmel und rief die Vorsehung an.

Die Exilanten waren zurück, und nichts würde mehr so sein wie zuvor. Einstweilen jedoch nahmen die schäbigen Kriechereien und heimlichen Schändlichkeiten unabänderlich ihren gewohnten Gang, und ebendies brachte Eddie zur Verzweiflung, da er offen gestanden zu großen Wert auf seine Unabhängigkeit legte, um die geringsten politischen Ambitionen zu hegen. Andererseits war er jedoch durch sein langes Exil unter rassistischen Völkern in seiner Würde als Afrikaner zu tief verletzt worden, um den Dingen einfach ihren Lauf zu lassen – und genau das war seine Tragödie.

Sehr wahrscheinlich hätte sich diese Begegnung von Männern der Feder und potenziellen großen Dienern der Nation noch länger hingezogen und die Emotionen zu noch schwindelerregenderen Gipfeln hochgeschaukelt. Doch bedauerlicherweise stürmte Bébète, die sich zweifelsohne aus Überdruss ob der Prosaik in den Auslassungen eine Stunde zuvor verkrümelt hatte, gerade in dem Moment in den Konferenzraum, als Eddie dabei war, seinem Widersacher mit einem letzten Stich den Gnadenstoß zu versetzen, von dem er sich wohl kaum je wieder erholen dürfte.

»Hört ihr das?«, schrie die junge Frau, der Hysterie nahe, und hielt ein winziges Radio in die Höhe.

In tiefer Grabesstille wie zum Zeitpunkt eines Verbrechens vernahmen die Anwesenden, wie der Sprecher ausgiebig und in ausgesprochen vagen Worten vom Tode jener Person berichtete, die er in seiner kindischen Schwülstigkeit die »Première Dame« zu nennen nicht müde wurde.

»Was? Die Frau des Präsidenten ist wirklich tot?«, seufzte einer der Führer der politischen Opposition. »Mein Gott, was hat das schon wieder zu bedeuten? In was für einem merkwürdigen Land leben wir nur? Werden wir denn alle draufgehen? Und warum bloß?«

Auf dieses Schlusswort hin zerstreute sich die Versammlung, einem Schwarm verzweifelt krächzenden Federviehs gleich, ohne dass der Hausherr und Organisator sie für beendet erklärt hatte.

7

Eddie wartete mit einem seltsamen Lächeln auf den Lippen, bis der Polizist gegangen war, und sagte erst dann zu Zamakwé: »Rat mal! Kommst du drauf?«

»Nein«, erwiderte Zam gereizt. »Und was soll ich überhaupt erraten?«

»Hier ist nichts. Nix! Null! Es gibt keine Mikros!«

Nach längerem Schweigen, mit dem er Erstaunen und Skepsis zugleich zum Ausdruck bringen wollte, vertraute Zam ihm an: »Das mag ja sein, und trotzdem hat uns, also Bébète und mich, gestern Abend irgendjemand verfolgt. Wir kamen so um einundzwanzig Uhr aus der Redaktion, gegen den dringenden Rat von PTC übrigens – seiner Meinung nach sollen wir nämlich erst nach Einbruch der Dämmerung abhauen, aber das ist nicht machbar. Was soll ich in diesem blöden Haus? Da gibt's rein gar nichts. Keine Hi-Fi-Anlage, kein Video, kein Fernsehen, und das aus gutem Grund. Nicht einmal einen Schreibtisch. Hier in der Redaktion kann ich wenigstens RFI hören und unter der Lampe meines kleinen Kabuffs *L'Événement du Jeudi* und *Libération* lesen.«

»Wart ihr etwa allein? Wo waren deine Gorillas?«

»Ich kann diese Jungs doch nicht die ganze Zeit mit mir herumschleppen. Soll ich deiner Meinung nach etwa so ein Leben führen? Wir sind doch nicht aus Holz.«

»Also, erzähl schnell weiter. Wie ist die Sache abgelaufen?«

Zam und Bébète saßen also allein in dem alten, von PTC geliehenen Vitara. Bébète hatte schließlich als Erste das Theater bemerkt, das der Fahrer eines Wagens veranstaltete, um sich mehrere Male hinter den Vitara zu setzen und gleichzeitig mit ihm wieder anfahren zu können. Beim ersten Mal wollte Bébète bei den Händlerinnen, die auf dem Gehsteig in der Nähe der Polizeischule ihre Stände haben, geschmorten Fisch kaufen. Da das Gewusel sich dort meist über die Straße ausbreitet, geriet das Verfolgerauto ins Hintertreffen und musste mächtig herumlavieren. Bébète hatte dem zunächst keine große Beachtung geschenkt, weil sie dachte, es handele sich um Leute, die genau wie sie geschmorten Fisch kaufen wollten, den die Leute hier nun mal für ihr Leben gern essen. Als sie später jedoch vor einer Apotheke hielten, in der Bébète etwas besorgen wollte, das sie geheimnisvoll *garnitures* nannte, und der mysteriöse Wagen mit den getönten Scheiben endlich ihre Aufmerksamkeit auf sich zog, da er erneut hinter dem Vitara parkte, fiel ihr ein, dass sie zuvor niemanden hatte aussteigen sehen. Sie hat dann einen auf blind gemacht und diesmal zweifelsfrei beobachten können, dass niemand den Wagen verließ.

»Was für 'ne Marke?«, fragte Eddie.

»Was für 'ne Marke, was für 'ne Marke! Du bist vielleicht lustig! Kannst du dir Bébète vorstellen, wie sie Automarken identifiziert, auseinander hält und einordnet? Hier fahren doch so viele herum, dass sogar ein Fachmann mit seinem Latein am Ende wäre, und Bébète hat ja nicht gerade das Polytechnikum besucht. Wie soll sich ein armes Mädel bei den ganzen Japanern, den französischen, deutschen, amerikanischen und italienischen Wagen – es gibt inzwischen sogar südkoreanische und selbst russische – auskennen?«

»Ho, sie hat aber doch zumindest 'ne Farbe gesehen!«

»Sie sagte was von einem Grün, wie das von Bananen.«

»Na ja, das ist ja wenigstens schon mal präzise. Und das Kennzeichen?«

»Hatte keins, behauptet Bébète.«

»Du hast diesen Schlitten aber doch auch irgendwann mal gesehen, oder?«

»Bist du schon mit 'nem Typ, der dir am Hintern klebt, durch die Gegend gefahren? Da würde ich dich mal gerne sehen.«

»Quatsch nicht von so was, Kerl, lass gut sein, du bist wirklich der letzte Blindgänger. Und dann?«

Als Bébète wieder zu Zam in den Wagen steigt, macht sie ihn darauf aufmerksam, dass ihnen ein Auto folgt. Zam glaubt ihr zunächst nicht, weil Zam zu denen gehört, die nur an das Gute glauben. Als er dann aber vor einer etwas abgelegenen Bar hält, in der er sich mit Bierflaschen zu versorgen pflegt, wenn es spät geworden ist, muss er sich schließlich doch von den Tatsachen überzeugen lassen: Das Verfolgerauto bleibt nämlich ebenfalls stehen. Zam ist nicht mehr absolut nüchtern, und in diesem Zustand ist er zu jeder Verrücktheit fähig. Er hält es also wie immer, beugt sich nach hinten, um nach dem Beutel auf der Rückbank zu greifen, in dem er seine Bierflaschen verstaut, und schickt sich an, die Tür zu öffnen. Bébète packt ihn im gleichen Moment am Arm, bricht dabei in krampfartiges Schluchzen aus und fleht ihn mit verzweifelter Stimme an, doch bitte nicht auszusteigen.

»Oder wir gehen zusammen.«

»Beruhig dich«, redet Zam auf sie ein. »Wenn du darauf bestehst, gehen wir eben alle beide, wo ist das Problem?«

Wie unzertrennliche Verliebte überquert das Paar Arm in Arm die Fahrbahn, tätigt Zams Einkäufe, kehrt zum Wagen zurück, setzt sich hinein, und schon fährt der Vitara an. Zwar ist nichts passiert, doch das Verfolgerauto startet ebenfalls. Zam fährt gemächlich ins Stadtzentrum zurück, der andere Wagen bleibt ebenso gemächlich hinter ihm. Am Verteilerkreis vor dem Hauptpostamt beschleunigt Zam mit einem Mal, aber der ungleich schnellere Verfolgerwagen hat den Suzuki rasch wieder eingeholt und setzt sich hinter Zam, als wollte er ihn foppen. Zam bremst leicht ab, der andere Fahrer tut es ihm nach. Auf diese Weise kreuzen die beiden Fahrzeuge eine gute Stunde lang über die größten Verkehrsadern der Hauptstadt. Doch auf einmal sagt Zam – er hat die ganze Zeit in den Rückspiegel gestarrt, während Bébète, völlig gelähmt vor Angst, die Augen geschlossen hat: »Komisch, ich sehe niemanden mehr!«

Mit derartigen Situationen nur wenig vertraut, dreht Bébète sich beinahe ganz um, statt in den Rückspiegel zu schauen, und sucht angestrengt die Dunkelheit ab.

»Ich sehe sie auch nicht mehr«, bestätigt die junge Frau.

Das Paar kehrt zur Redaktion zurück, wo ihr Patron auf sie gewartet hat. Er setzt sich ans Steuer seines Suzuki Vitara und bringt die beiden Verliebten nach Hause.

»Wartet morgen früh auf mich, oder nehmt besser gleich ein Taxi«, meint er noch lakonisch, während die Turteltauben auf eine Suada entrüsteter Kommentare in PTC's klassischem Stil gefasst waren.

Diese Beschattung sollte sich vier Tage später wiederholen, haargenau nach demselben Muster. Der Anwalt wollte daraufhin die Dinge selbst in die Hand nehmen, wenn man so sagen darf, obwohl er auf diesem Gebiet allem Anschein nach eigentlich nicht sonderlich firm sein durfte. Da er jedoch der geborene Sportsmann sei, wie er behauptete, könne nichts, was irgendwie mit Sport zu tun habe, ihm fremd sein.

Als gewitzter Jurist hatte Eddie sich mit einem jungen Polizeiinspektor angefreundet, dem er sich hinsichtlich seiner Sorgen und Nöte anzuvertrauen pflegte. So etwas ist bei uns ein elementarer, zum Überleben unabdingbarer Reflex. Nehmen Sie zum Beispiel einen Personalausweis: Ihr Nachtwächter, ein braver, aus seinem Geburtsort im Norden hierher gezogener Bursche, braucht einen solchen. Natürlich steht es Ihnen frei, die Ochsentour der legalen Prozedur in Angriff zu nehmen: ein aus unzähligen Schriftstücken bestehendes Dossier, hundertfünfzig Formalitäten, eine absurder als die andere, nicht weniger als hunderttausend Francs an diversen Unkosten, einen Monat Wartezeit, von zehn weiteren Unbilden ganz abgesehen. All das steht Ihnen bevor. Haben Sie indes einen Kumpan bei der Polizei, regelt sich alles binnen vierundzwanzig Stunden wie durch Zauberhand.

Von besagtem Polizisten unterstützt – der außerdem, wie bei seinesgleichen im Allgemeinen üblich, ein großer Freund von Zubrot jedweder Form war –, richtete Eddie es von nun an jeden Abend so ein, dass sie Zam und Bébète beim Verlassen des Zeitungshauses decken konnten, ohne dabei selbst gesehen zu werden. Ihr Versteck, das der sattsam entlohnte Flic und Freund von Zubrot ersonnen hatte, war eines der simpelsten: Sie hatten den Mieter einer Wohnung über der Straße, auf die der Ausgang der Redaktion führte, schlichtweg bestochen und brauchten jetzt nur mehr abzuwarten und zu beobachten.

Ungefähr vierzehn Tage lang passierte gar nichts, derweil der Winkeladvokat den käuflichen Tatendrang seines Gefährten fürs Erste noch zu beschwichtigen wusste, indem er mit ihm über den Tod der Première Dame sprach.

Wie jeder unserer Landsleute wurden es auch die beiden Freunde nicht müde, sich über diese Tragödie auszulassen, die beispiellos war, es sei denn, man ginge bis zu Poppaea, Neros Gemahlin, zurück, welche als Schwangere von ihrem Gatten mit Fußtritten in den Bauch getötet worden war. Gewiss, die First Lady, über deren notorische Unfruchtbarkeit ständig neuer Klatsch und Tratsch verbreitet wurde, war weder guter Hoffnung gewesen noch galt sie als geprügelte Frau. Das Paar hatte nie den Eindruck eines zerstrittenen Gespanns gemacht. Überdies hatte Eddies Gefährte, besagter Freund von Zubrot, keinen blassen Schimmer von römischer Geschichte, und Eddie wahrscheinlich ebenso wenig, ungeachtet seines intellektuellen Gehabes. Nichtsdestotrotz blieb eine Frage im Raum, mit der man endlos immer neue Hypothesen zusammenspann: Was mochte wohl das Motiv dieses Verbrechens sein?

Dass nämlich ein Verbrechen vorlag, stand in den Köpfen eines jeden von uns völlig außer Zweifel, und ehrlich gesagt schien die Staatsmacht alles daranzusetzen, dieser Mutmaßung auch Glaubwürdigkeit zu verschaffen. Wohl hatte man den Leichnam aufgebahrt, aber so geschickt, dass niemand das Gesicht der Toten, das hartnäckigen Gerüchten zufolge tatsächlich von zahlreichen Wunden übersät sein sollte, genau betrachten konnte. Die offizielle Presse sprach von einer langen Krankheit, doch noch am Vortag ihres Ablebens war die nun Verblichene in der Öffentlichkeit – und augenscheinlich bei bester Gesundheit – gesehen worden. Dennoch, über all diese flagranten Widersprüche und Unstimmigkeiten hinaus, welche die unabhängigen Zeitungen zudem hinreichend kommentierten, steckte man in einer Sackgasse, wie bei Pater Mzilikazi.

Warum? Wieso? Eine völlig willkürliche Tat vielleicht – ein Verbrechen ohne Motiv, eine reine Stilübung?

All jene aber, die sich schon ausgemalt hatten, eine derart abscheuliche Missetat müsse die Diktatur zwangsläufig erschüttern, steckten schon binnen kurzer Zeit kleinlaut zurück. Wie es bereits bei dem Mord an Pater Mzilikazi der Fall gewesen war, verlor die Angelegenheit für das breite Publikum und für den Flic schon bald an Reiz.

Der große Freund von Zubrot war im Gegensatz zu Eddie jeglicher Selbstverleugnung generell abhold und schon drauf und dran, ihre Operation als verloren anzusehen. Denn sein Verlust an bislang entgangenen Einnahmen belief sich seinem Bekunden nach auf mehrere hunderttausend Francs, ein nettes Sümmchen eben, mit dem er seine zahllosen Nachkommen an den Lyzeen der Hauptstadt hätte einschreiben können – der bereits mehrfach verschobene Schulbeginn hatte in der Tat gerade stattgefunden.

Mal auf Französisch, mal auf Afrikanisch, denn er sprach beides fließend, beschwerte er sich ständig bei Eddie: »Ja bist du dir eigentlich darüber im Klaren, um wie viel Geld du mich mit diesen Kindereien bringst? Was machen wir überhaupt hier? Wir warten, dass etwas passiert, und vielleicht passiert nie etwas. Das soll mir eine Lehre sein, mir meine Kumpel in Zukunft sorgsamer auszusuchen. Bei der Verkehrsüberwachung mache ich an einem einzigen Abend leicht um die hunderttausend. Du musst mir schon was Ordentliches anbieten, sonst lassen wir die ganze Sache sausen. So kann es nicht weitergehen. Wie viel bezahlt er dir?«

»Wer? Der kleine Journalist? Machst du Witze? Gar nichts! Das ist wieder mal typisch für unsere beschissenen Westentaschenflics. Wenn du für einmal eine anständige und uneigennützige Arbeit wie jeder richtige Bulle auf der Welt machst, musst du rumzetern wie ein Schwein am Spieß. Hast du eigentlich eine Vorstellung davon, wozu ein Flic in zivilisierten Ländern gut ist? Er soll die Leute schützen, hättest du das gedacht?«

»Die Leute schützen?«, erwiderte der Freund von Zubrot zu Eddies großem Erstaunen in ausgezeichnetem Französisch. »Ernährt das seinen Mann? Leute schützen! Und warum nicht gleich in den Schlaf wiegen, wenn sie sich ins Bett legen, wo man schon auf Jesus Christus macht, der gekommen ist, die Menschheit zu erlösen? Brot und Sardinen wundersam vermehren, nein danke! Ohne mich!«

»Du ungläubiger Mensch, du«, rief Eddie. »Außerdem waren das keine Sardinen, sondern Welse, dafür hab ich Beweise! Ich würde doch gerne wissen, wer was gegen den Alten hat, einen letztendlich völlig harmlosen Typ, der weit über den Niederungen unserer hiesigen Realitäten schwebt.«

Doch eines Abends dann – welch himmlische Überraschung –, die Nacht war gerade hereingebrochen, erblickten Eddie und sein Freund ein grünes Auto, zweifelsohne einen Baby-Benz, der sich hinter den gerade anfahrenden Vitara setzte. Sie sprangen in den einzigen mauergrauen Honda Civic GL der Republik, den sie etwas versteckt geparkt hatten, und hängten sich in sicherem Abstand an den Baby-Benz, der wiederum dem kleinen Suzuki Vitara folgte.

Zam gondelte zunächst sehr langsam umher und fuhr die großen, nicht gerade zahlreichen Verkehrsadern der Hauptstadt eine nach der anderen ab. Auf diese Weise vergewisserte er sich, dass er nicht nur von dem bananengrünen Mercedes verfolgt wurde, sondern auch von Eddie und seinem Freund, die sich für diesen Anlass als korpulente Bartträger verkleidet hatten.

»Unglaublich!«, meinte der Flic zu Eddie. »Die haben gar kein Nummernschild!«

»Du versetzt mich in Erstaunen«, antwortete Eddie ironisch.

An der Place de la Grande-Poste beschleunigte Zam plötzlich, was die Kiste hergab, als wollte er seine Verfolger abschütteln. Nach einer Art leichtem Hüftschwung holten diese ihn sofort wieder ein. Kurz darauf bog der Vitara bei der ersten Gelegenheit ab und sauste in ein dunkles Gässchen, von dem bananengrünen Mercedes sogleich gefolgt.

Mal bremste Zam ab, mal trat er aufs Gas, schwenkte unversehens nach rechts, dann nach links, schoss auf eine Hauptstraße, brauste abermals tief in ein verwinkeltes Viertel hinein, auf die Gefahr hin, über abscheuliche Wege zu brettern, die den Baby-Benz auf eine harte Probe stellten. Kurzum, er versuchte alles, um die »Beschattung« durch den bananengrünen Mercedes, dessen Insassen noch immer nicht bemerkt zu haben schienen, dass sie selbst verfolgt wurden, offenkundig werden zu lassen.

Schließlich kamen die drei Wagen unerwartet auf der Straße nach Zoatoupnda heraus, die Zam wie seine Westentasche kannte, da sie zu seinem Geburtsort führte. Sie fuhren Vollgas. Allem Anschein nach hockten gar lustige Gesellen in dem Baby-Benz – sie rauchten massig Zigaretten, die hinter den getönten Scheiben aufglühten, verspeisten tüchtig Bananen, deren Schalen sie aus dem Fenster warfen, hupten wild in der Gegend herum und fuchtelten mit der Hand aus dem Fenster, als wollten sie die an der Straße liegenden Dörfer grüßen. Wie viele waren es? Drei? Vier? Vielleicht fünf? Eddie brannte darauf, es zu erfahren, und ging dafür sogar unnötige Risiken ein.

»Anscheinend kennen die den Dreh noch nicht«, sagte er zu seinem Gefährten.

»Das heißt?«, fragte der Flic nach.

»Wart's nur ab«, meinte Eddie, »die Fahrbahn hier ist voller Schlaglöcher, manche davon so tief wie Krater. Wirst schon sehen, die werden gleich den Kuh-Bebop tanzen.«

Die lustigen Gesellen in dem Baby-Benz sollten schon bald in Nöte geraten, genau wie Eddie es vorausgesehen hatte. Unvorstellbar, welch unbeschreibliches Schauspiel ein Wagen doch zu bieten vermag, der für die Prüfungen unserer Straßen bestimmt nicht entwickelt wurde und von lustigen Gesellen chauffiert wird …

Der Baby-Benz war ein 180 E, wie man später erfahren hat, und hatte nichts gemein mit dem klassischen Modell, jenem mächtigen Asphalt-Albatros, dem die großzügig bemessenen Heckflügel dieselbe elegante Nonchalance verliehen wie die des vom Dichter verewigten Vogels. Das seitlich ziemlich zerschrappte Vehikel tauchte bei jeder der zahllosen Vertiefungen wie ein kopfüber springender Elefant ab, sodass das Hinterteil für einen Augenblick beinahe senkrecht in der Luft stand, schoss dann einem Floh nicht unähnlich wieder hervor, um einer fetten, in sich verrenkten Raupe gleich schwer auf dem Boden zu landen, hopste plötzlich abermals in die Höhe, als wollte es abheben, landete etwas schräg wieder auf den Rädern und startete wie aus der Form geraten erneut durch, noch bevor es sich auf der Geraden befand. Anschließend verhaspelte es sich in den Kehren und Kurven eines so schmalen wie ungefähren Verkehrswegs. Eddie beobachtete die Performance aus der Ferne und amüsierte sich prächtig.

Sein Gefährte, der Flic und Freund von Zubrot, hielt seinen Revolver krampfhaft in der Faust und fragte dauernd: »Meinst du nicht, wir sollten jetzt endlich eingreifen?«

»Ja bist du noch ganz richtig im Kopf?«, erwiderte Eddie mit seinem gewohnten Selbstvertrauen. »Bist du bekloppt oder was, du Hinterhofpolyp? Diese Schwuchteln sollen sich erst mal richtig müd machen und in die Bredouille reiten. Der Kumpel geht doch überhaupt keine Gefahr ein, hast du das gesehen? Der ist ja einsame Spitze, dieser Intelligenzler. Hätt ich wirklich nicht von ihm gedacht!«

In der Tat schnitt Zam jede Kurve, um sich dahinter sofort wieder abzufangen, sauste wie ein Pfeil davon, sobald sich eine halbwegs ebene Strecke anbot, wagte sich kühn neben einen Holzschlepper, bevor er diesen dann mit ungeheurer Beschleunigung im Stil eines Jagdflugzeugs überholte, nur mit mehr Klasse, wozu sein am Heck befestigtes Ersatzrad nicht unerheblich beitrug.

»Da haben wir's!«, bemerkte Eddie. »Jetzt kriegt er 'nen Höhenkoller und hält sich für Fangio. Da sieht man, was passiert, wenn jemand ständig einen in der Birne hat.«

»Willst du damit etwa sagen, dass dein kleiner Kumpel da betrunken ist?«, entfuhr es dem Flic.

»Das ist vielleicht nicht unbedingt die richtige Bezeichnung«, meinte Eddie, der sich mehr und mehr amüsierte. »Sagen wir mal, er hat einen sitzen. Ist aber völlig ungefährlich, da kenn ich mich aus. Weißt du was, du Westentaschenbulle? Wir sind die Polen Afrikas. Aber was haben diese Blödmänner eigentlich vor?«

Die lustigen Gesellen in dem Baby-Benz waren alles Mögliche, nur keine Amateure. Sie scheuchten den Vitara wirklich nicht sonderlich. Mal schienen sie mit ihm aufschließen, mal eher abbremsen und sich nur hinter ihn hängen zu wollen.

»Sieht fast so aus, als wollten die nur ihren Spaß haben«, spekulierte Eddie.

»Stimmt, sieht fast so aus«, meinte der große Freund von Zubrot.

»Spielen die Katz und Maus, oder was? Die machen doch keinerlei Anstalten, ihn einzuholen, die kitzeln den nur ein bisschen, mehr nicht.«

Ungefähr dreißig Minuten hinter der Hauptstadt durchquerte die Straße einen dichten Wald, und genau dort wurde den Insassen des Mercedes bewusst, dass sie jemand verfolgte, was allerdings kein Wunder war: In seiner unbändigen Neugier, die lustigen Gesellen im Innern des Baby-Benz zu Gesicht zu bekommen, trieb Eddie, der vermutlich ebenfalls einen sitzen hatte, die Dreistigkeit so weit, dass er bis auf die Höhe der linken hinteren Tür des Mercedes aufschloss. Trotz der diversen Unbilden, die ihnen die Launen dieser teuflischen Straße bescherten, erreichten die vermeintlich lustigen Gesellen den Vorort von Zoatoupnda und gingen dort in Deckung, statt ihre Hetzjagd fortzusetzen – offenbar war ihnen klar geworden, in welche Gefahr sie als verfolgte Verfolger nun selbst geraten waren.

Eddie und sein Freund fuhren ganz dicht an ihnen vorbei, ohne sie zu entdecken, und bemerkten ihren Fehler erst zwei Kilometer weiter, als der Baby-Benz längst in Richtung Hauptstadt kehrtgemacht und einen Vorsprung von fünf Kilometern herausgeholt hatte. Sie drehten ebenfalls, nahmen die Verfolgung erneut auf und holten den Baby-Benz nach zwanzig Kilometern Fahrt tatsächlich wieder ein. Dabei gelangen dem Honda Civic Spitzenbeschleunigungen, neben denen der Mercedes wie ein Kalb wirkte. Allah sei mein Zeuge, dass ich die reine Wahrheit sage. Manch einer könnte ja dem Gedanken verfallen, ich wollte die große europäische Marke mit aller Gewalt diffamieren …

»Was meinst du, ist das jetzt der richtige Moment, um einzugreifen?«, wiederholte der Freund von Zubrot, die Hand um den Revolver gekrampft.

»Keine Panik, du Hinterhofbulle«, antwortete Eddie. »Drängt es dich so sehr, zu töten? Ist es denn absolut unerlässlich, die Leute umzubringen? Mann, du bist wirklich bewundernswert, dich beschleichen wohl nie Zweifel.«

Tatsächlich hatte Eddie keinen genauen Plan, außer den Mercedes einzuholen – im Grunde also nur eine erfolgreiche Verfolgungsjagd hinzulegen. Er war ja immerhin der geborene Sportsmann, der Eddie, die zugehörige edelmütige Selbstlosigkeit natürlich inbegriffen.

In gewisser Hinsicht hatte er ja auch Recht. Auf unseren Straßen könnte nichts fataler sein als blinder Unternehmungsgeist, denn auf ihnen ist wahrhaftig alles möglich und kann alles passieren, wobei sich der Zufall allem Übrigen annimmt und umgekehrt.

Mittlerweile war es ungefähr zweiundzwanzig Uhr dreißig. Dies ist nicht etwa die Stunde, in der bei uns die Löwen zur Wasserstelle ziehen, noch die Elefanten – von denen es außerdem auch gar keine mehr gibt. Um diese Zeit wandeln vielmehr die Dorfsäufer, seit den frühen Abendstunden sattsam mit Palmwein abgefüllt, torkelnd über die Straßen, die sie für den Hinterhof ihres Großvaters halten, wie Bébète es formuliert hätte.

Dieser Kerl hier wandelte nicht wirklich, hatte aber ganz offensichtlich tüchtig Wind in den Segeln: Am rechten Straßenrand postiert, der endlos wirkende Oberkörper, fest auf beiden Beinen, schwankte in seiner ganzen Länge hin und her, war der Mann anscheinend damit beschäftigt, sich in aller Unschuld zu erleichtern, wobei er die Hand verzweifelt an seinen Hosenlatz geklammert hatte wie an einen Rettungsring.

In Wahrheit sind wir hier auf Mutmaßungen beschränkt, denn der Vorfall kam für sämtliche Beteiligten völlig überraschend, zumindest bis zu dem Augenblick, da der junge Bauer, von dem Mercedes umgemäht und einer zergliederten Puppe gleich in die Luft geschleudert, brutal auf die Motorhaube des Honda Civic prallte, und der Kopf des armen Mannes, dessen eine Hand noch immer den Hosenlatz umklammerte, mit dem monströsen Platschen eines gigantischen Eises gegen das Blech schlug.

Die nachfolgenden Geschehnisse verdienten es, zur erbaulichen Belehrung zukünftiger Kraftfahrergenerationen in den Annalen der Verkehrssicherheit auf ewig Aufnahme zu finden. Weil das rechte Vorderrad des Hondas durch das Blech des Kotflügels völlig verkeilt war, blieb ihm gar nichts anderes übrig, als stehen zu bleiben. In der festen Überzeugung, die beiden Insassen des Hondas wären für den Tod ihres Mitbürgers verantwortlich, hielten sich die rasch zuammengelaufenen Dorfbewohner an Eddie und seinem Gefährten, dem großen Freund von Zubrot, schadlos und fingen prompt an, sie zu steinigen. Unsere Freunde schützten sich recht und schlecht, indem sie die Köpfe unter ihren angewinkelten Armen vergruben. Ein hoffnungsloses Unterfangen, denn schon bald prasselten die Wurfgeschosse von allen Seiten und immer kräftiger auf sie ein.

»Es heißt, dass Banditen die Frau des Präsidenten ermordet haben«, schrien die Dörfler. »Nun, da haben wir sie ja. Tötet sie.«

Das Grauen dieser Situation übertraf jeden Albtraum. Unterdessen führte der Mercedes ein Manöver von wahrhaft apokalyptischer Waghalsigkeit aus: Er hatte zwischenzeitlich kehrtgemacht und war zunächst so gemächlich wie jeder x-beliebige Wagen auf dem Weg aus der Hauptstadt nach Zoatoupnda herangefahren, um keinerlei Argwohn zu erregen. Wenige Meter vor dem Honda jedoch wendete er erneut mit einer Schnelligkeit und einem Geschick, wie man sie allein in den erstklassigen amerikanischen Krimiserien, Sorte *Starsky and Hutch,* zu sehen bekommt. Und genau in dem Augenblick wurden aus diesem Vehikel drei Kugeln abgefeuert, und keine einzige mehr, die drei der vier Reifen des Honda zerschossen – drei Kugeln, denen der Polizist und Freund von Zubrot, obgleich überrascht, einen einzigen Schuss aus seinem Revolver zu erwidern vermochte, ohne dass irgendjemand in dem Trubel darauf Acht gegeben oder es bemerkt hätte, bis auf Eddie.

Unsere Freunde wähnten sich verloren. Man sagt, es gebe keine Vorsehung, doch das stimmt nicht. In diesem Fall nahm die Vorsehung die Gestalt eines klapperdürren und hustenden Greises an, der von der Terrasse seiner Lehmhütte alles beobachtet haben wollte.

»Die beiden da haben unseren Sohn nicht getötet«, tat er, seinen Stock in die Höhe gereckt, im Tone Johannes des Täufers kund. »Das waren die anderen, die vor ihnen herfuhren und eben wieder zurückgekommen sind, um Schüsse abzufeuern.«

Beglückwünschen wir uns dazu, dass es unter unserem Himmel lediglich der erhobenen Hand eines Greises bedarf, um die von den Stürmen der Leidenschaft aufgewühlten Wogen zu besänftigen.

Man las den Leichnam des jungen Bauern mit dem Teelöffel auf und trug Eddie und seinem Gefährten Gastfreundschaft an.

»Nein wirklich, nur keine Umstände«, erwiderten diese selbst auf die Gefahr hin, die Bauern zu beleidigen. »Wir warten nur auf einen Freund, der sicher nicht lange auf sich warten läßt.«

Tatsächlich aber ließ er sehr lange auf sich warten. Zam und Bébète tauchten erst gegen zwei Uhr morgens auf, als Eddie und der Flic schon seit Stunden auf der Wegböschung hockten und wegen der feuchten Kühle der Nacht schlotterten.

»Was habt ihr gemacht?«, fragte Eddie Zam und Bébète. »Warum habt ihr so lange auf euch warten lassen?«

»Ich hatte Angst«, antwortete Zam so treuherzig wie eh und je. »Ja stell dir vor, ich hatte Angst. Ich hätte dich gern mal sehen wollen. Aber was ist euch denn zugestoßen?«

»Das ist eine sehr gute Frage«, erwiderte Eddie nicht ohne Groll und hievte sich dabei in den Suzuki. »Und es ist wirklich eine Freude, sie von dir zu hören.«

Verschonen wir den Leser mit den unvermeidlichen sauer-süßen Wortwechseln zwischen den Protagonisten, die soeben derart ungleiche Emotionen durchlebt hatten.

Plötzlich bot sich ihnen am Ausgang einer Kurve ein Grauen erregender Anblick: Am Straßenrand brannte ein Wagen, Marke Mercedes, gerade in seinen letzten Zügen aus. Vielleicht hatten die Insassen das anscheinend leere Fahrzeug noch rechtzeitig verlassen können. Da Zam Anstalten machte, sich länger aufhalten zu wollen, um eine recht natürliche Neugier zu befriedigen, befahl ihm Eddie entsetzt: »Lass uns bloß von hier abhauen, verdammter Mist, worauf wartest du noch?«

»Meinst du, die sind verkohlt?«, fragte Zam und trat voll aufs Gaspedal.

»Das wolle Gott …« rief Eddie aus. »Du bist ja ein richtiges Ass«, wandte er sich an den Polizisten. Der Freund von Zubrot hatte ein Lächeln auf den Lippen. »Bleibt nur abzuwarten, was für Folgen dein Blattschuss haben wird. Vielleicht war das ja der berühmte Schuss zu viel, wie man so schön sagt.«

»Keine Panik«, meinte der Polizist und Freund von Zubrot in aller Gemütsruhe. »Sollte es Probleme geben, dann ruf mich an!«

8

Man kann nicht wirklich behaupten, es hätte keine Probleme gegeben. Man kann aber auch nicht wirklich behaupten, es hätte welche gegeben. Kam eben auf die Sichtweise an.

Als Eddie sich am nächsten Nachmittag bei der Zeitung einfand, vertraute er Zam an: »He Mann, das ausgebrannte Mercedes-Wrack ist verschwunden.«

»Wie verschwunden?«, fragte Zam fassungslos.

»Nun, genau wie ich's dir sage, mein Alter. Den Honda haben wir ohne Mühe wiederbekommen. Na ja, ohne Mühe ist nur so 'ne Redensart, weil wir den Dörflern ja doch eine Kleinigkeit dafür geben mussten. Zum Glück waren die nicht sonderlich gierig. Aber das ausgebrannte Mercedes-Wrack war verschwunden, wie ich's dir sage.«

Zam meinte: »Scheiße, Scheiße und nochmal Scheiße. Willst du meine Meinung hören? Das Ganze verheißt nichts Gutes.«

Eddie bemerkte, dass Zam mit ziemlich schwerer Zunge artikulierte, und hielt ihm vor: »Es ist gerade mal fünfzehn Uhr, Kerl, und du hast schon verflixt viel gebechert. Wenn du so weitermachst, wirst du hier nicht alt.«

Zam schien keineswegs auf eine geistreiche Bemerkung aus zu sein, als er entgegnete: »Woher willst du denn wissen, dass ich hier weiterleben will – hier oder anderswo?«

»Schon klar, ist ja nicht mein Bier«, erwiderte Eddie. »Und ich verspreche dir, nie wieder darauf zurückzukommen, okay?«

Ohne noch etwas hinzuzufügen, blickte Eddie diesen jäh gealterten Mann voller Verwunderung und Mitgefühl, aber auch mit einer Spur Verachtung an. Wahr ist, dass Zam sich nur schlecht von den Aufregungen der jüngsten Ereignisse erholte, die so neu, ja wahrhaftig unerhört, aber vor allem aufreibend waren, ohne dass er auch nur im Geringsten geahnt hätte, welches Leiden ihn innerlich zerfraß. Er kannte keinerlei Rücksicht denen gegenüber, die ihm nahe standen. Mehrere Male sagte er nun schon völlig unbegründet zu Bébète: »Verdammte Scheiße, was treibst du eigentlich, du total verblödete Schlampe? Was hab ich dem lieben Gott nur getan, dass er mir ein solches Miststück aufhalst!«

Beim fünften oder sechsten Anwurf in dieser Art schluchzte Bébète, die wahrlich kein Geduldsengel war: »Du dreckiger Säufer, was hab ich jetzt schon wieder verbrochen? Warum beschimpfst du mich ständig, altes Arschloch? Es ist doch immer wieder dasselbe: Erst trinkst du, und dann beschimpfst du mich. Ich bin's leid …«

»Scher dich doch zum Teufel, dreckige kleine Nutte!«, spie Zam. »Auf was hoffst du denn, verblödete Trutsch? Dass ich dich wie eine Königin behandle? Das fehlte mir noch. Eine kleine Nutte zu vier Sous die Nummer, Scheiße … Eine Schlampe, die sich ruck, zuck bei jeder Gelegenheit hinlegt. Wirst schon sehen, eines schönen Tages werd ich dich zwingen, mir einen zu blasen, obwohl ich das eigentlich nicht mag. Aber vielleicht magst du das ja, he? Wie viel nimmst du für einmal Blasen? Weißt du, warum eine richtige Frau Liebe macht? Na eben aus Liebe, meine dumme Pute. Liebe, weißt du, was das ist? Hast du schon mal davon gehört?«

Bébète behielt aus dieser kurzen, aber bissigen Auseinandersetzung, der x-ten in wenigen Tagen, ein Gefühl unsäglicher Kränkung zurück und glaubte, bei ihrer Schwester im *Quartier* Zuflucht finden zu können. Dort stieß sie dann völlig unverhofft auf ihre Mutter, die den beiden großen Töchtern gerade einen Besuch abstattete. Mammy, wie ihre elf noch lebenden Kinder sie nannten, machte bei Bébètes Anblick ein finsteres Gesicht. »Bébète, du siehst ziemlich mitgenommen aus. Was ist los mit dir?«

So aufgewühlt, wie sie war, hatte Bébète das Gefühl, vor Überraschung gleich ohnmächtig zu werden. Sie brach in Schluchzen aus und weinte sich unter vielen Tränen alles von der Seele, woran ein unvermutetes Schamgefühl sie bislang gehindert hatte, es ihrer Mutter zu beichten, obwohl diese, gestärkt durch Erfahrung, sofort verstanden und rasch verziehen hätte.

Überdies sollte die junge Frau schon gleich darauf mit einer Situation konfrontiert werden, auf die sie keine Seifenoper der Welt – ein Genre, auf das sie ganz versessen war – vorbereitet hatte. Mammy war nicht zufällig gekommen. Ihre plötzliche Anwesenheit diente vielmehr dem Zweck, Bébète herbeizulocken, von der die Freunde seit längerem nichts mehr gehört hatten: Denn wo sie auch war und was sie auch tat, man konnte zu Recht davon ausgehen, dass sie unverzüglich herbeieilen würde, sobald sie vom Besuch ihrer Mutter Wind bekäme. So war sie eben, die Elisabeth. Kurze Zeit später kam Georges herein, man hätte meinen können, er habe auf sie gelauert, was zweifellos auch der Fall war. Eiskalt erwischt von diesen sonderbaren Verkettungen, dem Ergebnis eines gnadenlos eingefädelten Komplotts, das nun über ihr zusammenschlug, nahm Bébète die Küsse des Franzosen ohne sonderliche Herzlichkeit entgegen und sagte ihm rundheraus, als wollte sie möglichst rasch eine offene Rechnung begleichen: »Bedauere, Georges, ich habe keine Nachricht von Nicolas. Aber vielleicht weiß Mama ja was. Du hast sie schon gefragt, nehme ich an?«

»Mach dir keine Sorgen«, antwortete der Franzose, »ich weiß alles. Ich bin dort gewesen und komme auch gerade von dort, es geht ihm sehr gut, trotz seiner Malariaanfälle. Ich habe alles Notwendige geregelt.«

Tatsächlich wirkte Georges genauso betreten wie das Krokodil vor einem Banjo, was auch auf die etlichen anderen Anwesenden zutraf, wovon die ganz ungewöhnliche Stille im Raum zeugte. Mit seinem grau melierten Haar und dem Schmerbauch, der das schreiend bunte Polohemd spannte, sah er nicht gerade aus wie ein jugendlicher Liebhaber in einem Kinofilm.

»Ich müsste dich mal unter vier Augen sprechen, Elisabeth.«

Als sie dann allein waren, vertraute Georges ihr mit einem Gesicht an, als würde er ins kalte Wasser springen, dass es nun so weit sei und seine Entscheidung endgültig und unwiderruflich feststehe: Er werde sie mitnehmen, sie und das Kind, er habe bereits die nötigen

Vorkehrungen getroffen, jetzt fehle nur noch die Einwilligung der jungen Frau. Ohne Zögern antwortete Elisabeth, sie wolle ihre Heimat für nichts auf der Welt verlassen.

»Was hat das zu bedeuten?«, fragte der Toubab offensichtlich entgeistert, vielleicht auch skeptisch. »Was hat das zu bedeuten? Ist das denn die Möglichkeit? Davon hast du doch immer geträumt, mein kleines Mädchen, das weiß ich doch. Du hast mir sogar ausdrücklich dein Einverständnis gegeben. Was ist denn plötzlich in dich gefahren? Da stecken doch andere Gründe dahinter, Elisabeth. Sag mir die Wahrheit. Was ist los?«

Elisabeth begnügte sich damit, ablehnend den Kopf zu schütteln.

»Bist du mir böse, weil ich weggegangen bin, ohne dir vorher Bescheid zu sagen? Ist es das?«, setzte Georges erneut an. »Ohne dir genug Geld dazulassen? Könnte ja sein. Und vor allem deshalb vielleicht, weil ich wochenlang nichts von mir hören ließ?«

»Du meinst sicher monatelang …«

»Es war ja nicht das erste Mal, dass ich fort musste, Elisabeth.«

»Eben …«

»Hast du wirklich glauben können, ich hätte dich sitzen lassen, wie es meinesgleichen hier oft tut? Verzeih mir. Ich übe schon einen merkwürdigen Beruf aus. Verzeih mir, ich bitte dich. Also, du willst tatsächlich nicht mit? Ist das dein letztes Wort? Und Nicolas, was wird aus dem? Hast du schon mal an ihn gedacht, mein kleines Mädchen?«

»Es kommt für mich nicht infrage, meine Heimat zu verlassen«, sagte die junge Frau endlich nach etlichen Seufzern, etlichen Schniefern, einigem Händeringen und leidvollem Mienenspiel. »Weißt du überhaupt, ob man mich bei der Landung in deinem Land aus dem Flugzeug lassen wird? Und die Pasqua-Gesetze, was machst du mit denen? Guavesaft? Nimm das Kind mit, wenn du willst. Ich habe sowieso nicht die Mittel, es großzuziehen. Ich habe mir Mühe gegeben, aber ich kann es nicht.«

»Ach, und wie sah diese Mühe aus?«, fragte Georges.

»Wen kümmert das?«, meinte Elisabeth ausweichend.

Sie weigerte sich, den Franzosen, der ihr Vater hätte sein können, ins Restaurant oder auch nur auf die Straße zu begleiten. Georges kannte Afrika und die Tragödie der afrikanischen Frauen und beharrte nicht weiter darauf. Sie waren gerade im Begriff, auseinander zu gehen, ohne sich noch Adieu oder Auf Wiedersehen zu sagen, da fragte Elisabeth unvermittelt: »Sag mal, Georges, bist du ein Spion?«

»Ich, ein Spion?«, rief der Franzose entrüstet aus. »Wo denkst du hin! Ein Spion ...«

»Während deiner langen Abwesenheit habe ich vieles gelernt«, fuhr Elisabeth fort, von den Beteuerungen ihres Gegenübers unbeeindruckt. »Diesmal war es ein Fehler, einfach so zu verschwinden. Einer meiner Landsleute hat mir neulich an den Kopf geworfen: ›Du bumst doch für Kohle, oder? Du bist nichts anderes als eine Nutte ...‹ Ich bin eine Nutte, nicht wahr? Das hast du mir nicht beigebracht, Georges. Hättest es aber tun können, dafür wärst du ja genau der Richtige gewesen. Ich bumse für Kohle, ich bin nichts als eine Nutte. Und du, du bist ein Spion. Los, sag mir die Wahrheit. Wo ich jetzt weiß, dass ich nur eine Nutte bin, bin ich ganz erpicht auf die Wahrheit.«

Da er noch nie so aus der Fassung gebracht worden war, schwieg er einige Minuten, den Blick irgendwo in der Finsternis verloren, bevor er erwiderte: »Geh mir bitte nicht weiter auf die Nerven, hörst du? Warum soll ich ein Spion sein? Weil ich dir gesagt habe, dass ich einen merkwürdigen Beruf ausübe? Weil ich dich nachts in die afrikanischen Viertel mitnahm, wo ich alle möglichen Leute angesprochen habe? Weil ich mir dauernd Notizen machte? Warum soll ich eigentlich ein Spion sein, und nicht eher ein Journalist, beispielsweise?«

Trotz der Dunkelheit fixierte Elisabeth angestrengt diese wächserne Maske vor ihr und sagte: »Ein richtiger Journalist sucht die Gesellschaft von Journalisten. Warum bist du nie zu den Journalisten gegangen? Ich kenn mich nämlich aus mit Journalisten. Ich arbeite bei einer Zeitung. In den *Quartiers* gibt's keine Journalisten. Es heißt, alle Franzosen wären Geheimdienstler. Bist du ein Geheimdienstler? Warum hast du mir verheimlicht …«

»Na sagen wir mal, ich bin ein Journalist von einer ganz bestimmten Sorte, Elisabeth.«

»Ein Geheimdienstler also«, versetzte die junge Frau, als wollte sie das Thema abschließen.

»Okay, dann kann ich dir auch gleich alles erzählen. Ich arbeite für deine Brüder, Elisabeth, also auch für dich und für Nicolas. Ich stelle Nachforschungen über den Schwarzhandel mit falschen Medikamenten an. Eine Katastrophe für dieses Land! Achtzig Prozent eurer Medikamente sind, wie soll ich sagen, nicht einmal gefälscht, es sind schlichtweg falsche. Medikamente eben, die gar keine sind. Das hat mich Jahre gekostet. Aber jetzt weiß ich alles.«

»Was alles?«

»Absolut alles: Wer von diesem Schwarzhandel profitiert, wer ihn finanziert, über welche Wege er abläuft, was er einbringt, alles, absolut alles. Nun muss ich nur noch meinen Bericht verfassen. Den kann ich hier schreiben, zumindest damit beginnen. Du weißt ja, wo du mich finden kannst, ich wohne wie üblich im Hôtel Impérial. Du wirst immer meine kleine Göre bleiben, die hübscheste, was immer auch kommen mag.«

»In den letzten drei Jahren ist das ständig so gegangen, Georges. Du bist andauernd ohne Vorwarnung verschwunden und erst nach Wochen oder sogar Monaten wieder aufgetaucht. Warst du da tatsächlich jedes Mal nur wegen dieser Geschichte unterwegs?«

Sie verstummte für einen Moment. Da der Franzose aber weiterhin hartnäckig schwieg, fuhr sie fort: »Erinnerst du dich eigentlich noch manchmal daran … damals war ich ja noch eine Schülerin? Man hatte mir Geld anvertraut, damit ich mich für die mittlere Reife einschreibe. Und dieses Geld wurde mir gestohlen, ich weiß bis heute nicht, wie … Ich bin voller Zuversicht zu dir gekommen. Ich dachte, du hättest vielleicht auch eine kleine Tochter in meinem Alter, da oben, in deinem Land, und dass ich dir vertrauen könnte. Ich habe dir von meinem Missgeschick erzählt. Ich habe dir alles erzählt ... Und nun, nun bumst Elisabeth, deine kleine Göre, für Kohle! Sie ist eine Nutte, und sonst nichts. Ich bin eine Nutte, kannst du dir das vorstellen?«

»Es tut mir furchtbar leid, Elisabeth. Der Mensch, der diese Gehässigkeit von sich gegeben hat, ist ein Flegel, ein Barbar, ein armseliger Typ. Ich würde ihn eigenhändig erwürgen, wenn ich ihn am Wickel hätte.«

»Ja, aber warum bist du dauernd verschwunden? Das möchte ich von dir wissen. Immer nur, um Medikamentenschieber zu jagen?«

»Wenn es in Afrika nur den Schwarzhandel mit Medikamenten gäbe ...«

»Also ist das dein Beruf, he? Schwarzhändler jagen, wie Pasqua, der die Terroristen terrorisiert? Schwarzhändler jagen, dafür ist ein Geheimdienstler doch da, oder etwa nicht?«

»Jetzt mach aber mal halb lang, Elisabeth, ich bitte dich! Hör auf. Ich bin kein Geheimdienstler, hörst du. Ich habe niemanden getötet. Geheimdienstler bringen Leute um, das ist deren Geschäft. Ich morde nicht, ich habe nie jemanden umgebracht, und ich werde auch nie jemanden umbringen. Ich bin kein Geheimdienstler.«

»Vergiss mich, Georges«, schloss Elisabeth in einem Ton, der keinen Widerspruch mehr zuließ.

»Sagen Sie mal, was ist denn das für eine Geschichte? Sie haben eine Liebelei mit einer Afrikanerin?«, fragte anderntags der Direktor von ANDECONINI Georges, der sich kaum darüber wunderte, da er wusste, wie es in diesem Land zuging.

»So kann man es nennen, Monsieur le Directeur«, antwortete der Franzose. »Schockiert Sie das vielleicht?«

»Ganz und gar nicht, im Gegenteil«, meinte der Direktor. »Das ist interessant, ja, doch, sehr interessant. Wir sollten uns bei Gelegenheit mal näher darüber unterhalten, wenn Sie nichts dagegen haben?«

»Ja, warum nicht?«, erwiderte Georges lachend. »Aber ohne indiskret sein zu wollen, wie haben Sie das erfahren, Monsieur le Directeur?«

»Lieber Freund«, setzte der Direktor an, »Sie werden sich an den Gedanken gewöhnen müssen, dass hier alles an den Tag kommt, und zwar meistens sofort.«

Georges hatte sich mit der Trennung leicht abgefunden, weil für ihn feststand, dass er sich sofort wieder in seine Aufgabe vertiefen und in seinem Kopf kein Platz mehr sein würde für eine Frau, und sei es auch die Mutter Nicolas'. Obwohl er kein Zyniker der Sorte »Warum um eine weinen, wo's noch tausend andere gibt« war, hatte dieser unermüdliche Wanderer der Seitenpfade und Abkürzungen auf dem Gebiet kleiner bürgerlicher Liebschaften mit dem Alter gelernt, dass man sich letzten Endes an jeden Bruch gewöhnt. Man musste nur Geduld aufbringen.

Allerdings schlief er schlecht: Kaum hatte er sich hingelegt, schreckte er schon wieder hoch, stand auf, nahm eine Dusche und mühte sich nach Kräften ab, etwas zu arbeiten. Mitten in der Nacht nahm er ein paar alkoholische Drinks zu sich, die ihm der Hotelboy auf einem Tablett brachte. Beim zweiten Glas Rum oder Whisky glaubte er, vom Gang her eine Stimme mit vertrautem Klang zu hören, die nach ihm rief: Georges, Georges. Er sprang zur Tür, riss sie auf und stand einem endlosen, in milchiges Licht getauchten Schlauch gegenüber, der ihm leerer erschien als die Augen eines Ertrunkenen.

Es bedurfte einiger Wochen, bis sein Stolz die Erkenntnis zuließ, dass er von der Erinnerung an Elisabeths Körper besessen war. Zuerst war es diese vom Gang kommende Stimme mit dem vertrauten Klang, die ihn peinigte, danach quälte ihn sein überhitztes Hirn mit dem Trugbild praller Brüste, die seine Hände so lange streichelten, bis sich die Wirklichkeit in Gestalt des rauen Lakens aufdrängte.

Dann folgte das schmerzlich unbefriedigte Verlangen nach dem fleischigen Mund, der sich dem Kuss beharrlich entzog und Georges dabei bis hin zum Sturz auf die kalten Fliesen lockte. Und schließlich die Wölbung der nackten Lenden, über die seine Hand unendlich lange wanderte.

Mit einem Mal schmetterte ihn die Trennung völlig nieder. Er fühlte sich gleichsam von Panik ergriffen, und sobald ihm diese unumstößliche Tatsache zu Bewusstsein kam, schwankte ihm der Boden unter den Füßen. Er ersann diverse Listen, mit denen er Elisabeth wiedergewinnen und dennoch seine Würde wahren könnte. Zeige einer Frau, selbst einer zärtlich geliebten, auf keinen Fall, dass du ihr nachgelaufen bist, sagte er sich, aus reicher Erfahrung schöpfend – sie würde den Preis in die Höhe treiben, würde dich nur so zum Spaß warten, vor Ungeduld vergehen lassen. Die Dinge müssen wie zufällig geschehen. Leider war dies leichter gesagt als getan. Er schrieb Briefe und zerriss sie sofort wieder, einen nach dem anderen.

Da er nicht unbedingt zu Tapferkeit neigte, nahm er Zuflucht zu einem Mittelsmann, den er mit Elisabeths Beschattung beauftragte. Um die Wahrheit zu erfahren, behauptete er, tatsächlich aber, um den wunden Punkt herauszufinden.

Er sollte sich deswegen schon bald in die Finger beißen, da bei uns aber auch gar nichts so läuft wie anderswo. Und in dem ewigen Disput zwischen Optimisten reinsten Wassers und gnadenlosen Pessimisten gewann Eddie gegenüber Zam schließlich doch die Oberhand, nicht immer, aber sagen wir mal, in den allermeisten Fällen. Nichtsdestotrotz zählte Eddie unbestritten zu den schönsten Exemplaren der Gattung verbitterter und galliger Menschen, was sicherlich daher rührte, dass er per Charterflug zurück in die Heimat verfrachtet worden war, wobei man zu seinen Gunsten zugestehen muss, dass dies zu den Prüfungen gehört, die man im Allgemeinen nur sehr schlecht übersteht.

Sieh an, wo ich grad daran denke, über dieses Thema ließe sich doch vielleicht irgendwann einmal ein Roman oder ein Theaterstück schreiben mit dem Titel: *Gibt es ein Leben nach dem Charterflug?* Nicht dumm die Idee. Wirklich nicht dumm. Die Leute machen sich kein Bild davon, wie furchtbar es ist, mit einer Chartermaschine zurückgebracht zu werden. Das müsste man eben mal erklären, vielleicht würde das breite Publikum ja dann realisieren, was an dieser Prozedur so unmenschlich ist. Wirklich nicht übel, die Idee.

Um aber wieder auf besagten Hammel zurückzukommen: Hier bei uns begegnet man allen erdenklichen Spielarten von Verrat, Treubruch, Niedertracht, Denunziantentum, Unredlichkeit, Schurkerei, Doppelspiel, Ehebruch und was ich sonst noch vergessen haben mag, auf Schritt und Tritt und weitaus häufiger als den Leprakranken, die unsere Gehsteige bevölkern.

Liegt die Ursache dieser Übel unter Umständen im innersten Wesen unserer Gesellschaft, diesem wahren Patchwork verschiedenster Ethnien und Kulturen, die obendrein mit babylonischer Sprachverwirrung geschlagen ist? Jedenfalls behaupten dies manche steif und fest und gebrauchen dafür ein Bild, das selbst auf die Gefahr hin, alles zu dramatisieren, ganz nach einem epischen Vergleich aussieht. Sie meinen nämlich, wir seien wie die Erdkruste, gezeichnet von zahllosen Bruchstellen, die zu ebenso vielen voneinander unabhängigen Schollen führen. Diese berühren sich zwar, verschmelzen aber niemals miteinander; es soll hingegen vorkommen, dass sie sich ineinander schieben und dabei stauchen, ja sogar zermahlen. Diese mächtigen, jedoch lautlosen und unsichtbaren Eruptionen geben ein unsägliches Gewimmel an Renegaten, Sykophanten, falschen Brüdern, falschen Hunden und falschen Ärschen frei – samt und sonders schäbige Spießgesellen aus unserer Hölle der Kleingeisterei. Es ist so weit gekommen, dass uns nach Ansicht mancher Zeitgenossen – womöglich derselben, die sich auf die Befreiungskriege Vietnams oder Algeriens beziehen – jeder solidarische Kampf in großem Stil versagt bleibt. Zur eindringlichen Veranschaulichung dieses desolaten Befunds war unser ureigener Befreiungskrieg, in dem eklatanter Verrat und Treubruch fröhliche Urständ feierten, zu einem tragischen Fiasko geraten. Seither haben wir uns bei jedem der unzähligen Versuche, aus der Sackgasse der neuerlichen Hörigkeiten und Zwänge herauszukommen, unweigerlich die Zähne eingehauen.

Falls uns aber tatsächlich mal der Zorn übermannt, so richtet er sich nicht gegen den ausländischen Unterdrücker, den multinationalen Konzern, der unser Volk zerfrisst, auch nicht gegen den formatlosen Diktator, der unsere nationalen Reichtümer verschleudert, und nicht gegen unsere käufliche und korrumpierte Führungsclique, die Kapitalflucht und Veruntreuung von öffentlichen Geldern zum gewöhnlichen Zeitvertreib gemacht hat, sondern einzig und allein gegen die jeweilige rivalisierende Volksgruppe, genau wie im Mittelalter anderer Erdteile. Wer sich ein Bild von den barbarischen Epochen in der Geschichte der Menschheit machen will, der widme sich uns, ja uns!

Haben wir eine gemeinsame Zukunft? Kann man dieses Land lieben, diesen denkbaren Schauplatz der Genozide von morgen, dies womöglich nächste Ruanda? Gäbe man uns die Möglichkeit, einfach so auszuwandern, wer würde dann bleiben? Nach der schicksalsergebenen Geduld zu urteilen, mit der unsere Jugend tagtäglich die ausländischen Botschaften und Konsulate belagert, scheint diese bloß eine Devise zu kennen: Nur weg!

Wie es in unserem verfluchten Land nun mal fast immer der Fall ist, trat der Mittelsmann – ein junger Kerl und bestens vertraut mit diesen Aufgaben, nach denen in der europäischen Kolonie große Nachfrage bestand – ohne Umschweife direkt mit Elisabeth in Kontakt und sprach sie in gutem Französisch an. Dies deutete auf einen Abiturienten hin, vielleicht sogar auf einen arbeitslosen Hochschulabsolventen – oder aber auf einen weiteren Emigranten ohne Papiere, der mit Gewalt wieder in die Heimat abgeschoben wurde.

»Bonjour! Ich weiß nicht, warum dieser alte Toubab da will, dass ich dich beschatten soll. Weißt du es denn?«

»Na schieß los«, meinte Elisabeth, schließlich war sie nicht von gestern.

»Also«, setzte der junge Mann erneut an, »wenn du einverstanden bist, erzähle ich ihm, was er hören möchte, okay? Und dann teilen wir, fifty-fifty.«

»Was teilen wir?«

»Oh, du bist mir ja eine! Als ob du keine Ahnung hättest.«

»Keine Ahnung wovon?«

»Vom Geld! Dem Geld der Toubab. Die haben die Taschen doch voll davon, diese Schweinehunde. Aber mit uns anderen teilen, kommt natürlich überhaupt nicht in die Tüte. Wo er doch ganz offensichtlich so scharf auf dich ist, könnte ich ihm beispielsweise erzählen, du lässt sich von einem anderen Typ bumsen, und so seine Eifersucht anstacheln.«

»Und dann?«, fragte Elisabeth ziemlich amüsiert weiter.

»Genau das will ich mir ja vorstellen können. Dafür müsstest du mir aber alles sagen. Hast du schon mal mit dem alten Toubab da gebumst?«

»Rat mal.«

»Wie ist das so?«

»Rat noch mal«, erwiderte Elisabeth laut loslachend. »Du bist ja ein Lüstling, so richtig schweinisch, würd man gar nicht meinen, wenn man dich so sieht.«

»Du bist mir aber keine große Hilfe«, erwiderte der junge Bursche eher geschmeichelt. »Wie ist diesem alten Arschloch am besten einer abgegangen, frag ich mich? Das würd mir helfen. Dann wüssten wir nämlich, wie wir ihn packen könnten. Weißt du, da gibt es nämlich welche, wenn denen ein kleines afrikanisches Mädchen einen bläst, dann werden die richtig süchtig danach, das wirkt bei denen wie 'ne Droge. Und da hat man sie dann am Wickel, die rücken so viel Kohle raus, wie du nur willst, und zwar ruck, zuck.«

»Was ist das, blasen?«, fragte Elisabeth mit plötzlich versteinertem Gesicht.

»Weißt du das etwa nicht?«, wunderte sich der junge Mann, offensichtlich enttäuscht. »Dann hast du noch nie jemandem einen geblasen, weder ihm noch einem anderen, sonst wüsstest du das nämlich. Das ist aber ärgerlich, jetzt weiß ich nicht, wo ich diesen Toubab zu packen kriege. Hilf mir doch ein bisschen. Wir wollen ihm doch so viel Schotter wie möglich abzapfen, also müssen wir das schön langsam angehen. Was soll ich ihm denn nun als Erstes erzählen?«

»Ja was bist du denn überhaupt für einer, Papa?«, erwiderte Elisabeth in afrikanischem Französisch, weil sie allmählich wütend wurde. »Warum glaubst du eigentlich, dass mich das interessiert? Zieh Leine! Sieh zu, wie du mit deinem dreckigen Toubab allein zurechtkommst, wo du doch selbst so ein dreckiger Typ bist.«

Der junge Zuhälter war zwar sehr verdrossen, schien deshalb aber noch lange nicht klein beigeben zu wollen.

»Bis bald, und nichts für ungut«, rief er noch, während er bereits in der Menge verschwand.

Georges war nicht wirklich überrascht, aus dem Mund des Mittelsmanns – der im Grunde keinen blassen Schimmer hatte – zu erfahren, Elisabeth habe eine Liaison. Eigentlich hatte sie es ihm ja quasi gestanden, als sie von diesem Afrikaner sprach, der sie als Nutte beschimpft hatte, nur weil sie für Kohle bumse, als würden alle Frauen, ob hier oder anderswo, es nicht genau so halten.

Bumsen wir alle nicht sowieso auf die eine oder andere Art für Kohle, wenn man es recht bedenkt? Wir sind doch alle nur Nutten! Was für ein Arschloch, nein wirklich! Der Kerl da hat mir meine kleine Göre womöglich verkorkst und sie vielleicht für immer für die Liebe verdorben.

Grégoire machte sich einen Spaß daraus, dem Franzosen die Würmer aus der Nase zu ziehen, statt ihm Informationen zu liefern.

»Du sagst also, der Kerl wär Journalist, bist du da ganz sicher?«, fragte Grégoire ihn eines Tages.

»Sie selbst hat es mir gesagt, na ja, so gut wie«, meinte Georges.

»Das Dumme ist nur, dass es in diesem Land heutzutage eine Menge Journalisten gibt«, fuhr Grégoire, der Zuhälter, fort. »Früher war das anders, da war das viel einfacher, die gute alte Zeit eben. Aber heutzutage ist das alles ziemlich verzwickt, es gibt einfach zu viele von denen: Das wird ein echtes Problem werden.«

»Aber woher weißt du denn, dass sie mit einem Typ bumst?«

»Na weil ich gesehen habe, wie sie mit einem Typ rumgemacht hat. So was sieht man doch sofort, wenn eine Henne mit einem Kerl zusammensteckt, oder?«

»Und der Kerl? Konntest du nicht herausfinden, wer er ist oder welchen Beruf er hat?«

»Noch nicht, aber das kommt noch, ganz abgesehen davon, dass der vielleicht nicht der Einzige ist. Sie kennen unsere Mädchen hier nicht. Die brauchen zwei oder sogar drei Kerle gleichzeitig: Einer davon muss ein Alter sein, der Kohle hat, genau wie Sie, ohne Sie beleidigen zu wollen. Der andere ist der Herzallerliebste, wie man bei euch da oben sagen würde.«

»Und der Dritte?«, hakte Georges sehr interessiert nach, als Grégoire mitten in seinem Redeschwall abbrach.

»Der Dritte? Das ist die Zufallsbekanntschaft, das Abenteuer, wissen Sie, die haben nämlich allesamt Feuer im Arsch. Ich weiß ja nicht, wie die Puppen da oben sind, aber hier bei uns ist das eben so: Da geht eine beispielsweise mal schwofen und trifft auf einen schönen Kerl, der sich so nett an ihrem Unterleib reibt. Das reicht schon, wenn Sie verstehen, was ich meine. Unsere Frauen brauchen halt alles: das Geld, die Liebe und das Abenteuer.«

»Hast ja verflixt viel Ahnung von Frauen«, meinte Georges bitter. »Obwohl du doch noch so jung aussiehst.«

»Bei edel geborenen Seelen … hehe«, erwiderte Grégoire.

»Und gebildet ist der Schelm auch noch«, brummelte Georges, immer mehr aus der Fassung gebracht.

Grégoires Fantasie weilte für gewöhnlich eher in niederen Ebenen, wie bei allen armen Teufeln, die dazu verdammt sind, ihr täglich Brot zu finden, wann immer es sich bietet.

»Alles in allem wollen Sie die doch nur wieder in Ihre Kiste bekommen, nicht wahr?«, fragte er seinen neuen Freund ein andermal.

»Hast nichts kapiert, mein Früchtchen«, erwiderte Georges, für dies eine Mal zutiefst verletzt, womit wieder einmal bewiesen ist, dass nur die Wahrheit schmerzt. »Du hast rein gar nichts kapiert. Und das überrascht mich auch nicht, weil du nämlich nur ein armseliger beschissener Lude bist, der mir Geld aus der Tasche ziehen will. Solche kleinen Zuhälter wie dich habe ich in Afrika und sonst wo schon tausendfach gesehen. Ich möchte herausfinden, warum Elisabeth nichts mehr von mir wissen will – und nebenbei auch, mit wem sie sich zusammengetan hat und ob sie glücklich ist. Kannst du das begreifen, Monsieur Blödmann?«

Freilich war besagter Blödmann bei Gott außer Stande, Georges' Erwartung zu erfüllen. Er wusste lediglich, dass Elisabeth sich bei ihrer Schwester im *Quartier* aufhielt, Punkt und Schluss. Und sogar das hatte er von Georges selbst erfahren, als dieser ihm den Auftrag gab, die junge Frau zu beschatten.

De facto sah alles ganz danach aus, als ob Zam und Bébète endgültig geschiedene Leute wären. Beide schienen wild entschlossen, eigene Wege zu gehen. Elisabeth brachte ihre Tage nach afrikanischer Sitte bei ihren Freunden und Verwandten zu, von denen etliche im *Quartier* lebten. Man macht sich wirklich kein Bild davon, wie viel Zeit diese Mädchen Aktivitäten zu widmen vermögen, die man anderswo als schlechterdings mondän bezeichnen würde, obgleich hier von Leuten die Rede ist, die unterhalb der Armutsgrenze leben, und welche Befriedigung ihnen dies verschaffen kann.

So wird Zamakwé, der ja beileibe nicht der erstbeste Dahergelaufene war, sich wohl zeitlebens einreden, dass Elisabeth diese ganze Zeit, oder zumindest einen guten Teil davon, eher einträglichen Liebesabenteuern gewidmet hat.

Er bildete sich zunächst ein, Elisabeths Verschwinden wäre der reinste Segen. Er glaubte zu spüren, dass dieser Umstand ihn nun endlich aus einem eigenartigen Bann befreit habe. Er wähnte sich als glücklicher Mann und zeigte sich jedem gegenüber fröhlich. Doch schon sehr bald befiel ihn ein tiefes Unbehagen, das sich mit der Zeit sogar verstärkte und nach und nach zu einer regelrechten Qual auswuchs.

Er kam zu einer Erkenntnis, die ihn überraschte: Was er mit Bébètes Abwesenheit vermisste, war keineswegs das Bett, auf das er mittlerweile, mit zunehmendem Alter wahrscheinlich, ganz im Gegenteil recht gut verzichten konnte – es war der Humor einer offensichtlich nicht sonderlich kopflastigen Person. Sie besaß ein unbestreitbares Talent für Parodien, entsann er sich auf einmal. Mühelos brachte sie einen mit dem Präsidenten, dem Starmoderator des lokalen Fernsehsenders, den Zeitungskollegen, dem Vermieter, den Freunden und Nachbarn zum Lachen. Außerdem konnte sie fast alles, oder zumindest beinahe, sodass allein schon ihre Gegenwart Zam beruhigte. Sie verstand sich sogar darauf, aufdringliche Bittsteller – an denen hier alles andere als Mangel herrscht, namentlich die leidigen Anverwandten – mit einer überaus effizienten Barschheit abzuweisen, zu der Zam selbst gänzlich außer Stande war.

Zam konnte sich des Lachens nicht erwehren, als ihm jene Episode einfiel, bei der Bébète ihr gesamtes, nachgerade militärisches Geschick auf dem Gebiet gesellschaftlicher Verhältnisse entfaltet hatte. Eines Morgens hatte sie Zam krampfhaft in irgendeine Arbeit vertieft, wahrscheinlich beim Redigieren eines Artikels oder der Korrektur eines Anfängertextes, angetroffen. Dem Journalisten gegenüber saß ein langer Lulatsch in Fallschirmjägermontur und blätterte seelenruhig in einem der Magazine, von denen Zams Schreibtisch gewöhnlich übersät war. Als Zam zu Elisabeth aufblickte, setzte er eine Miene auf, die Bände sprach: Ich kann mir diesen Typ einfach nicht vom Hals schaffen.

»Papa! Ein Mann in Tenue in unserer Redaktion!«, rief Bébète nun scheinbar hellauf bestürzt aus. »Was soll das? Ist das eine Provokation, oder was? Haben Sie die Drohungen des Stabschefs etwa schon vergessen? Man kann uns jederzeit eine Granate oder sogar eine Bombe ins Haus werfen. Wir sind doch der Intimfeind des Diktators!«

Der Uniformierte starrte die junge Frau zunächst völlig verdattert an und stammelte schließlich: »Das ist doch mein Onkel, mein Onkel …«

»Sind Sie wirklich sein Onkel?«, erkundigte sich Bébète skeptisch.

»Äh, ja, natürlich«, brabbelte Zam nun seinerseits.

»Na und?«, donnerte Bébète im Ton eines Feldwebels. »Ist das denn ein Grund, uns einem Bombenattentat auszusetzen? Sind Sie verrückt worden?«

Der lange Lulatsch in Fallschirmjägermontur sprang flugs auf, packte seinen Krempel zusammen und verabschiedete sich von Zam mit einem hastigen: »Bis dann, Onkel, wir sehen uns sicherlich im Dorf.«

Diese Bébète also, diese Freundin, mit der er bisweilen wie ein kleiner Junge lachen konnte, die ihm aus jeder Verlegenheit zu helfen wusste, die fehlte ihm entsetzlich. Gewiss war es einst ihre Weiblichkeit, die ihn verführt hatte, doch nun kam es ihm so vor, als bräuchte er vor allem die Freundin in ihr. Vielleicht täuschte er sich ja. Vielleicht versuchte er nur krampfhaft, sich dem Zauber zu entziehen, der von Bébètes sinnlicher Erscheinung ausging.

Er rechnete jeden Augenblick damit, ihre für eine Frau eher hoch gewachsene Gestalt wieder in der Tür auftauchen zu sehen: Sie würde wie üblich hereinkommen, mit sehr lässigem, ungemein laszivem Gang und rätselhaft ausdruckslosem Gesicht. Sie würde einfach Guten Tag sagen, als könne sie kein Wässerchen trüben, und sich an ihren kleinen Tisch setzen, ohne den Austausch irgendwelcher Höflichkeiten zu erwarten. Lange Stunden würden in spannungsreicher Stille verstreichen. Schließlich würde er aufstehen und zu ihr sagen: »Gehen wir essen?«

Und alles wäre so, als wäre nie etwas geschehen. So war es immer gewesen, und es bestand überhaupt kein Grund, dass es diesmal nicht wieder genauso wäre.

9

Kaum hatte der kleine Junge ihm den Umschlag überreicht, war er auch schon wieder verschwunden. Im Grunde hätte man sagen können, er habe sich genauso in Luft aufgelöst wie seinerzeit der Unbekannte, der ihm mitgeteilt hatte, in seiner Wohnung liege eine Leiche. Dem Umschlag entriss er ein Stück kariertes Papier, auf das irgendwer mit einer offensichtlich verstellten Handschrift gekritzelt hatte: »Ein Rat unter Freunden: Gehen Sie heute Abend zeitig nach Hause.«

Ich will ja gern nach Hause gehen, dachte Zam, nachdem er seine Verblüffung überwunden hatte, aber nicht allein, ausgeschlossen. PTC will ich aber auch nicht fragen. Ich finde ihn ein klein wenig lästig, und außerdem dürfte er um die Zeit schon wieder bei seiner Familie sein. Was Eddie betrifft, so weiß ich nicht einmal, wie ich ihn erreichen könnte, dem laufe ich jetzt schon drei Tage vergeblich hinterher.

Es war beinahe elf Uhr. Zam setzte sich an seinen Computer und schrieb, fast ohne nachzudenken:

Mein Schatz,
lass mich nicht im Stich; du musst mir sofort verzeihen und herkommen. Ich habe ein ernstes Problem, nur du allein kannst mir helfen. Keine Frau auf der Welt habe ich mehr geliebt als dich. Das weißt du ja auch, nicht wahr? Und jetzt weiß ich, dass dem immer so sein wird. Verzeih mir, auch wenn mein Verhalten unverzeihlich sein mag. Ich bin ein grober Klotz, ich habe keine gute Kinderstube, keinerlei Selbstbeherrschung. Ich habe abscheuliche Dinge zu dir gesagt, und ich bitte dich deswegen demütig um Verzeihung. Nichts von alledem habe ich ernst gemeint, glaub mir. Aber du kennst mich ja, wenn ich mit meinen Schimpfkanonaden einmal loslege, dann gibt es für mich bis zum bitteren Ende kein Halten mehr. Ich bin ein armes altes Arschloch, wie du so oft gesagt hast. Doch das arme alte Arschloch braucht dich jetzt. Ich warte auf dich. Verzeih mir.

Ein Freund Zams brachte Bébète den Brief am frühen Nachmittag. Sie wartete jedoch, bis ihre Schwester nach Hause kam, um sich mit ihr zu beraten.

»Geh nur ja nicht hin, hörst du?«, empfahl ihr die Krankenpflegerin. »Bei dieser Sorte Mann kann man nie standhaft genug sein. Warte lieber noch ein paar Tage, sonst wird er dich nie respektieren. Und Respekt ist der Schlüssel zu jedem Mann, besonders wenn einer von diesem Schlag ist. Je länger du ihn warten lässt, desto eher wird er dich respektieren, und umso weniger wird er über deine Vergangenheit und über dein Kind wissen wollen. Er darf nie auch nur das Geringste ahnen. Häng ihm den Brotkorb also so hoch wie möglich, sei abweisend und mach dich rar. Er vergöttert dich, sorg also dafür, dass er dir zu Füßen liegt. Sträub dich, sobald er auch nur den kleinsten Fehler macht, dann wirst du immer eine Königin für ihn sein.«

Folglich kam und kam Bébète – zu Zams großer Enttäuschung – nicht. Nachdem er sich etliche Tropfen zu Gemüte geführt hatte, beschloss er schließlich, die Nacht eher aus Neugierde denn aus Angst in der Redaktion zu verbringen, weil er trotz allem hoffte, dass seine Bébète, die er ja gut kannte, doch noch kommen könnte.

Er kauerte sich in einem unbequemen Sessel zusammen, machte aber kein Auge zu und horchte fortwährend mit angehaltenem Atem in die Dunkelheit. Die Stunden verstrichen, doch Bébète kam nicht.

Zuerst wurde das Viertel von einem endlos scheinenden, fürchterlichen Getöse erschüttert. Mit laut dröhnenden Motoren, wildem Gehupe und heulenden Sirenen drehten Fahrzeuge jeglicher Größe zunächst im Tross ihre Runden. Die Leute liefen vor die Haustüren oder auf die Balkone ihrer Wohnungen und bekamen ein haarsträubendes Schauspiel zu Gesicht. Das Ganze erinnerte irgendwie an eine Sequenz aus *Kampf der Welten.* Unzählige hochrädrige Gefährte, befremdlich unförmige Hybriden zwischen Holzschlepper und Amphibienpanzer, krochen durch die Straßen. Im Innern ließen sich sonderbare Wesen erkennen, deren Aussehen kaum menschlich zu nennen war und vielmehr an Humanoide aus einer anderen Welt gemahnte, so merkwürdig steif und in so außergewöhnlich stilisierten Uniformen hockten diese in ihren Maschinen.

Zu schlechter Letzt quollen aus den Sciencefictionfahrzeugen Polizisten in voller Montur und drangen in die Häuser, um dort ominöse Kontrollen durchzuführen. Kurz nach zwei Uhr morgens platzten sie endlich in die bescheidenen Büroräume von *Aujourd'hui la démocratie!* und verhafteten sämtliche Journalisten und Angestellte vom Dienst, einschließlich der Nachtwächter. Nachdem man die armen Leute von *Aujourd'hui la démocratie!* in irgendein Gemäuer, dem Anschein nach eine öffentliche Behörde, eingebuchtet hatte, wurden sie diversen Schikanen unterzogen.

Zunächst mussten sie sich auf den eiskalten Betonboden setzen. Als sie dann nach Stunden in dieser Position einzuschlafen drohten, zwang man sie, aufzustehen und sich mit dem Gesicht zur Wand hinzustellen. Von Zeit zu Zeit kam ein Mann, vermutlich ein Uniformierter – was aber nicht immer ganz klar war –, vorbei und trat jedem von ihnen kräftig in den Hintern.

Im Morgengrauen wurden sie schließlich nacheinander in einen engen Raum gebracht. Dort nötigte man sie auf einen Schemel und richtete sogleich einen Scheinwerfer auf ihr Gesicht, der sie blendete. Dann forderte man die Gefangenen auf, ihre Personalien anzugeben. Wo geboren? Und von wem? Name des Vaters? Lebte er noch, und wenn nein, wann war er gestorben, und woran? Name der Mutter? Lebte sie noch? Und wenn nein, wann war sie gestorben, und woran? Dabei erhielt der Gefangene ununterbrochen Ohrfeigen von Leuten, die er vergebens zu erkennen versuchte. Zam bekam besonders viele verpasst, als er an der Reihe war. Der Mann ihm gegenüber, der ihn verhörte, überschüttete ihn mit Beschimpfungen von unvorstellbarer Vulgarität. Am Ende meinte er: »Armer Irrer, du bräuchtest dich uns doch nur anzuschließen, und schon wärst du ein gemachter Mann. Du hättest Geld, Häuser, Autos und Frauen, von allem so viel du nur wolltest, einfach so. Was hast ausgerechnet du, ein gebildeter Mensch obendrein, mit diesen Hungerleidern zu schaffen? Journalist bei der so genannten freien Presse, ist das denn ein Beruf? Wie viel verdienst du? Nicht mal so viel wie ein junger Gefreiter bei unserer Infanterie, wetten? Bei uns würdest du so viel wie ein Oberst verdienen, ich scherze nicht, wir brauchen nämlich richtige Intellektuelle. Und du bist so einer. Ein Intellektueller ist wie ein Oberst, und den bezahlen wir auch entsprechend.«

»Meine Entlohnung handle ich lieber bei mir zu Hause aus«, antwortete Zam, ohne nachzudenken. »Dort fühle ich mich wohler und kann in aller Ruhe meine Tarife vorschlagen.«

Der Folterknecht schaute ihn blinzelnd an, als hätte er ihn nicht richtig verstanden: Innerhalb weniger Sekunden spiegelte sein Gesicht sämtliche Nuancen zwischen verächtlichem Zorn und ohnmächtigem Unverständnis wider. Schließlich fragte er Zam: »Hast du eigentlich irgendwas mitbekommen? Weißt du überhaupt, wo du im Augenblick bist?«

Da Zam beharrlich schwieg, wiederholte der Mann, wobei er mit den Füßen aufstampfte: »Hast du eigentlich eine Vorstellung davon, wo und in welchen Händen du dich in diesem Moment befindest?«

Da Zam noch immer schwieg, brüllte ihn der Mann an: »Wirst du mir jetzt antworten, verdammte Scheiße?«

Zam schwieg jedoch immer noch. Der Mann schäumte vor Wut, dessen war Zam sich sicher, wenngleich es ihm in Anbetracht seiner Position unmöglich war, sich durch den Augenschein davon zu überzeugen. Der Beamte ging eine ganze Weile um ihn herum und bearbeitete ihn dabei unaufhörlich mit den Fäusten, bis er unvermittelt ausspie: »Verschwinde, du armseliger Typ. Hau ab, wir werden dich immer und überall finden, wirst schon sehen.«

Am Ausgang lief Zam Bébète in die Arme: Sie nahm sein verschwollenes Gesicht in beide Hände und schluchzte: »Wie haben die dich zugerichtet, mein armer Liebling.«

»Oh, weißt du, ist nicht so schlimm«, erwiderte Zam. »Woher hast du gewusst, dass ich hier bin?«

Seine Ahnung hatte ihn nicht getrogen: Bébète hatte seinem verzweifelten Hilferufe letzten Endes nicht widerstehen können. Sie hatte die Wohnung ihrer Schwester verlassen, als wollte sie nur rasch bei dem senegalesischen Gemischtwarenhändler an der Ecke eine Besorgung machen, war dann aber wenige Minuten zu spät bei der Redaktion eingetroffen, als die Leute von *Aujourd'hui la démocratie!* bereits zu den Polizeiwagen geschleift wurden. Sie hatte die ganze Nacht vor dem Gebäude der Mobilen Einsatzbrigade ausgeharrt.

In der Redaktion erreichte die Bestürzung bei der Schilderung dieses neuerlichen Übergriffs ihren Siedepunkt.

»Was hat diese ganze Geschichte zu bedeuten?«, wiederholte PTC unablässig, während er sich die vor Schweiß triefende Stirn abtupfte. »Nna wama, was hat das nun wieder zu bedeuten?«

Als Eddie auftauchte, zeigte er sich nicht minder fassungslos, wie man aus seiner lakonischen, wenn nicht sibyllinischen Äußerung zu schließen vermochte: »Es gibt Tage, an denen ich mir wünschte, den Beruf des Flics erlernt zu haben. Dann würde ich es vielleicht begreifen, wenn überhaupt ...«

Auch gegenüber dem Polizisten und Freund von Zubrot, mit dem er wenig später in der Bar zusammentraf, äußerte Eddie sich in denselben Worten, worauf jener ihm in einer Mischsprache antwortete, die man vielleicht folgendermaßen übersetzen kann: »So was nennt man den höchsten Grad in der Kunst, Spuren zu verwischen.«

»Ach ja?«, meinte Eddie. »Und was heißt das jetzt in gutem Französisch, du Hinterhofbulle?«

»Zwischen den beiden Vorfällen besteht meiner Meinung nach keinerlei Zusammenhang«, erwiderte der Polizist mit der gelehrten Mimik und dem pädagogischen Gestus eines Volksschullehrers, der einem Bengel erklären will, welche Falle ihm eine bestimmte Aufgabe bei der Abschlussprüfung stellen wird. »Da besteht nicht der geringste Zusammenhang, und dennoch sind sie aufs Engste miteinander verknüpft.«

»Könntest du mir das mal genauer verklickern?«, bat Eddie ihn mit einem ironischen Unterton in seiner Stimme. »Weißt ja, ich bin nicht sonderlich beschlagen, wie ich dir gerade erklärt hab.«

»Also«, hob der Polizist an, »mit dem gestrigen Coup wollte man glauben machen, dass dies eine Sache zwischen der Staatsmacht und der Opposition sein soll, und zwar in erster Linie zwischen der Staatsmacht und der unabhängigen Presse.«

»Na und?«, hakte Eddie wirklich interessiert nach.

»Ich geb dir Brief und Siegel drauf, dass dem nicht so ist.«

»Du bist ja tatsächlich gar nicht so blöd, wie du aussiehst. Wir kommen voran, Kerl, kommen der Sache näher. Folglich ist das Ganze deiner Meinung nach nichts Politisches?«

»Das hab ich nicht gesagt«, hielt der Polizist dagegen.

»Wart mal kurz«, meinte Eddie, indem er seinen Kopf in beide Hände nahm, als drohte dieser zu platzen. »Willst du etwa behaupten, hier könnte irgendwas Politisches vor sich gehen, das sich nicht zwischen Staatsmacht und Opposition abspielt?«

»Warum eigentlich nicht?«, erwiderte der Polizist. »Schließlich brodeln innerhalb des Staatsapparats überall Ehrgeiz und Machthunger, was ja nicht ausbleibt, und dasselbe gilt für die Opposition. Man bringt sich in Position, drängt sich nach oben, setzt die Ellenbogen ein und will schließlich Kalif an Stelle des Kalifen werden. Das steht doch andauernd so in unseren Zeitungen.«

»Teufel noch mal, du bist ja vielleicht kein Kalif, aber verflucht helle! Wo hast du nur so komplizierte Sachen gelernt?«

»Oh, lass gut sein, das sind nur Banalitäten, die weiß doch jeder. So läuft das in allen Gemeinschaften. Ich muss dir ja sicherlich keine Vorlesung halten …«

»Moment, Moment, tut mir Leid, aber ich weiß überhaupt nichts. Sag mir erst mal, wie du das rausgefunden hast? Und wie ist dir klar geworden, dass diese beiden Serien nichts miteinander zu tun haben?«

»Ganz einfach«, dozierte der Polizist und Freund von Zubrot. »Gehört es etwa zu den Gepflogenheiten der Staatsmacht, einen politischen Gegner, den sie in den Knast sperren will, erst umständlich zu beschatten? Das wär doch lächerlich. Entweder du störst, und dann steckt man dich ruck, zuck ins Loch. Oder aber du störst nicht, und wenn es in dem Fall zu einer Beschattung kommt, dann ist das was anderes. Vielleicht geht's dabei um eine alte Rechnung. Ich sag vielleicht, hab aber wirklich keine Ahnung. Ich persönlich hab nicht den Eindruck, dass dein Kumpel im Moment wen auch immer stört. Ich bin ein Flic, so was rieche ich. Solche Gestalten, die allerhand Tamtam um das Verhökern unserer Wälder veranstalten, von denen greif ich in einer Stunde dreizehn fürs Dutzend vom Gehsteig auf. Allerdings waren das Leute aus dem Machtapparat. Ist dir aufgefallen, über was für Mittel die bei jedem Coup verfügen? Letztens ein neuer Mercedes, und heute Nacht sogar Panzerwagen.«

»Demnach wollen Leute aus dem Machtapparat mit meinem Kumpel irgendwelche Rechnungen begleichen, die mit Politik nichts zu tun haben. Das wär zwar nicht wirklich typisch für unsere Bananenrepublik, aber warum eigentlich nicht? Also, spuck's schon aus, du hast doch sicher irgendeine Idee.«

»Machst du Witze? Ich hab überhaupt nichts. Bei der Polizei bringt man uns bei, erst mal zu suchen, und nicht, voreilige Schlüsse zu ziehen.«

»Ach ja?«, erwiderte Eddie. »Besser so'n Mist hören, als taub zu sein, wie man so schön sagt. Dann besteht dein Business also im Suchen. Das bringt mich nur keinen Schritt weiter, mein Alter. Wo hast du das gelernt? Auf deinem Lehrgang in Dakar? Oder in Athen? Könnt's nicht sein, dass du mehr Zeit bei deinen Lehrgängen im Ausland zugebracht hast als auf unserem gefährlichen Pflaster? Bist du dir sicher, dass du als Flic überhaupt an die Verhältnisse in unserem Land akklimatisiert bist?«

»Es gibt keine akklimatisierten Flics, ein Flic ist ein Flic, und damit Schluss.«

»In dem Punkt sind wir uns nicht einig. Ich will nämlich wissen, wer es auf meinen Kumpel abgesehen hat, einen Haudegen der alten

Schule, einen sympathischen und harmlosen Typ. Seine einzige Schwäche sind die Nutten. Auf die ist er ganz wild. Alles in allem ist das sein gutes Recht, oder? Davon abgesehen ist er völlig harmlos, kapierst du das? Harm-los. Hängt nur ein bisschen am Fläschchen, hat aber dem Volk noch nie was zu Leide getan, ganz im Gegenteil, würd ich behaupten. Also, was haben diese ganzen Brocken zu bedeuten, die ihm plötzlich auf die Rübe donnern? Und was die Sache mit der alten Rechnung angeht, denkst du dabei vielleicht an das Mädchen? So gut gebaut wie die ist, würd's mich wundern, wenn die nicht schon andere Kerle um den Verstand gebracht hätt. Und da könnt es ja dann einen geben, einen Minister vielleicht oder irgendein hohes Tier bei der Bullerei, der Zam irgendwas will und es auf ihn abgesehen hat? Stimmt's?«

»Ich würd's dir sofort sagen, wenn ich's wüsste, meinst du nicht?«, erwiderte der Polizist und Freund von Zubrot. »Ich muss aber zugeben, dass dein Roman genauso viel taugt wie jeder andere, nämlich überhaupt nichts.«

»Danke, Bruder. Na gut, dann werden wir also suchen, wo das ja dein Ding ist. Lass uns mal rekapitulieren: Es kann was Politisches sein, muss aber nicht zwangsläufig mit dem üblichen Kram zwischen Staatsmacht und Opposition zu tun haben. Wenn es jedoch nichts Politisches ist, kann es trotzdem mit irgendwas Politischem zusammenhängen, ohne im eigentlichen Sinn politisch zu sein. Doch, ja, wir haben bei Null angefangen, und jetzt hab ich gleich das Gefühl, als würd ich bei minus Zehn anfangen.«

»Du glaubst wohl, du wärst komisch«, versetzte der Polizist. »Dabei bist du nur deprimierend.«

»He, wir werden uns mal näher mit der Puppe befassen, einverstanden? Falls du aber irgendwas Hässliches entdeckst, dann sagst du meinem Freund nichts davon, geht das klar? Du könntest ja beispielsweise herausfinden, dass sie eine richtige Nutte ist, aber wirklich so eine hundertprozentige, dass sie regelmäßig in irgendeinem der hiesigen Hotels rummacht. Bei den Frauen von hier weiß man ja nie. Dann sagst du meinem Kumpel nichts davon, einverstanden? Ist ja nicht Sinn der Sache, ihn völlig zur Verzweiflung zu bringen, wo er ohnehin schon eine schreckliche Phase durchmacht.«

»Hör mal, Eddie«, meinte der Flic, wobei er unvermittelt die Stimme senkte, »ich spring ab. Ich hab es dir tausendmal gesagt, mit deinen sterbenslangweiligen Geschichten bring ich mich tagtäglich um fast hunderttausend. Oder aber du verschaffst mir was zur Entschädigung. Und außerdem werden die irgendwann sicher herausfinden, dass ich Ermittlungen anstelle. Du kennst die nicht. Wenn ein Polizist ermittelt, dann heißt das sofort: ab nach Tcholliré oder Mantoum*. Ich hab's dir ja gesagt: Bei uns ist ein Polizist nicht dazu da, Ermittlungen anzustellen. Also, wie willst du mir meine Risiken vergüten?«

»Soll das wirklich ein Flic, ein Staatsbeamter sein, der so quatscht?«, erwiderte Eddie und lachte gezwungen. »Was hab ich dem lieben Gott nur getan, dass ich in diesem verrotteten Kaff auf die Welt kommen musste? Ist gut, ist gut, ich werd versuchen, deine Raffgier zu befriedigen. Aber zuerst befasst du dich mit dem Mädchen, du verkommener Westentaschenflic. Okay?«

---

* Zwei berüchtigte Konzentrationslager für Oppositionelle.

10

Bei genauerem Hinsehen dürfte der Beruf des Flics, dazu gehört auch, ein guter Flic zu sein, damit meine ich einen effektiven Flic – keinen rechtschaffenen, angeblich gibt es so was ja nicht, wobei ich persönlich keine Ahnung davon habe –, keine allzu große Kunst sein, wenn man bedenkt, wie oft Fortuna dabei die Hand im Spiel hat.

Der kleine Taugenichts hatte herausgefunden, wo Bébète arbeitete, und sprach sie gewöhnlich möglichst diskret an, zunächst nur auf offener Straße. Doch schon bald wagte sich der junge Bursche auch ins Zeitungshaus hinein. Allerdings betreten so viele Leute einen Ort wie eine Redaktion, dass niemand auf einen Einzelnen achtet. Zam jedenfalls war nicht aufgefallen, dass ein zumindest anständig und wohlerzogen wirkender Mensch Bébète des Öfteren besuchte und sich sogar minutenlang mit ihr unterhielt, ohne ihr auf die Nerven zu gehen, was eigentlich so gar nicht zu ihrem Temperament passte …

Eddie wurde schließlich als Erster stutzig. Eines Tages wollte er nämlich zufällig in Zams Büro und stieß dabei mit diesem Schurken zusammen, als der gerade herausstürzte: »Sag mal, kennen wir uns nicht?«

»Würd mich wundern«, antwortete der kleine Strolch, der sich mühelos und sogar mit einer gewissen Ironie des Französischen bediente, dabei aber den Blick abwandte und in der schleimigen Art eines Aals zu entschlüpfen versuchte.

»Aber sicher, he, wart mal kurz«, rief Eddie und streckte die Hand aus, um den Besucher vielleicht noch zu packen zu bekommen. »Was ist los? Wo brennt's denn?«

Doch der junge Mann hatte sich schon in Luft aufgelöst.

Eddie war nach dieser Erscheinung wie vor den Kopf gestoßen, ohne den Grund recht zu wissen. Er kannte diesen Jungen, nur seit wann, und wo war er ihm begegnet? Ganz plötzlich quälte ihn ein eigenartiger Verdacht, sodass er sich wohlweislich davor hütete, Zam und Bébète auf dieses Zusammentreffen hinzuweisen – sein kleiner Finger sagte ihm, dass da irgendwas dahintersteckte.

Hingegen sprach er noch am selben Tag mit dem Polizisten und Freund von Zubrot über dieses komische Pfarrkind und gab ihm eine genaue Beschreibung des jungen Mannes. Hier nun die Antwort des Flics, ins Reine übertragen:

»In der Stadt dürften tausende von Typen mit diesem lächerlichen Getue herumlaufen. Wir sind ja trotz allem ein kleines Milliönchen, das darf man nicht vergessen. Ich werd aber sehen, was ich tun kann.«

Dieser Spruch wird von den hiesigen Beamten gebetsmühlenartig verwandt, um jeglicher Anstrengung aus dem Weg zu gehen und sich dem Gesuch eines Normalsterblichen zu entziehen. In diesem speziellen Fall aber – einmal ist keinmal – hatte besagter Beamte eine kleine Idee im Hinterkopf, und diese kleine Idee sah in etwa so aus: Falls die Beziehungen zwischen Bébète und dem jungen Unbekannten tatsächlich nicht astrein waren, worauf der Winkeladvokat Eddie wettete, dann bestand überhaupt kein Grund, dass diese schlagartig ein Ende fänden, ganz im Gegenteil. Schließlich liegt es in der Natur derlei schlüpfriger Beziehungen, dass sie sich in die Länge ziehen. Dies mag paradox erscheinen, ist aber dennoch nur allzu menschlich, da derartige Situationen den Akteuren ein unsagbares Vergnügen verschaffen – warum also darauf verzichten? Und an Zeit mangelt es einem etwaigen Ermittler in neunundneunzig von hundert Fällen wohl sicher nicht.

So dachte der Flic und Freund von Zubrot bei sich. Wenn man ihm in der Tat eines beigebracht hatte, dann war das, gründlich zu suchen, obgleich man ihm solche erkenntnisfördernden Tätigkeiten im Nachhinein strikt verboten hatte. Somit brauchte er dieser Bébète, die sich mit Zam zwar versöhnt hatte und auch wieder mit ihm zusammenwohnte, nichtsdestoweniger aber ein relativ unabhängiges Leben führte, nur diskret am Hintern kleben.

Fürs Erste musste sich der Flic und Freund von Zubrot gleichwohl eine ganze Zeit lang von dem Fall abwenden, aber nicht etwa, weil er ihm zu banal erschien, um seine Fürsorge zu verdienen, oder sogar zu bieder, um ihm die substanziellen Gewinne einzubringen, an die sich die Polizei dieses Landes nur allzu sehr gewöhnt hat. In Wahrheit war unserem Mann, der im richtigen Leben – wenn Sie, Leser, dies noch nicht wussten, so ist es meine Schuld – mit Vornamen Norbert hieß, eines Tages ein schwerer Brocken aufs Haupt geknallt.

Wie er eines Morgens nichts ahnend in seinem Kommissariat ankommt, erfährt er, dass sein Chef ihn in sein Büro bestellt hat: »Der Patron will dich sehen!«

In eben diesen Worten, die nichts Gutes verhießen, aber eigentlich auch nichts Schlechtes, wurde ihm die Sache bedeutet.

»Ich? Ich allein?«, stammelte Norbert bass erstaunt.

Hierzu muss Folgendes bemerkt werden: Ich weiß ja nicht, was dieser Vorname in Sachen Charakterstärke und Ehrgeiz anderswo evoziert, jedenfalls gehörte Norbert ganz ohne Frage nicht zu der Sorte von Beamten, die es verdienten, allein in das Büro ihres Chefs bestellt zu werden. Für gewöhnlich wurden die Elemente des Kommissariats zu Beginn ihrer Schicht zusammengerufen, um ihnen mittels eines speziellen Codes den Tagestarif mitzuteilen, den der Chef festsetzte und den Anwesenden zur weiteren Beratung vorlegte. Und bereits nach wenigen Einwänden, die sich zumeist auf das Wetter – es genügte schon ein etwas länger anhaltender Regen, um die *Ernte* zu gefährden – oder auf den jeweiligen Monatsabschnitt bezogen – die der Gehaltsauszahlung vorausgehende Dekade war nämlich in dieser Stadt der Beamten eine Zeit des Darbens –, wurde eine schnelle Einigung erzielt.

Gewiss konnte auch die persönliche Kapitalausstattung des Patrons unvorhergesehene Perturbationen auslösen. Als etwa der Vorgänger des derzeitigen Chefs einer jungen Gymnasiastin, die ihn gerade in ihren Bann gezogen hatte, eine Villa schenken wollte, kamen auf die Elemente des Kommissariats heikle und sogar äußerst stürmische Tage zu, da der Patron den Tagestarif nunmehr nach rein subjektiven Kriterien festlegte. Jedoch war dies der einzig wirklich betrübliche Einschnitt, an den sich die verschworene Gemeinschaft dieser Polizeiwache erinnerte.

Der erst unlängst ins Amt berufene Kommissar war so eine Art afrikanischer Sargento García von stattlicher Beleibtheit, die stellenweise wie eine Wurst eingeschnürt in eine überbordende Uniform gezwängt war.

»Norbert«, setzte der Kommissar an, »wie ist das eigentlich so mit dir? Du bist doch Inspektor, oder?«

»Ja, Monsieur le Commissaire«, antwortete Norbert und fügte eilig hinzu: »Ich bitte Sie um Entschuldigung, Boss.«

»Entschuldigung wofür? Dass du Inspektor bist?«

»Aber nein, Boss. Nein, Monsieur le Commissaire. Dass ich ein paar Tage gefehlt habe. Mein Vater ist gestorben.«

»Nicht so schlimm«, meinte Sargento Garcías schwarzer Quasizwilling und lachte dröhnend auf. »Ich kenne deine Akte, weißt du. Dein Papa da, wie ist das denn überhaupt mit dem? Stirbt der denn alle zwei Monate?«

»Das war nicht derselbe, Boss, Sie wissen ja …«

»Und um ihn zu beerdigen, brauchst du jedes Mal eine ganze Woche?«

»Wir sind hier in Afrika, oder etwa nicht, Monsieur le Commissaire? Was sind Sie denn eigentlich für einer?«

»Recht bemerkenswert ist«, fuhr der Kommissar fort, wobei sich sein Blick umwölkte, »dass deine Mutter da alle sechs Wochen stirbt. Und bei der reichen dir dann zwei Tage für die Beerdigung.«

»Aber nein, Boss, das war nicht immer dieselbe. Wir sind doch in Afrika, oder? Wenn ich von meiner Mutter rede, dann meine ich nicht immer die, die mich geboren hat, Sie wissen ja, Boss, Sie sind doch auch Afrikaner, oder?«

»Lassen wir das jetzt, Norbert. Nimm dir ruhig sechs Monate frei, um jede deiner Mamas zu beerdigen, ist mir vollkommen schnurz.

Wenn sogar der große Chef höchstpersönlich aus unserem Land verschwindet, um zwei Monate in diesem Baden-Baden da zu verbringen, was kannst du dem dann eigentlich sagen? Ich frag dich, Norbert, wer wird dem überhaupt was sagen?«

Der Kommissar verstummte einen Moment, um sich in die Hand zu schnäuzen, wischte sich diese am Drillich seiner Uniform ab und setzte wieder an: »Norbert, in all den Wochen, wo du jeden deiner Papas beerdigst, da machst du doch vielleicht ein paar Kleinigkeiten nebenher, oder? Bist du sicher, dass du jede Minute von jeder Stunde eines jeden Tags ausschließlich den Bestattungsriten widmest? Sag, da machst du doch sicher auch noch ein paar andere Kleinigkeiten, oder?«

Norbert glaubte sich in die Enge getrieben, wand sich unbehaglich auf seinem Stuhl und stammelte irgendwas. Dann hüstelte er und erklärte schließlich: »Monsieur, ich führe nie Ermittlungen durch, das schwöre ich. Glauben Sie mir, Boss. Ich hab noch nie gefehlt, um irgendwelche Ermittlungen anzustellen, das ist die Wahrheit. Für nichts auf der Welt würd ich das tun, Boss. Ich weiß doch nur zu gut, dass die Vorgesetzten von so was nichts hören wollen.«

»Ja, schon klar, ékyé, aber wart mal kurz, Norbert«, fügte der Kommissar hinzu. »Ich sehe, dass du mich nicht so recht verstehst. Man könnte fast meinen, du gerätst in Panik, mein Junge. Warum, weiß ich nicht, und im Übrigen will ich es auch gar nicht wissen. Hat dich irgendjemand beschuldigt? Ich sicherlich nicht. Im Gegenteil, ich werde dir sogar einen vertraulichen Auftrag übertragen, my God.«

Der Kommissar, ein wahrlich korpulenter Mann, genau wie alle Kommissare dieses Landes, zwinkerte Norbert zu und winkte ihn mit dem Zeigefinger näher zu sich heran. Und Norbert rückte näher, musste sich aber nach einem weiteren Wink noch tiefer zu ihm hinunterbeugen, Norbert war nämlich sehr groß – über einen Meter fünfundneunzig, wenn Sie sich diesen Typus vorstellen können.

»Norbert«, sagte der Kommissar mit äußerst gedämpfter Stimme, ja er wisperte beinahe, »ich hab deine Akte gründlich studiert. Du bist der Mann, den ich brauche, gewissermaßen *the right man at the right place,* wenn du verstehst, was ich meine?«

»Ja«, erwiderte Norbert eilfertig und lachte dabei auf die feine Art, »so reden doch unsere anglophonen Brüder, oder?«

»Ganz richtig. Es geht um eine Ermittlung. Also, wie ist das jetzt, Norbert?«

»Ékyé, Papa«, meinte Norbert, abermals dezent lachend. »Was soll ich da überhaupt noch sagen, wenn Sie selbst jetzt Ermittlungen erlauben? Sie sind ja der Chef, oder? Und der Chef ist der Chef. Wenn der Chef spricht, was bleibt mir da überhaupt zu sagen übrig? Sie sind doch der Chef.«

»Danke, Norbert«, erwiderte der Kommissar – den Blick gedankenverloren zur Decke gerichtet, die Hände zusammengelegt – in der Pose tiefster Versunkenheit, wodurch er aufs Verblüffendste einem Angehörigen des hohen katholischen Klerus glich, nehmen wir beispielsweise einen Bischof. »Ich wusste, dass ich auf dich zählen kann. Ab sofort hast du drei Monate Urlaub, den du natürlich verlängern kannst, um sämtliche Mitglieder deiner Familie zu beerdigen, die Neugeborenen eingeschlossen, von denen in unserem Land übrigens genauso viele sterben wie Greise. Was das angeht, brauchst du dir also keine Sorgen machen. Doch von nun an kommt es nicht mehr infrage, dass du in Tenue auftauchst, kapiert, Norbert?«

»Vollkommen, Boss. Außerdem hab ich schon lange …«

In der Tat hatte Norbert schon lange keine Uniform mehr getragen, außer in den Kontrollstellen der Verkehrsüberwachung. Er ließ seinen Satz jedoch unbeendet, weil er seinem Vorgesetzten ja nicht unbedingt gestehen wollte, dass er, wie der Winkeladvokat Eddie meinte, seine ganz persönliche Privatisierung bereits in Angriff genommen hatte, im festen Vertrauen darauf, dass die der gesamten Polizei sicherlich bald folgen werde. Dahinter steckte eines von Eddies eher abgeschmackten Bonmots: Er war der Meinung, dass nach der äußerst umstrittenen Privatisierung der Banken, der Wasser- und Stromversorgung nämlich nur noch die der Polizei, der Armee und sogar des Staates selbst blieb. Somit könnte der Präsident, ein denkwürdiger Faulenzer vor dem Herrn, sich jedenfalls endlich beruhigt zurücklehnen und ganz dem Dolcefarniente hingeben, seinem heimlichen Traum!

»Als wär dies nicht ohnehin schon der Fall«, schloss Zam daraufhin für gewöhnlich.

Wenn diese beiden da zusammenhockten, wurden sie zu zwei ausgesprochen streitsüchtigen Landplagen. War Zamakwé jedoch auf sich allein gestellt, so wirkte er wahrlich nicht wie ein Subversiver, vielleicht weil er von Natur aus eher verschlossen war, nicht sonderlich gesprächig eben, außer bei seiner kleinen Freundin, mit der er entweder andauernd herumgurrte oder sich wüst in den Haaren lag. Für ein wunderliches Paar gab es sich wirklich wunderlich!

Als Norbert aus dem Büro des Kommissars kam, wusste er nicht, ob er vor Freude wie ein Zicklein in die Luft springen oder aber wie ein Kettenhund losheulen sollte. Er hatte wirklich die Qual der Wahl. Einerseits würde er lange von seinen Freunden getrennt sein, diesen von Wissen strotzenden, des Französischen bemerkenswert mächtigen Intellektuellen, die er recht gern hatte und gewaltig bewunderte und mit denen er gerade ein Arrangement getroffen hatte, das zumindest Abenteuer, wenn nicht gar Reichtum verhieß. Ein Grund zum Weinen also.

Allen Grund zu Freudensprüngen jedoch bot die Aussicht auf eine Ermittlung, wie er sie sich nicht erträumt hätte, ausgerechnet er, der nie einen Roman las, im Kino bereits bei den ersten Sequenzen einschlief und bei den Nachbarn ausschließlich Sportsendungen kuckte.

Da er Eddie noch am selben Abend in der Bar traf, wo sie normalerweise verkehrten, sagte er zu ihm: »Irgendwo ist da ein Haken. Stell dir vor, ich bin offiziell … das heißt, eigentlich halboffiziell, weil das Ganze nämlich top secret ist, na ja, jedenfalls bin ich mit einer Ermittlung beauftragt worden.«

»Kerl«, erwiderte Eddie, »wo wir uns nun schon so lange kennen, solltest du doch wirklich wissen, dass ich solche Scherze nicht mag.«

»Aber nein!«, protestierte der große Freund von Zubrot verärgert. »Das ist kein Scherz, da liegst du falsch.«

»Und um was geht es bei dieser Ermittlung?«

»Ich sag dir doch, top secret!«

»Mann, Scheiße«, erwiderte Eddie, »spuck's schon aus, du hinterfotziger Westentaschenflic.«

»Okay. Bis dann also«, meinte der Westentaschenflic, leerte sein Glas und verdrückte sich.

Selbst Tage später konnte Eddie es noch immer nicht fassen.

»Kannst du dir so was vorstellen?«, wetterte er ununterbrochen, während er Zamakwé von dem Vorfall berichtete. »Da lässt mich doch ein kleiner beschissener Flic einfach so sitzen: Der hält sich wohl für Miss World!«

»Je nun«, bemerkte Zam zerstreut, »solche Dinge passieren eben nicht nur anderen. Musst dich halt dran gewöhnen. So ist das Leben, was glaubst du denn? Das Absurde existiert eben nicht nur in Saint-Germain-des-Prés, wenn du verstehst, was ich meine.«

»Was erzählst du mir denn für einen Mist?«, entrüstete sich Eddie. »Ich hab keine Ahnung, was du meinst. Saint-Germain-des-Prés kenn ich, aber das mit dem Absurden kapier ich nicht.«

Daraufhin packte er seinen Krempel zusammen, verabschiedete sich ebenfalls mit »Bis dann also!« und verkrümelte sich.

Muss wohl eine Epidemie sein, dachte Zam philosophisch.

11

Weder in der Literatur, obschon reich an pittoresken, ja selbst burlesken Paaren, noch in der Filmkunst und schon gar nicht in der Malerei findet sich irgendwo ein Gespann, das auch nur halbwegs dem ähnelte, das Norbert, der Freund von Zubrot, und Georges, der französische Abenteurer, die von nun an im Team operieren sollten, notgedrungen bildeten. Norbert war Afrikaner, jung, sehr groß, eher ein Strich in der Landschaft, Typ Basketballer der amerikanischen Mannschaft Lakers. Georges hingegen, volle sechzig, ein kleiner, molliger, gerade noch füllig zu nennender Mensch mit Stirnglatze, war irgendwie eine Mischung aus Buster Keaton, wegen der ewig gleichen Undurchdringlichkeit des Gesichts, Oliver Hardy, ob der Beleibtheit, und Louis de Funès, seines angekränkelten Profils eines armen kleinen Franzosen wegen – unter steuerlichen Gesichtspunkten hart an der Armutsgrenze, aber schlau.

Georges, dem es im Gegensatz zu seinem anfänglich sehr reservierten und sogar ein wenig linkischen Gefährten nicht an Humor mangelte, sagte zu diesem: »Was sind wir denn für zwei? Laurel und Hardy in Schwarz-weiß?«

»Verzeihung, Monsieur?«, entgegnete Norbert.

»Ich sagte: Wie stehen wir zwei beiden denn jetzt da? Wie Pat und Patachon?«

»Pat wer, Monsieur?«

»Pat und Patachon, kennst du die etwa nicht?«

»Nein, Monsieur!«

»Dachte ich mir schon. Jedenfalls sind wir ganz und gar nicht mauergrau.«

»Monsieur, könnten Sie etwas langsamer sprechen? Ich verstehe Sie nicht.«

»Ich sagte, wir müssten eigentlich unauffällig operieren«, fuhr Georges fort, indem er jedes einzelne Wort besonders genau betonte und den Mund übertrieben öffnete wie ein Schauspieler auf einer

Theaterbühne. »Der große Chef wollte nämlich, dass wir unterm Volk möglichst wenig Aufsehen erregen. So wie die Sache jetzt anläuft, werden wir da ziemliche Mühe haben. Was sagst du dazu, Kamerad?«

»Ich weiß nicht, Monsieur«, antwortete Norbert in aller Treuherzigkeit, wobei er sich eines tunlichst reinen Französisch zu bedienen versuchte, schließlich unterhielt er sich ja mit einem echten Franzosen aus Frankreich. »Ich weiß nichts, mir hat niemand was gesagt.«

»Mein lieber Mann, das kann ja heiter werden!«, murmelte Georges trocken vor sich hin und fuhr mit erhobener Stimme fort. »Wie? Dir hat niemand was gesagt? Du bist doch Bulle, oder nicht? Der Regierung ist etwas bange wegen der kommenden Wahlen, sie will sich die Zuverlässigkeit ihrer vermuteten Anhänger sichern. Und genau das ist unser Job. Hat man dir das nicht gesagt?«

»Nein, Monsieur«, flüsterte Norbert.

»Ja was hat man dir denn gesagt?«

»Nichts, außer: Du wirst jetzt Ermittlungen anstellen, und das wird mal eine Abwechslung für dich sein.«

»Eine Abwechslung für dich sein? Warum soll das eine Abwechslung für dich sein?«

»Weil wir, bei unserer Polizei, nie Ermittlungen anstellen. Das ist sogar verboten.«

»Was ist das für eine komische Geschichte? Nein, wirklich, das ist doch bekloppt! Den hiesigen Polizisten ist es also verboten, Ermittlungen durchzuführen? Soll diese Lüge da wahr sein?«

»Es ist wahr, Monsieur.«

»Ist das die Möglichkeit?«

»Doch, doch, es stimmt, Monsieur. Jedes Mal, wenn wir eine Ermittlung durchführen, stoßen wir unweigerlich auf einen der ganz Großen.«

»Einen Mächtigen meinst du sicher?«

»Ja, Monsieur. Und deshalb ist es uns verboten, Ermittlungen anzustellen. Selbst wenn ein Großer wie Pater Mzilikazi ermordet wird, führen wir keine Untersuchung durch.«

»Pater Mzilikazi? Wer ist das?«

»Die Zeitungen haben ihn einen ehrwürdigen Kirchenmann genannt, Monsieur, einen großen Wissenschaftler noch dazu, ja den größten unseres Landes, und sogar einen Freund des Präsidenten.«

»Und der ist ermordet worden?«

»Ja, Monsieur.«

»Wie lange ist das her?«

»Zwei Monate, in etwa.«

»Und warum?«

»Das ist es ja gerade. Es hat keine Ermittlungen gegeben. Daher weiß man nichts darüber.«

»In was für ein unmögliches Kaff bin ich da nur geraten«, meinte Georges. »Auf jeden Fall ist das hier kein Land wie die anderen, so viel ist mal sicher …«

»Weißt du was, Kamerad?«, setzte Georges nach langem Schweigen wieder an. »Wir werden überall zu zweit hingehen, aber mit einem sicheren Abstand zwischen uns. Und wir kennen uns natürlich nicht, einverstanden? Du wirst deine Landsleute vor meinen Augen ansprechen, du kennst sie ja und weißt bestimmt, wer von denen zu den Befürwortern der Regierung gehören dürfte. Anschließend werd ich an sie herantreten. Ich bin Journalist, Sonderkorrespondent der Agentur Reuter. Agentur Reuter, Reuter, Reuter … merk dir das. Abends treffen wir uns dann wieder bei mir, okay? Und sprechen dann das Ganze durch. Geht das für dich klar?«

»Ja, Monsieur.«

»Und sag nicht immer ja, Monsieur. Du hast doch sicher irgendeine eigene Meinung, oder? Aber zunächst mal nennst du mich ab sofort Georges und nicht Monsieur. Also, was denkst du, Kamerad?«

Da Norbert beharrlich schwieg, ging dem Toubab allmählich die Galle über: »Wirst du jetzt endlich die Klappe aufmachen, verdammter Mist? Du musst doch irgendeine Idee haben?«

»Monsieur«, hob Norbert an, nachdem er sich dreimal geräuspert und schwer geschluckt hatte, »Sie und alle anderen Toubab, Sie sind doch allesamt bescheuert …«

»Das hat man mir schon mal gesagt«, bemerkte Georges stoisch mit halblauter Stimme. »Und mehr als nur einmal.«

»Was ist das, eine Idee? Was ist damit? Kann man die essen? Legt man die in Wasser ein wie eine gute Makrele? Haben Sie schon mal Kinder großgezogen? Ich jedenfalls hab mit meinen beiden Frauen acht minderjährige Kinder, und dazu noch die zwei Töchter von meinem verstorbenen Bruder: macht zusammen zehn Kinder zu versorgen. Von Politik und Ideen werden meine zehn Kinder nicht satt. Was will ich verdienen? Das ist mein Problem. Bei der Verkehrsüberwachung mach ich am Tag hunderttausend. Also, was werd ich jetzt hier, mit Ihnen, verdienen? Ich für mein Teil zieh die Verkehrsüberwachung vor.«

»Da ist etwas, was ich nicht begreife«, erwiderte Georges. »Und du wirst jetzt so nett sein und es mir erklären: Wie läuft das denn so bei der Verkehrsüberwachung ab?«

Norbert schwieg lange und wich dem Blick des Mannes beharrlich aus, bis er auf einmal ein verstocktes Gesicht aufsetzte, Georges fest in die Augen schaute und sagte: »Ich persönlich mag nicht mit weißen Entwicklungshelfern zusammenarbeiten, vor allem nicht mit Franzosen. Die gehen uns mit ihren Methoden auf die Nerven. Wir sind hier in Afrika, und nicht bei euch da oben. Die Toubab wollen immer alles darüber wissen, was bei uns so läuft. Frag ich dich denn, wie das bei dir so läuft? …«

Georges musste aus vollem Halse lachen. »Eins zu null für dich, Genosse!«, erklärte er, nachdem er wieder zu Atem gekommen war. »Da hast du den Beweis: Wir zwei beiden können uns einig werden! Mag ja sein, dass ich ein Weißer bin, kann man nichts dran ändern, ist mir auch schnuppe. Aber ein Entwicklungshelfer bin ich garantiert nicht. Du willst wissen, wie viel du verdienen wirst? Und du willst mehr als bei der Verkehrsüberwachung verdienen – oder wenigstens genauso viel, ist ja egal. Dann musst du mir aber auch erklären, wie das bei der Verkehrsüberwachung abläuft. So lautet die Bedingung.«

Nun war Norbert beruhigt, und er lachte, wobei er sich wie ein Ramschhändler, dem gerade ein Gimpel in die Maschen gegangen ist, nach allen Seiten umblickte. »Ist gut, Patron. Jetzt versteh ich Sie und bin einverstanden.«

»Also, wie läuft das bei der Verkehrsüberwachung?«

»Zunächst müssen Sie wissen, Patron, dass die Gehälter niedrig sind, sehr niedrig sogar seit der Abwertung, und das Leben ist hart, zunehmend härter, vor allem mit zehn Kindern.«

»Ja, schon klar, wie läuft das also?«

»Ganz einfach: Wenn ein Taxi oder ein Bus vorbeikommt, pfeifst du. Der Typ fährt an die Seite. ›Papiere?‹ Er hält dir einen Packen schmutziger, zusammengestoppelter Wische hin. So ist das immer. In denen wühlst du dann eine ganze Weile herum. Irgendein Schrieb fehlt immer. Das ist so abgemacht zwischen der Verwaltung und uns. Du drehst und wendest den ersten Wisch, dann den nächsten, dann …«

»Jaja, und dann?«

»Die Fahrgäste werden ungeduldig, und der Fahrer ist müde.«

»Hab schon verstanden«, meinte Georges ein wenig angewidert. »Und wie ist der Tarif?«

»Es gibt keinen Tarif«, erwiderte Norbert triumphierend. »Du schaust dir den Typ an, du kuckst, ob er sich die Haare gewaschen hat, du siehst nach, ob er Schuhe aus Leder trägt, ob sie gewichst sind oder nicht, du prüfst eben nach, ob er das nötige Kleingeld besitzt …«

»Und wenn er das nötige Kleingeld hat?«

»Sie sind drollig, Patron, Sie wollen es immer ganz genau wissen. Wenn er das nötige Kleingeld hat, kann das von tausend bis fünftausend gehen. Wenn nicht, muss er zwischen fünfhundert und tausend hinlegen.«

»Und wenn er sich weigert zu zahlen, was passiert dann? Ist er dann erledigt?«

»Aber nein!«, rief Norbert, weil er den Witz nicht verstand, und lachte feist. »Nein, wir lassen ihn dann ganz einfach nur schmoren. Und irgendwann kommt der Moment, wo er weich wird.«

»Und dann lässt er was rüberwachsen!«

»Wie?«

»Ach nichts. Und wenn er loswetzt und das Ganze dem Kommissar steckt?«

»Welchem Kommissar?«, meinte Norbert unter schallendem Gelächter, als hätte er gerade einen wirklich guten gehört. »Der Kommissar schickt uns doch gerade raus. Und was die Tarife angeht, die setzt er täglich fest, weil er ja den Löwenanteil einstreicht. Wenn's nur nach ihm ginge …«

»Ich wusste ja, dass Flics per se Schweinehunde sind«, murmelte Georges. »Aber bei euch …«

»Moment, Chef, das ist noch nicht alles. Es gibt nämlich auch Kunden, denen brauchst du kein Wort zu sagen. Mit denen ist die Arbeit wirklich angenehm. Die fahren an die Seite, kommen auf dich zu, reichen dir ihre Mappe, und in der findest du dann alles, was du brauchst.«

»Und was du auch jetzt brauchst. Darauf bist du noch stolz!«, brummelte Georges halblaut, wie es so seine Art war.

»Also, Patron, wie viel verdien ich?«

»Sicher keine hunderttausend am Tag, Genosse. So viel hast du nicht mal bei der Verkehrsüberwachung verdient, das war ja wohl ein Witz. Hunderttausend am Tag. He, ich kenn das Land doch, vor allem seit der Abwertung. Wenn du so viel verdient hättest, wärst du jetzt millionenschwer …«

»Ihr Toubab, ihr kapiert wirklich nie was«, wandte Norbert ein. »Wenn ich die Kinder nicht hätt, wär ich jetzt tatsächlich millionenschwer. Ja, da wär ich reich, sehr reich.«

»Vielleicht wirst du's noch werden«, meinte Georges. »Das wird aber von deiner Leistung abhängen, mal sehen. Fürs Erste kriegst du neben deinem üblichen Lohn eine Tagesprämie von zehntausend.«

»Mann, Chef, nur zehntausend? Was hab ich dem lieben Gott nur getan?«

»Für den Anfang, sag ich doch, für den Anfang. Falls deine Arbeit zufrieden stellend ausfällt, werden daraus zwanzigtausend. Rechne doch mal nach: zwanzigtausend am Tag, das macht am Ende des Monats sechshunderttausend. Ich wette, du hast noch nie so viel Geld verdient, was immer du auch behauptest. Das ist mehr als der offiziell zugestandene Lohn eines Ministers.«

»Chef, ich schwör Ihnen, ich hab hunderttausend …«

»Bockmist! Das kannst du anderen weismachen, mein Lieber. Und wie viel hat dein Kommissar bekommen? Weitere hunderttausend vielleicht? Dann hättest du ja zweihunderttausend machen müssen, um dem Kommissar seinen Anteil geben zu können, und nicht nur hunderttausend, oder? Das hieße dann nicht mehr Verkehrsüberwachung, sondern Kasino- oder Puffüberwachung.«

»Mit den Toubab ist es doch immer wieder dasselbe«, jammerte Norbert. »Alles für euch, nichts für die armen Afrikaner. Ich bin nur hier, weil mich der Kommissar dazu gezwungen hat. Liebend gern würd ich wieder in mein Kommissariat zurück.«

»Tu dir wegen mir nur ja keinen Zwang an, Kamerad. Fühl dich wie zu Hause.«

»Was? Wie zu Hause?«, protestierte Norbert. »Bin ich hier etwa nicht zu Hause? Wollt ihr Franzosen uns jetzt rekolonialisieren? Dann stimmt das also, was in den unabhängigen Zeitungen so steht? Ihr Franzosen kommt nur her, um uns zu rekolonialisieren? Wollt ihr Toubab uns jetzt wieder alles wegnehmen?«

Das war jetzt doch sehr unvorsichtig gewesen. Es gibt einen Vorwurf, den ein Afrikaner gegenüber einem Franzosen neuerdings nie wieder in den Mund nehmen sollte, nämlich den der Rekolonialisierung. Schon der Verdacht versetzt die französischen Toubab in einen an Raserei grenzenden Zustand tiefster Erbitterung. Und wenn es doch wahr wäre, dass allein die Wahrheit schmerzt?

»Jetzt reicht's aber!«, rief Georges mit einem Mal überraschend aggressiv aus. »Lass gut sein, ja! Du solltest mir nicht allzu sehr auf den Geist gehen.«

Und dann baute sich der kleine Mann vor Norbert auf wie ein Hahn auf seinen Sporen. Auch das war sehr unvorsichtig. Es gibt Dinge, die ein Weißer in Afrika gegenüber einem Schwarzen nie mehr tun sollte. Der riesige Lulatsch konnte der Versuchung nicht widerstehen, seinen endlos langen Arm bis zur Schulter des kleinen Weißen auszustrecken und daselbst einen Druck auszuüben, der letztlich entgegengesetzt zum statischen Auftrieb des berühmten archimedischen Prinzips wirkte. Der weiße Mann wankte und drohte zu straucheln.

Die Szene spielte sich bei einbrechender Dunkelheit in einer schlecht beleuchteten Straße und tief im Herzen eines Einfache-Leute-Viertels ab. Jedermann weiß indes, dass die Dämmerung nie des Volkes Neugier schreckt. Dies war auch der Grund, weshalb sich sofort ein Auflauf zunächst sehr junger Gestalten bildete, dessen Durchschnittsalter jedoch schon bald stetig zunahm.

Die zuerst Eingetroffenen riefen in klassischer Schülersprache aus: »Die vertrimmen sich! Die vertrimmen sich! Da vertrimmen sich ein Weißer und ein Schwarzer!«

Genauso läuft das hier bei uns in einem brechend vollen Klassenzimmer ab, wenn sich zwei schräge Burschen in der hintersten Ecke, in der der überforderte Schullehrer keinerlei Autorität mehr ausübt, gewissenhaft aufschlitzen.

Die nun Hinzukommenden, durchweg ältere und weitaus bessere Beobachter, waren erstaunt über die kämpferisch anmutende, doch erstarrte Pantomime der beiden Heroen wie auch über deren erzürnten, aber stieren Blick und berichtigten folglich jene allzu spontane Einschätzung: »Aber nein, das sind Kumpel, die machen nur Spaß.«

Diese heilbringende Bemerkung erlaubte unseren beiden Ordensrittern, sich ohne Gesichtsverlust davonzumachen.

Am nächsten Morgen erstattete Norbert seinem Kommissar getreu Bericht von diesem Zwischenfall. Als loyaler Staatsdiener und in der stillen Hoffnung, dieser Mission enthoben zu werden, die seine Einnahmen so beträchtlich schmälerte, sagte er zu seinem Vorgesetzten: »Chef, soll ich weitermachen?«

»Ékyé, Norbert, mein Junge, was bist du mir denn für einer? Da hast du einen banalen Wortwechsel mit deinem Mitstreiter und verlierst schon den Mut? Hätte ich jedes Mal, wenn ich ein kleines Problem hatte, so wie du gekniffen, dann wär ich jetzt nicht der gemachte Mann, der vor dir sitzt, und wär nie Kommissar des 12. Arrondissements geworden. Ich für mein Teil hab nämlich kein Abitur und kein Juralizenziat wie die jungen Kommissare heutzutage. Trotzdem bin ich intelligent. Willst du wissen, wie ich's gemacht habe, Norbert? Zugegeben, am härtesten sind sicher die eitlen und hochnäsigen Vorgesetzten. Geh nur ja nicht hin und tret denen in den Hintern, wenn dir danach ist. Schluck deine Wut herunter und warte auf deine Stunde. Irgendwann kommt einer an und fragt: Wer will einen Lehrgang machen? Normalerweise gibt es für so was nur wenig Anwärter. Diese Schwachköpfe sagen sich, dass sie zu alt sind, um wieder die Schulbank zu drücken. *Aka,* die haben Unrecht. Und von wegen Schulbank drücken bei Lehrgängen, was soll da schon großartig ablaufen? Da tauchen jede Menge Leute auf und halten einem langatmige Vorträge in irgendeinem unverständlichen Fachkauderwelsch. Und am Ende ist da nichts, keine Prüfung, nicht mal ein klitzekleines Mündliches. Stürz dich auf die Gelegenheit, Norbert. Da verbringst du dann sechs Monate in Dakar, ohne irgendwas tun zu müssen. Und wenn du heimkommst, bist du Inspektor. Warte noch drei Jahre, und dann kommt wieder einer: Wer will einen Lehrgang machen? Stürz dich noch mal auf die Gelegenheit. Diesmal verbringst du weitere sechs Monate in Nizza, ohne irgendwas anderes zu tun, als den guten Wein der Franzosen zu trinken und dir die Beine ihrer hübschen Mädchen anzusehen. Und was bist du bei deiner Rückkehr, Norbert?

Kom-mis-sar. Du bist Kommissar und hast dafür kaum einen Finger gerührt.«

»Chef, wenn die ganzen Gaffer da nicht gewesen wären, hätt ich diesen Toubab geschlagen«, brachte Norbert starrköpfig wie ein Maulesel vor. »Sie wissen doch, dass das schlimm, ja sehr schlimm ist, wenn ein Polizist einen Ausländer schlägt. Und was hätten dann die Vorgesetzten gesagt? Chef, ich mag den Typ da nicht. Ich kann mit dem nicht arbeiten. Irgendwann werd ich ihn schlagen – ich werd ihn richtig schön verdreschen.«

»Ékyé, Norbert!«, schrie Sargento Garcías schwarzer Doppelgänger. »Norbert, was bist du überhaupt für einer? Mann, hab ich dich etwa nach deiner Meinung gefragt?«

»Ja, Monsieur le Commissaire.«

»Was? Bist du sicher, dass ich dich nach deiner Meinung gefragt hab, ich, der Kommissar des 12. Arrondissements? Bist du dir da wirklich sicher?«

»Nein, Boss, Sie haben mich nie nach meiner Meinung gefragt.« Norbert sprang auf, nahm Haltung an, schlug dabei die Hacken zusammen und hielt die rechte Hand an die Schläfe. »Sie haben mir einen Befehl gegeben. Ein richtiger Chef fragt seine Untergebenen nie nach ihrer Meinung. Er gibt einen Befehl, Punkt und Schluss.«

»Aha! Sehr gut, Norbert. Ich sehe, dass du Disziplin kennst. Glückwunsch. Auf Wiedersehen.«

Gleichwohl versteifte sich Norbert darauf, seinem verhassten Mitstreiter eine ganze Woche lang aus dem Weg zu gehen. Letzten Endes besann er sich doch anders. Da man mir die Uniform verboten hat, dachte er, kann ich trotz aller Kameradschaft der Kollegen nicht mehr zur Verkehrsüberwachung. Bleib ich aber weiter zu Hause, ohne andere Einnahmen erwarten zu können als meinen jämmerlichen Lohn, dann lauf ich Gefahr, die meinen den Qualen des Hungers auszuliefern. Also?

12

»Weißt du was, Schatz?«, fragte Zam mit pelziger Zunge und dementsprechend undeutlicher Artikulation.

»Ja, natürlich«, antwortete Bébète. »Keine Frau auf der Welt hast du mehr geliebt als mich. Genau das sagst du für gewöhnlich, wenn du viel getrunken hast. Und daran merkt man's sofort, du hast viel getrunken. Du trinkst zuviel, Schatz.«

»Nein, da täuschst du dich«, fuhr Zam fort, die Zunge merklich pelziger und die Aussprache zunehmend schwerfälliger. »Jetzt geht das wieder los. Kaum will ich mich aus lauter romantischen Gefühlen heraus ein bisschen gehen lassen, zack! Was ich getrunken hab? Ich hab fast gar nichts getrunken. Hör zu, lass uns mal gemeinsam nachrechnen, einverstanden?«

»Beruhige dich.«

»Doch, doch, lass uns nachrechnen. Hast du Angst, ich könnt dich widerlegen?«

»Dann rede wenigstens leiser, man hört uns zu. Mach kein Aufsehen, ich flehe dich an.«

»Ja, einverstanden, ich werd leiser reden, aber lass uns jetzt nachrechnen. Was hab ich getrunken? Zu Anfang einen J&B Whisky.«

»Und meinen Martini hast du auch gekippt, nachdem ich gerade mal davon genippt hatte.«

»Hast du mir den nicht vielleicht angeboten?«

»Behaupte ich denn das Gegenteil? Trotzdem hast du ihn getrunken.«

»Ist gut, ist gut. Das war aber auch schon alles.«

»Wie, das war schon alles?«

»Ich meine, das war schon alles an Alkohol.«

»Tatsächlich? War in der ganzen Flasche Beaujolais Village, die du dir allein reingeknallt hast, etwa kein Alkohol? Und in der Flasche Côtes-de-Provence, von der du mir nichts abgegeben hast? Und in den beiden Cognacs?«

»Da reden wir nun aber wirklich aneinander vorbei, und außerdem bist du böswillig. Wenn ich gesagt hab, dass das der ganze Alkohol war, dann hab ich damit den Aperitif gemeint. Aber du musst mir ja alles im Mund umdrehen, du verzerrst alles, nur um mir mit dieser blöden Alkoholgeschichte Schuldgefühle einzureden. Willst du wirklich beweisen, dass ich mich nicht im Griff hab? Nein. Also?«

»Sei lieb, Schatz, wir müssen jetzt gehen. Wir werden noch auffallen, falls es nicht schon passiert ist.«

»Was riskier ich denn? Sag, was riskier ich schon? Ich hab sowieso genug. Außerdem fällt man an der Seite eines *so* jungen Mädchens wie dir sowieso auf.«

»Was soll das nun wieder heißen?«

»Du wirst mir doch nicht erzählen wollen, dass man dich hier nicht kennt? Du bist doch schon vor mir hierher gekommen, oder etwa nicht? Nur mit wem, kannst du mir das verraten? Die Kellner und Kellnerinnen, die uns dauernd mit einem schiefen Lächeln anstarren, die würden einiges über dich erzählen, wenn sie sich nur trauen würden. Und weißt du, was deren Lächeln bedeutet? Ist mir übrigens auch völlig schnurz. Du sollst mir nur nicht ständig so hämisch Schuldgefühle einreden und mir weismachen wollen, dass ich ein Säufer bin, mehr verlang ich ja gar nicht von dir. Nein, wirklich, du willst mir doch nicht erzählen, du wärst noch nie zuvor einem Säufer begegnet, bei all den Typen, die schon über dich gestiegen sind, du bist doch der reinste Gehsteig. In deinem Gewerbe dürftest du doch ’ne Menge feines Volk gesehen haben, oder?«

»Das verbitt ich mir, hörst du? Ich hab noch nie …«

»Quatsch du nur, mein Mütterchen.«

»Weißt du, was du morgen früh sagen wirst, wenn ich dich an deine ganzen Abscheulichkeiten erinnern werde?«

»Scheiße! Scher dich zum Teufel. Und wenn du mich beschuldigst, ein Säufer zu sein, ist das dann vielleicht nicht beleidigend?«

»Du bist doch auch ein Säufer, mein Alterchen, und was für einer!

Voll wie ein Schwamm bist du. Und weißt du was? Eines Tages wirst du mit aufgerissenem Maul daran krepieren.«

»Da haben wir's! Mit aufgerissenem Maul, so so. Du quatschst verdammt drastisch, sag mal. Mit aufgerissenem Maul … Wo hast du das alles nur her? Wenigstens hast du Französisch sprechen gelernt. Das reinste Wunder. Siehst du, letzten Endes wird es dir doch irgendwie was genutzt haben, mit einem alten Säufer in wilder Ehe zusammenzuleben …«

Elisabeth hatte sich inzwischen von ihm abgewandt. Sie saß einfach stumm da, das Kinn in eine Hand gestützt, den Blick irgendwo in der Dunkelheit jenseits der riesigen Fensterfront des Restaurants verloren. Wahrscheinlich hatte sie sich in ihr Schneckenhaus zurückgezogen, wie sie es während der letzten Monate gelernt hatte.

»Ja, es stimmt«, fuhr Zam halblaut fort. »Ich wollt dir gerade eine Liebeserklärung machen, wie noch keiner dir eine gemacht hat, immer vorausgesetzt, dass dir überhaupt schon mal jemand eine Liebeserklärung gemacht hat. Deine Welt sind ja die haarigen Orang-Utans mit dicken Hintern, die dich wie einen Holzklotz bespringen. Genau das erregt dich. Irgendwann werden wir nicht mehr zusammen sein, und dann wirst du meine Liebeserklärungen vermissen, weil niemand anders mehr dir genauso schöne machen wird, deine Orang-Utans jedenfalls nicht. Du glaubst mir nicht, wirst es aber noch sehen. An manchen Tagen kann ich es gar nicht abwarten, dass wir uns trennen, nur damit du erkennst, dass kein anderer dir jemals wieder Worte von solcher Leidenschaft sagen wird.

Jaja, es stimmt, ich kann's gar nicht abwarten. Wirklich, an manchen Tagen wünsche ich mir, du wärst wieder in deine Welt zurückgekehrt, und ich würde dich dann zehn Jahre später wieder sehen, nur um mich davon zu überzeugen, dass dir meine Liebeserklärungen fehlen.

Als du fortgegangen bist, hab ich mir gesagt: Klasse, jetzt bring ich's zu Ende. Die ersten beiden Nächte waren herrlich, ich war allein in meinem Bett. Ich konnte mich längs, übereck und quer legen.

Ich konnte rülpsen, furzen, spucken, die Oberlichter öffnen und auf die Terrasse gehen, als es regnete. Ah, den Regen um Mitternacht erleben, im weichen Licht der spärlichen Reklameschilder, der einzigen öffentlichen Beleuchtung dieser Stadt, das kann nur ein Junggeselle … Willst du wissen, was in der dritten Nacht war? Ich hab geglaubt, jemand hätte geklingelt, na ja, dass es eben an der Haustür geläutet hätt. Ich bin aufgestanden und hab die Tür geöffnet, aber da war niemand! Ganze dreimal hab ich in dieser Nacht geglaubt, die Klingel deutlich schellen zu hören. Und dreimal bin ich aufgestanden. Für nichts und wieder nichts. Stell dir das mal vor! Um die Uhrzeit ist bei mir der Alkohol doch verflogen, da bin ich wieder klar, na ja, so gut wie … Nun, jedenfalls hab ich dreimal geglaubt, die Klingel läuten zu hören, doch da war nichts gewesen, das war nur eine Halluzination. Eines Nachts bin ich sogar von ununterbrochenem Gebimmel gepeinigt worden. Auch das war nichts weiter als eine Halluzination gewesen. Eine Halluzination, weißt du, was das ist? Du siehst oder hörst irgendwas, was gar nicht existiert, nur weil du ganz einfach wie irre bist. Hörst du? Ich war wie irre. Nein, wirklich, kannst du dir das vorstellen?«

Ein flüchtiges Lächeln erhellte das Gesicht der jungen Frau, die einem Kompliment, in welcher Form auch immer, einfach nicht widerstehen konnte.

»Na gut, genug rumgesponnen«, meinte Zam. »Wir gehen.«

»Ich werd dir was sagen«, fing Zam erneut an, als sie in dem Suzuki saßen. »Ich bin voll süchtig nach dir, das stimmt. Die Franzosen würden sagen, ich hätt dich unter meiner Haut. Aber lass dir nur ja nie wieder einfallen, abzuhauen, hast du gehört? Was soll das denn? Man sagt schon mal was, das ein bisschen heftiger ausfällt als sonst, vielleicht sogar zu Unrecht, das will ich gern glauben und möchte mich dafür entschuldigen, warum auch nicht? Und da ist dann so ein Miststück, das dir alles verdankt und sich einfach so dünn macht, nur weil es angeblich beleidigt ist. Und ich? Bin ich etwa nicht beleidigt? Hast du dir den Jux auch bei all deinen haarigen Orang-Utans erlaubt, die dich mit ihren dicken Pimmeln bis zum Anschlag durchgerammelt haben? Hättest du das auch bei denen gewagt? Nein, nicht wahr? Aber du bist ja an einen kleinen, ziemlich naiven, ziemlich lieben Intelligenzler geraten, einen richtigen Blödmann eben. Und das nutzt du nun eben aus. Bis dato bin ich immer wieder angetanzt und hab dich zurückgeholt. Doch jetzt hab ich die Nase voll, ich hab schließlich auch meinen Stolz. Ich werd nie wieder antanzen und dich zurückholen, hast du mir gut zugehört? Nie wieder! Wer Ohren hat, der höre ...«

»Ich bin seit fast einem Monat wieder bei dir«, geruhte die junge Frau endlich zu sagen, wahrscheinlich weil sie die Demütigungen leid war. »Und all das sagst du mir erst jetzt?«

»Nun ja, du wirst dir's zwar nie vorstellen können, aber ich wollte dir eben keinen Kummer machen. Ich war dir wirklich dankbar, dass du sofort zurückgekommen bist, als du erfahren hast, dass man mich verhaftet hatte. Ich war so glücklich, als ich dir nach der Entlassung in die Arme gelaufen bin. Das muss man erst mal erlebt haben, und wenn's nur für einen Tag ist, um sich die Einsamkeit eines Gefangenen ausmalen zu können, der brutal aus allem herausgerissen wird, was ihm vertraut war, und hilflos zwischen den vier schmierigen und übel riechenden Wänden einer Zelle landet. Ganz zu schweigen von den Albtraumfressen dieser Folterknechte – auch wenn sie dich noch nicht foltern. Von außen kann man sich das gar nicht vorstellen. Du kannst wirklich nicht wissen, wie froh ich war, dich wieder zu sehen, vor allem, wo ich gar nicht damit gerechnet hab. Schließen wir Frieden, Schatz?«

Bébète antwortete nicht. Ihr Gesicht spiegelte eine solche Teilnahmslosigkeit wider, dass sie mehr denn je einem Wesen aus einer anderen Welt glich.

»Du weigerst dich also, Frieden zu schließen? Man muss uns für zwei Bekloppte halten. An einem Tag laufen wir Arm in Arm durch die Gegend. Und am nächsten hocken wir wie Hund und Katz herum. Sieh an, da sind ja auch unsere Schutzengel. Was Unauffälligkeit angeht, sind die wirklich Spitze. Ich hab sie nicht bemerkt, als wir losgefahren sind.«

»Ich aber!«, meinte Elisabeth.

»Du hast ja auch nichts getrunken, das willst du doch damit sagen? Dann sag's auch. Es fällt mir wirklich schwer, die ganze Sache ernst zu nehmen. Was soll ein armer Blödmann wie ich mit diesem ganzen Kuddelmuddel zu tun haben? Schon bei dem Gedanken, dass die die ganze Zeit hinter uns her sind, läuft es mir kalt den Rücken runter. Morgen werd ich ihnen sagen, dass sie verschwinden können, ich will das nicht mehr. Woher wissen wir denn, dass die da nicht als Erste abgeknallt werden? Wozu das Ganze?«

»Tja, dann lass uns wenigstens allein in unser Haus gehen«, flüsterte Elisabeth und zog ihn am Arm mit. »Lassen wir sie einfach draußen stehen.«

Eddie war es gelungen, eine *Round Midnight*-Einspielung von Miles Davis und Charlie Parker aufzunehmen: Miles an der Trompete, was ja nicht verwunderlich war, Charlie jedoch am Tenorsaxophon, eine quasi beispiellose Konstellation. Zam war wie unter Dope, er stürzte sich auf die Kassette, ließ sie durchlaufen, spulte sie zurück, ließ sie erneut durchlaufen und spulte sie abermals zurück. Diese Manie hatte er sich lange nicht eingestanden, weil er sich ihrer schämte wie eines Anzeichens von Schwachsinn. Genau wie ein Säufer, der der Versuchung eines weiteren Glases einfach nicht widerstehen kann. Nun aber gab er sich ihr schamlos hin, wie auch dem kleinen Gläschen Alkohol im Übrigen. Diesen Hang hatte Bébète mit ihren ständigen Vorwürfen nur noch verschlimmert.

So war es auch an diesem Abend, kaum dass sie zu Hause waren und sich dort wie üblich verbarrikadiert hatten. Diese Musik versetzte Zam jedes Mal in eine Art Kontemplation. Bei den schnelleren Stellen schnippte er daher nicht etwa mit dem Finger mit, er klopfte weder mit dem Fuß, noch wiegte er den Kopf hin und her wie ein Automat oder ein Parkinson-Kranker. Er lauschte einfach nur, neigte den Kopf zur Seite, legte die Stirn in Falten und starrte dabei ins Leere, als suchte er nach welchem Phantom auch immer.

»Du denkst sicher, ich wär nicht ganz dicht, nicht wahr, Bébète?«, fragte er plötzlich. »Falls du fortgehen wolltest, würd ich's dir nicht übel nehmen, das versichere ich dir. Du malst dir bestimmt wieder was weiß ich alles aus, zum Beispiel, dass ich dich wegschicke, weil ich eine neue Puppe gefunden hab, oder irgendeinen anderen Blödsinn in der Art. Ich bin mir jedoch nur im Klaren, dass ich keine Partie für dich bin und dass wir uns irgendwann trennen müssen, vielleicht schon bald, vielleicht schon morgen. Erstens bin ich zu alt für dich, du könntest meine Tochter sein. Und zweitens stimmt's auch, dass ich ein bisschen meschugge bin, das weiß ich selbst, keine Sorge. Ich seh den Tag schon kommen, an dem du mir sagen wirst: ›Diesmal ist's so weit, ich hab einen Kerl gefunden, einen jungen, schönen, verliebten … Ich geh fort. Bye-bye! Nichts für ungut.‹ Das wird mir wehtun. Ich glaub aber, dass ich durchaus in der Lage bin, den Schlag zu verkraften. Zögere also nicht. Warum sagst du nichts, mein Bébète-Schatz? Gefällt dir nicht, was ich sage? So red doch endlich. Sag was.«

»Na gut, da du mir wieder mal eine Szene machen willst, antworte ich dir, dass es Zeit ist, schlafen zu gehen. Ich bin müde, kannst du das verstehen? Müde bin ich, richtig müde. Stell diese verflixte Musik ab.«

»Mehr Eindruck macht das nicht auf dich?«

»Was soll mir das schon machen? Warum soll mich überhaupt interessieren, was du so erzählst? Morgen früh, wenn du nüchtern bist, wirst du sowieso wieder alles abstreiten. Was soll ich also denken, he, was soll ich denken, und wozu soll das gut sein?«

Am nächsten Tag passierte dann etwas Merkwürdiges und zugleich Einschneidendes. Elisabeth verschwand. Sie erschien nicht wie sonst um zehn Uhr in der Redaktion und verstieß somit gegen eine stillschweigende Übereinkunft zwischen Zam und ihr, denn Zam war Frühaufsteher und ging daher sehr zeitig ins Büro. Sie hingegen räkelte sich noch gerne länger im Bett und fand sich erst dann im Büro ein, wenn es ihr passte, nämlich meistens so gegen zehn.

Offiziell war sie Zams Sekretärin, doch ehrlich gesagt hatte Zam keinerlei Beschäftigung für sie, oder aber er vertraute ihr recht vage Aufgaben an wie Kopienmachen oder Abtippen, bei denen sie sich nur sehr bescheiden aus der Affäre zog. Man hatte sich daran gewöhnt, sie mit allen möglichen Erledigungen durch die Stadt zu schicken. Sie bummelte liebend gern herum und brauchte dort zwei Stunden, wo normalerweise bloß dreißig Minuten erforderlich gewesen wären.

An diesem Morgen war Zam fuchsteufelswild: Die Qualität der Zeitung ließ seiner Meinung nach ständig entsetzlich zu wünschen übrig. Während der Redaktionskonferenz hatte er daher zu PTC gesagt: »So geht das nicht weiter. Wir werden unsere Leserschaft verlieren. Der ganze Kram ist schlecht, grauenvoll, zusammengestückelter Krampf. Die Kerle müssten endlich mal schreiben lernen, oder wenigstens in einem Wörterbuch nachschlagen.«

Er hatte ihm eine Liste diverser Schnitzer unter die Nase gehalten, einer drolliger als der andere:

ein Komplott aufdeckeln;
der eminente Schulbeginn;
einen vorgesetzlichen Mord begehen;
den Champagner enthaupten;
eine Stinkgrube;
eine der imminentesten Persönlichkeiten;
es wimmelt von Deliktenten;
die Methoden, deren er sich bedienstete;
die Vögel-Strauß-Politik;
ihr alle, die ihr euch noch gestern auf der anderen Seite gefunden habt;
Anne Boisseau säbelt mit dem Rassel;

ein Schweizer Bankkonto kann mit einem einfachen Telefonanruf nicht blockiert werden, so präsidial er auch sein mag;
die Mensch gewordene Gemästetheit;
dieser Tatbestand hat etwas von einer charakterlichen Betrugsstragie;
transparente Wahlen, eine Conditio sine qua none;
Sennen Andriamirado ist der Zueignung der seinen entrissen worden;
es ließ sich leicht nachzählen, wie viel Kreter im Fisch waren;
Eloundou lässt auch weiterhin die Musik spielen;
jeder Minister ist im Quivive;
wogegen sich die Bewohner des Nordens darüber ausschütteln vor Lachen;
ein äußerst dorniges Problem, in das sich der neue Patron des Hochschulwesens zweifellos knien wird;
das Gerücht verbreitet sich rasch durch Mund-zu-Mund-Propaganda.

Es gab sogar einen Redakteur, der blöde genug war, *er scheinte* zu schreiben. Zam schüttelte sich: »Diese Aufstellung ist keineswegs vollständig. Man könnte sie über ein Dutzend Seiten ausdehnen. All das beruht nur auf Nachlässigkeit. Wir müssen diese Kerle irgendwie bestrafen, sie hätten ja nur mal in ihrem Wörterbuch nachsehen brauchen, falls sie eins haben, das ist doch ganz einfach. So kann es nicht weitergehen. Sonst machen wir es genauso wie die Staatsmacht, die bestraft auch niemanden aus ihren Reihen. Und das halten wir ihr doch mit Fug und Recht vor. Werden wir jetzt ebenfalls in dieser Kultur der Straflosigkeit versacken? Genau das ist doch der Krebs, der unsere Gesellschaft zerfrisst und uns lähmt. Wenn man mir ein Amt anvertraut, schare ich sofort Mitglieder meiner Familie oder meines Clans um mich. Machen die dann aber Dummheiten, so kann ich sie nicht bestrafen, denn man belangt ja die eigene Familie nicht. Und schon haben wir die Bescherung …«

Man muss jedoch wissen, dass Zam im Ruf stand, einen schlechten Charakter zu haben. Den hat man immer, sobald man versucht, die Dinge zu ändern.

Es war schon nach Mittag. PTC blieb ihm eine Antwort schuldig, da er, wenn auch widerwillig, ebenfalls in Nepotismus machte, schließlich hatte er einen Haufen Familienangehörige ohne Ansehen ihrer Fähigkeiten bei der Zeitung untergebracht. Alle Welt macht in Nepotismus. Warum es da nicht besser gleich zugeben, zumal es hier nur schwerlich anders zu handhaben wäre? In unserer Kultur existiert ein fataler Hang zum Nepotismus, warum dies noch leugnen? PTC konnte außerdem zu Recht mit dem Argument aufwarten, dass Zam sich gewaltig in den Finger geschnitten hatte, wenn er sich einbildete, die ganze Sache würde sich irgendwie auf die Leserschaft auswirken, die sich höchstwahrscheinlich den Teufel darum scherte, wie die Zeitung redigiert war. Was glaubte Zam eigentlich, wo er war? Im Abendland, in Amerika? Mal ehrlich, störten sich die hiesigen Leser an einer schlecht redigierten Zeitung?

Als Zam zu begreifen glaubte, dass auch PTC ein Gefangener im Räderwerk des Nepotismus und infolgedessen machtlos war, brach er seinen Sermon ab, packte seinen Krempel zusammen und ging in sein Büro zurück. Dort musste er ziemlich erstaunt und verärgert zugleich feststellen, dass Bébète immer noch nicht da war. Er trat wieder hinaus auf den Flur und fragte die Vorbeikommenden, ohne sich jedoch an einen bestimmten zu wenden: »Hat einer von euch Bébète gesehen?«

Doch alle, die in diesem Augenblick durch den Flur schritten, schüttelten nur den Kopf oder antworteten: »Nnnein … Bébète nicht gesehen.«

Gegen dreizehn Uhr ging Zam, seinen Gewohnheiten treu bleibend, nach Hause, um sein Mittagsschläfchen zu halten: Aber auch hier war keine Bébète, allerdings lagen ihre Sachen, bis hin zu ihren Höschen und sogar ihrer Zahnbürste, im ganzen Haus verstreut herum – Bébète war nämlich sehr unordentlich. Lediglich ihre Handtasche fehlte. Meine Äußerungen von gestern müssen sie verletzt haben, und sie ist gegangen, um ihre Empörung deutlich zu zeigen, sagte sich Zam. Falls sich die Sache einrenkt, werd ich ihre Empfindlichkeit allmählich berücksichtigen müssen.

Anschließend schickte er einen Freund los, um sich bei Bébètes älterer Schwester nach ihr zu erkundigen. Bébète war nicht im *Quartier*, man hatte sie seit Tagen nicht mehr gesehen.

Gegen zweiundzwanzig Uhr, nach allerlei Hin und Her, musste er sich den Tatsachen fügen: Bébète war tatsächlich verschwunden.

13

Als guter Flic war Norbert auch ein klein wenig hinterfotzig. Seine Aversion gegen den Toubab brachte ihn auf den Gedanken, seinen Mitstreiter lieber zu beschatten, statt loszurennen und sich direkt mit ihm zu versöhnen, um dann im gegebenen Augenblick an seiner Seite aufzutauchen wie der Springteufel aus seiner Kiste.

In Sachen Überraschungen war Norbert dem Toubab um Längen überlegen: Während Georges gar nicht in der Lage gewesen wäre, sich in dem Viertel zurechtzufinden, in dem Norbert wohnte und das Weiße sowieso nie betraten, bewegte sich Norbert in den Straßen der modernen Stadt wie ein Fisch im Wasser.

Keiner von beiden hatte ein Auto – eine Anweisung, die ebenso von oben kam wie die Direktive, ja keine Aufmerksamkeit zu erregen, derweil beide selbstverständlich Hand in Hand gingen. Folglich benutzten sie die Sammeltaxis, wie beinahe jedermann in dieser Hauptstadt mit einer Million Einwohnern, die ein öffentliches Verkehrssystem entbehrte.

Die moderne Stadt ist die ehemalige Stadt der Toubab, als die hier noch herrschten. Norbert war damals noch nicht auf der Welt gewesen, doch sein Papa hatte ihm alles darüber erzählt. Und während er nun unter dem Vorwand, seinen Mitstreiter zu suchen, durch die Straßen stromerte, träumte Norbert von jener wie ihm schien weit zurückliegenden Zeit, in der dieser Teil der Stadt den Afrikanern nachts verwehrt war und sie bei Zuwiderhandlung Gefahr liefen, von speziell hierfür abgerichteten Bluthunden zerfleischt zu werden. Diese Stadt in der Stadt oder besser gesagt: die fast autonome Provinz in einem kleinen Reich – weil die Infrastruktur so oppulent und vielfältig war – hatte man letzten Endes trotz allem schnell abgeschritten.

Scheinbar magisch angezogen von der Reichhaltigkeit der Auslagen, der Ansammlung meist anmutiger Händlerinnen und ihrer ungezwungenen, wenn nicht sogar herausfordernden Art, stieß Norbert bis zum Lebensmittelmarkt vor. Dort traf er auf eine ganz ungewöhnliche Betriebsamkeit, die seinem polizeilichen Spürsinn natürlich ausgesprochen verdächtig vorkam.

Tatsache war, dass ein schlaksiger junger Mann nackt wie im Garten Eden und mit der Schnelligkeit einer Raubkatze umherrannte. Dabei schlängelte und wand er sich mit schier unmenschlichen Hüftverrenkungen durch die Menge, wie es allein die Kraft der Verzweiflung zu bewirken vermochte: Denn der Flüchtige wurde von einer Meute Jugendlicher verfolgt, die sich mit unbändigem Gebrüll noch gegenseitig anstachelten und Knüppel, dicke Steine und Eisenstangen schwangen, samt und sonders Mordinstrumente also, welche sie zweifellos nach alter Sitte einzusetzen gedachten. Als Kenner bewunderte unsere feine Spürnase Norbert die gewaltigen Sprünge des in die Enge getriebenen Wilds und die Gewandtheit, mit der der Bursche neben den auf dem Gehsteig aufgetürmten Gemüsebergen wieder aufsetzte, sich durch eine Finte, eine rasche Körperdrehung dem Griff eines Verfolgers entzog, durch die Trauben stattlicher Matronen schlüpfte und den Autos auswich.

Der junge Mann, ein schüchtern wirkender Jugendlicher mit tiefschwarzer Haut und einem knochigen, unbehaarten Oberkörper auf endlos langen Beinen, keuchte wie eine gehetzte Antilope, blickte sich verstört nach allen Seiten um und bot das leibhaftige Bild des *Runaway nigger,* wie er in den amerikanischen Romanen des neunzehnten Jahrhunderts zurzeit der Sklaverei, etwa in *Onkel Toms Hütte,* vorkam.

»Zum Tor 7, zum Tor 7!«, schrien seine Verfolger. »Wir müssen diesen Dieb töten. Alle Leute aus dem Tschad sind Diebe. Verdammtes Lumpenpack! Alles Diebe. Tötet ihn!«

Und schon wälzte sich die Menge, Norbert mitreißend, zum Tor 7, einer Sackgasse, in der der Flüchtige, vermutlich noch neu in der Stadt und mit ihrer Topografie nicht vertraut, unweigerlich in der Falle sitzen würde. Oberhalb des Tors 7 verlief ein Gässchen. Der junge Tschader hatte versucht, die Treppenstufen hochzurennen, um es zu erreichen. Inzwischen war er jedoch völlig außer Atem, irgendwer hatte ihn bereits am Knöchel gepackt, sodass er strauchelte, die Stufen hinunterpurzelte und in einer Ecke landete, wo er sich seinen Verfolgern stellen musste.

Als die Wurfgeschosse und Knüppelhiebe auf ihn einhagelten, riss der Junge beide Unterarme hoch, um sich mit diesem lächerlichen Schild zu schützen. Nach wenigen Sekunden bluteten seine Lippen und schwollen an, überall spritzte Blut. Vielleicht schrie er sogar, nur wären seine Schreie von dem Geheul der hysterischen Menge ohnehin übertönt worden. Der Junge brach schließlich zusammen und verschwand unter der Menschenmasse, die ihn vollends eingekesselt hatte und aus der nur noch mit Knüppeln und Steinen bewaffnete Hände emporflogen, um sofort wieder mit voller Wucht herabzusausen. Norbert beobachtete all das von eben dem Gässchen aus, das oberhalb des Tors Nummer 7 lag … in Nachbarschaft einer Polizeiwache, ganz nebenbei bemerkt.

Dann sah er plötzlich, wie sich ein kleiner schmerbäuchiger Weißer mit Halbglatze nach Leibeskräften einen Weg durch die Menge bahnte und bis zum Eingang besagter Polizeiwache vordrang, in deren unmittelbarer Nähe ein Kind grausam gequält wurde. Kurz darauf kam er, einen Uniformträger am Kragen, wieder heraus und schubste diesen zum Ort der noch immer wütenden Metzelei. Der Mann hatte sich wie ein in flagranti erwischter Dieb zusammengekrümmt und schaute entsetzt über die Schulter nach dem kleinen Weißen, der ihn durch die Menge in Richtung des Gequälten stieß: »Was soll das? Was ist hier los? Was ist hier los? Was soll das?«

Aus der Menge brüllten dem Mann in Tenue ein paar Stimmen entgegen: »Was soll das, Papa? Hast du jetzt schon Angst vor diesem Weißen da? Hau ihn, Papa. Hau ihn. Was denkt sich der Weiße da eigentlich?«

Die Taktik des weißen Mannes zeigte keinerlei Erfolg. Da hätte der Mann in Uniform schon ein bisschen guten Willen zeigen und bereit sein müssen, mit Georges' Hilfe – denn er war das – wie ein

Keil in die Menge vorzustoßen und die entfesselten Triebe zu bändigen. Die Zeit verstrich, und die Lynchgesellen wüteten weiter. Als ihr Werk endlich vollbracht war, verstreuten sich all jene, die ein großer zeitgenössischer, doch leider zu früh verschiedener Poet die *passants z'honnêtes* genannt hatte – in aller Ruhe, als hätten sie soeben eine Schlange mit dem Absatz zertreten.

Georges starrte eine Weile voller Entsetzen auf den von Krämpfen geschüttelten Körper des jungen Tschader. Norbert beobachtete ihn weiterhin von der Gasse oberhalb des Tors 7 aus, als auf einmal der Winkeladvokat, von wer weiß woher kommend, neben ihm stand und ihm ins Ohr flüsterte: »Was treibst du hier?«

»Und du?«, antwortete Norbert.

»Ich hab dich gesucht. Wegen einer wirklich beschissenen Sache: Die kleine Freundin von meinem Kumpel, dem Journalisten, weißt schon, Zamakwé, also die Bébète, na ja, Elisabeth, die ist vor vier Tagen verschwunden. Bébète ist verschwunden, und das schon seit vier Tagen! Hörst du? Beeindruckt dich das denn gar nicht? Hast du nichts dazu zu sagen?«

»Psst!«, erwiderte Norbert und legte den Zeigefinger an die Lippen. »Ich bin in streng geheimer Mission unterwegs. Ich kenn dich nicht. Du kennst mich nicht. Und deine Geschichten interessieren mich nicht.«

»Ooh, wen willst du hier verarschen? Ich sagte, Bébète ist verschwunden. Sicher, stimmt schon, dass man im Moment nicht allzu viel drüber reden sollte. Aber die Sache ist ernst.«

»Na und?«, meinte Norbert und ging weg.

Georges hatte ihn in der Zwischenzeit jedoch bemerkt und schnell eingeholt. Um ihn unauffällig ansprechen zu können, täuschte er vor, ihn wie einen unbekannten Passanten um Feuer zu bitten.

»Spinn nicht zu lange rum«, zischte er Norbert zwischen den Zähnen zu. »Meine Geduld hat Grenzen. Ich erwarte dich heute Abend bei mir, sonst melde ich deinen Vorgesetzten den Sachverhalt. Bye …«

Anschließend nahm der Toubab Eddies Verfolgung auf, einfach so, auf gut Glück. Hatte er denn nicht beobachtet, wie der Kerl sich äußerst verstohlen mit Norbert unterhalten hatte? Das reichte schon, um ihn zu einem interessanten Verdächtigen zu machen. So funktionierte eben die Logik der Geheimdienstler, obwohl Georges vor Zorn platzen konnte, wenn man ihn Geheimdienstler schalt.

Dem von den Göttern gesegneten Taxifahrer, der ihn kutschieren sollte, befahl Georges: »Du folgst dem weißen Mercedes, einverstanden? Versprich mir, mit niemandem drüber zu reden. Kriegst auch ein ordentliches Trinkgeld.«

»Kein Problem, Patron«, antwortete der Afrikaner eilfertig.

Eddie parkte seinen Mercedes vor dem Central, stieg aus und setzte sich auf die Terrasse des Etablissements, eine großflächige verglaste Veranda, die sich bis auf den Gehsteig ausdehnte und wie üblich von ebenso zahlreichem wie lebhaftem, buntscheckigem, extravertiertem, geschwätzigem und ausgelassen schäkerndem Volk in Beschlag genommen war. Georges gab dem Fahrer weitere Anweisungen: »Du stellst dich neben ihn und wartest auf mich, in Ordnung?«

Der Toubab ließ sich in gebührendem Abstand von Eddie nieder und wollte sich ihm peu à peu nähern. Eddie gehörte jedoch eher zur fahrigen Sorte. So dauerte es nicht lange, bis er aufstand und im Halbdunkel des rückwärtigen Nebenraums verschwand. Der Toubab beschloss zu warten. Was für ein verfluchtes Kaff, dachte er, in dem man immer und überall ewig warten muss. Er tröstete sich damit, die Gäste des Cafés zu beobachten und zu belauschen. Die ganzen Leute hier erschienen ihm so anders und fremdartig und kamen ihm gleichzeitig doch so nah, extravagant und sympathisch vor.

Fliegende Händler, die hier, in ihrem Reich, zum Straßenbild gehören, gingen von einem Tisch zum anderen und boten Armbanduhren, zweiteilige Anzüge, Regenmäntel und Lederschuhe feil, zu konkurrenzlosen Preisen natürlich, wie man so schön sagt, woran man unschwer erkennen konnte, dass diese Leute geklauten Ramsch absetzten.

Ein Mann mittleren Alters hatte den Regenmantelverkäufer am Wickel und bereits das Feilschen ganz im traditionellen Stil eröffnet.

»Fünftausend!«, hatte der Händler posaunt.

»Fünf was?«, entrüstete sich der Mann mittleren Alters. »Was bist du mir denn für einer? Hast du irgendwo schon mal gehört, dass die Leute hier einen Regenmantel zu dem Preis kaufen könnten? Wo sollen wir deiner Meinung nach das Geld hernehmen? Hast du etwa noch nichts von der Abwertung in diesem Land mitbekommen? Mach mir einen reellen Preis, mein Freund.«

»Wie viel kannst du anlegen, Papa?«, fragte der Schwarzhändler. »Nenn deinen Preis, dann diskutieren wir. Der Handel hat nichts mit der Diktatur zu tun, Papa. Wir lassen Diskussion nämlich zu. Wie viel willst du investieren?«

»Ékyé«, setzte der Mann mittleren Alters wieder an, »wo hast du schon mal mitgekriegt, dass der Kunde den Preis einer Ware festsetzt? Mach mir einen Freundschaftspreis, sag deinen Betrag, dann diskutieren wir, schließlich ist das dein Beruf.«

»Papa, gib mir nur viertausendfünfhundert.«

»Aaaka! Nein, das ist zu viel. Nein, nein, sogar viertausend sind zu viel. Selbst dreitausend wären noch zu viel. Mach mir einen reellen Preis, Freund. Ich geb dir höchstens zweitausend.«

»Mann, zweitausend sind nicht gerade viel. Was meinst du denn, wie viel ich selbst bezahlt habe, wenn ich's für zweitausend verhöker?«

Ein Dritter glaubte hinzukommen und sich einmischen zu dürfen, und sagte zu dem Mann mittleren Alters: »Die Pelle da, Papa, die ist erstklassig, was?«

Der Mann fuhr bärbeißig hoch. »Wer hat dich überhaupt gerufen? Hat dich irgendjemand irgendwas gefragt? Wo hast du mitgekriegt, dass wir dich gerufen hätten? Du tanzt hier an, merkst, die Leute reden über ihr Geschäft, und du reißt den Mund auf und mischst dich einfach mit deinem Geschwätz ein. Wer hat überhaupt nach deinem Geschwätz gefragt? O Mann.«

Nachdem er erkannt hatte, dass der fliegende Händler für eine Mahlzeit zu allem bereit war, entwickelte sich der Mann mittleren Alters zu einem wahren Meister in der Kunst des Schacherns, sodass der Schwarzhändler sich offenbar genau in dem Augenblick damit abfand, seinen Regenmantel für eintausend herzugeben, als Eddie wieder auftauchte und Georges nötigte, seine Aufmerksamkeit von diesem homerischen Handel abzuwenden.

Eddie rieb sich die Hände und wirkte so aufgeräumt wie ein Casanova, der einer Dame, die ob zu Recht oder Unrecht im Ruf hoher Tugend steht, soeben ein galantes Rendezvous hat abringen können.

»Verzeihen Sie, Monsieur«, meinte Georges, wobei er sich, eine Zigarette zwischen den Lippen und mit unübertrefflich beredter Mimik, zu Eddie hinüberbeugte. »Hätten Sie vielleicht Streichhölzer?«

»Da sind Sie wirklich an den Falschen geraten, teurer Freund, ich habe gerade aufgehört zu rauchen«, antwortete Eddie zerstreut.

»Sie Glücklicher«, erwiderte Georges. »Schon seit einer Ewigkeit bemühe ich mich vergebens, diese Heldentat zu vollbringen.«

Eddie rief nach dem Kellner, der offensichtlich ein Busenfreund von ihm war, und bat ihn: »Martin, gib diesem Monsieur Feuer. Setzen Sie sich doch, lieber Freund«, fuhr er fort, indem er sich dem Toubab zuwandte und auf den Stuhl neben sich deutete. »Wissen Sie, das war eigentlich gar nicht so furchtbar schwierig. Wie kam das noch gleich? Damals rauchte ich Dunhills, die hier als Schmuggelware vertrieben werden, das heißt, an ganz bestimmten Stellen in der Stadt und nirgendwo sonst. Eines Abends – es dürfte so um die neunzehn, zwanzig Uhr gewesen sein – komme ich nach Hause, ich wohnte damals im Quartier Amérique, einer sehr exklusiven Wohngegend, falls Sie sie kennen, ich komme also nach Hause und stelle fest, dass ich vergessen habe, mir Zigaretten zu kaufen. Rein gar nichts zum Qualmen hatte ich da. Sollte ich wieder in die Nacht hinaus, um einem Schwarzhändler nachzurennen? Scheiß drauf, sag ich mir. Zum Teufel mit dem Nikotin. Eine Entscheidung aus dem Bauch heraus, wenn Sie so wollen. Trotzdem war Schluss mit der Qualmerei. Seither habe ich nie wieder geraucht, und das ist jetzt alles in allem doch an die dreiundzwanzig Monate her. Ich bin ein freier Mensch, vollkommen geheilt.«

Eddie war wie aufgeknöpft, redete frisch von der Leber weg und eröffnete sich diesem jämmerlichen Toubab, einem ausländischen Großkotz im Grunde, mit herablassender Gefälligkeit.

»Man macht sich gar kein Bild davon, wie sehr einen das Rauchen benachteiligt, gesellschaftlich gesehen, meine ich«, antwortete Georges. »Neulich war ich bei meinem Bruder zu Besuch, der bei der hiesigen Handelsmission Frankreichs einiges zu sagen hat. Seine Frau ist sehr etepetete, der Typ ›Bei mir wird nicht geraucht, nichts zu machen‹. Und ich bin doch so süchtig! Eine Zeit lang habe ich mehr als vierzig am Tag gequalmt. Zwei Päckchen mindestens. Stellen Sie sich meine Lage bei meiner Schwägerin mal vor: Da muss ich Madame doch andauernd um Erlaubnis bitten, nicht etwa, um bei ihr rauchen zu dürfen, undenkbar, sondern um nach draußen gehen zu können.«

Nein wirklich, dachte Eddie bei sich, wär dieser Bauer noch bescheuerter, ich würd glatt tot vom Stuhl fallen. Seine Schwägerin um Erlaubnis bitten, draußen rauchen zu dürfen … oh, oh … das muss man erst mal bringen.

»Und was machen Sie sonst so, im bürgerlichen Leben?«, fragte Eddie.

»Pff, in meiner Familie galt ich nie als sonderlich brillant, auch in der Schule nicht«, antwortete der Toubab. »In meinem bisherigen Leben habe ich lange Zeit so ziemlich alles und nichts gemacht. Letzten Endes habe ich mich eines Tages ins Unterrichtswesen geflüchtet: Die nehmen ja alle möglichen Leute. So wie ich hier sitze, habe ich fünfzehn Jahre lang den Lehrer auf Wallis und Futuna gemacht, diesen französischen Inseln im Pazifik, wohin selbstverständlich kein Mensch wollte. Aus diesem Grund haben die mich auch genommen, mir fehlte nämlich schlichtweg jegliche Qualifikation. Sie können sich gar nicht vorstellen, was für ein gemütliches Leben mir dieser Aufenthalt auf den so abgelegenen Inseln beschert hat. Seither mache ich auf Tourist, da ich nach dem Ableben meiner Gattin völlig ungebunden bin.«

»Mein Beileid«, ließ Eddie zerstreut fallen.

»Sie sind zu freundlich«, erwiderte Georges mit feierlichem Ernst. »Aber wissen Sie, man fügt sich schließlich in alles. Zu Anfang dachte ich noch, ich würde meinen Kummer nie verwinden können. Ein Leben ohne meine Frau war für mich immer völlig undenkbar gewesen, so undenkbar, das können Sie sich gar nicht ausmalen ... Und dennoch ... Genau das bewundere ich so an den Afrikanern und an ihrer Kultur. Ich habe den Eindruck, dass sie weniger sentimental sind als wir armen Abendländer.«

»Ach, was! Glauben Sie wirklich, werter Herr?«, meinte Eddie, wobei er sich redlich bemühte, sein sarkastisches Interesse an den hirnrissigen anthropologischen Apriorismen seines Gegenübers zu verbergen.

»Aber sicher, überlegen Sie doch mal, wenn man zwei, drei, vier Frauen hat, bindet man sich doch an keine von ihnen, da schwimmt man sozusagen obenauf und bleibt ein freier Mann. Ich weiß wohl, man hat es mir nämlich erzählt, dass Ihre Regierung ins Auge fasst, die Polygamie auszumerzen. Glauben Sie, dass das vernünftig wäre? Läuft man dadurch nicht Gefahr, Verrat an der afrikanischen Seele zu begehen? Was denken Sie darüber?«

»Monsieur, kümmern Sie sich nicht um all das«, riet Eddie. »Bauen Sie auf nichts, was Frauen oder die afrikanische Seele angeht.«

»Oh, ich sehe schon, worauf Sie hinaus wollen.« Georges lächelte breit. »Sie halten es mit unserem guten König François I. Wissen Sie, was der über Frauen sagte? ›Gar wechselhaft ist oft die Frau, drum wahrhaft närrisch der, der auf sie baut.‹«

»Ja, und auch der Mann ist wechselhaft«, fügte Eddie hinzu. »Mit den Frauen verhält es sich wie mit der Musik. Hören Sie sich mal folgende Anekdote an. Eines schönen Tages erwarb ich eine Platte mit dem Titel *Memorial Lester Young*. Das war noch zurzeit der 33er, die heutzutage obsolet geworden sind. Doch was für eine Zeit war das, nicht wahr, lieber Freund! Jedenfalls hatte mich eine ganz bestimmte Variation dieses genialen Mannes gepackt, nämlich die des ziemlich bekannten Themas *Tea for two*. Es war einfach göttlich. Kennen Sie sich da aus?«

»In englischer Literatur? Ganz und gar nicht, muss ich Ihnen zu meiner Verlegenheit gestehen.«

»Eigentlich geht es hier um Musik«, berichtigte Eddie ihn. »Und insbesondere um Jazz. Aber egal. Kommen wir auf die Frauen zurück, wenn Sie wollen. Über Wochen, vielleicht über Monate hinweg höre ich mir meine Platte immer wieder an, zehnmal, hundertmal. Und jedes Mal warte ich nur auf *Tea for two,* wie auf eine seit vielen Jahren vertraute Frau, wobei ich die anderen Titel, vor allem die darauf folgenden, vernachlässige. Das ist genau wie mit der Frau, mit der man gerne schläft. Vorher denkt man an sie, hinterher träumt man vor ihr. Pech für die anderen. Und eines Tages dann wirft mich plötzlich eine Improvisation um, die mich bis dahin nicht beeindruckt hat, obwohl ich sie sicher schon hundertmal gehört habe, das Stück folgt nämlich unmittelbar auf *Tea for two.* Hab aber eben bislang nur mit halbem Ohr hingehört: Es handelte sich um *These Foolish Things,* ein seither von mir vergöttertes Meisterwerk. Sie kennen es nicht, aber das macht nichts, denn in Wahrheit reden wir hier ja über die Frauen.«

»Ich glaube, ich verstehe Ihr Gleichnis«, meinte Georges wie in einem Anflug von Mystizismus. »Und letzten Endes würde ich es nicht wagen, Ihnen Unrecht zu geben, denn es ist nur zu wahr, dass die Liebe immer wieder aufs Neue überrascht, in welcher Konstellation auch immer, selbst im Rahmen der Polygamie. Die Liebe ist universell. Sie wissen gar nicht, wie Recht Sie damit haben! Aber davon abgesehen, ist es denn wahr, dass die Regierung die Polygamie verbieten will? Ist das nicht ein allzu radikaler Schritt? Was denken Sie?«

»Werter Herr«, antwortete Eddie, »ich möchte Ihnen eins sagen: Man muss schon behämmert sein, um sich dafür zu interessieren, was die Regierung dieses Landes tut, sagt oder denkt. Da kann man sich auch gleich für eine Partie Baseball zwischen Pinseläffchen interessieren.«

»Übertreiben Sie da nicht ein wenig?«

»Kaum, teurer Freund. Doch was soll's? Kehren wir lieber zu den Frauen zurück. Es geht nichts über eine Frau, aber das wissen Sie ja schon.«

»Die Frau ist die Zukunft des Mannes«, hat ein Poet einmal gesagt.«

»Ist sie nicht vielmehr seine Vergangenheit? Ich weiß nicht, aber sie muss ja zwangsläufig das eine oder das andere sein. Ein Freund von mir hatte einmal eine Frau. Niemals hätte ich mir ausgemalt, dass er sich über ihren Verlust nicht hinwegtrösten könnte, falls es einmal so weit käme. Er ist der intelligenteste, besonnenste, vernünftigste Mann, den es gibt, und das Mädchen war sicher das bestgebaute Chassis, das man sich denken kann, aber vor allem auch die idiotischste, bornierteste und vulgärste Frau, die durch so ziemlich alle Hände gegangen ist, wenn Sie wissen, welche Sorte ich meine … na ja, unter Männern gesagt, ein Mädchen eben, nun ja, eine Nutte, im Klartext, wie übrigens die meisten unserer Mädels – aber was bleibt den Armen auch anderes übrig? Jedenfalls schafft er es einfach nicht, über den Verlust dieses Weibsbilds hinwegzukommen. Inzwischen frage ich mich sogar, ob er diesen Tiefpunkt seines Daseins überleben wird. Das sagt doch alles.«

»Was ist passiert? Hat sie ihn verlassen?«

»Das wäre wohl noch die beste aller Möglichkeiten. Tatsächlich hat sie keine Adresse hinterlassen. Sie ist eines Tages verschwunden, still und heimlich, Knall auf Fall, und hat ihre ganzen Sachen in dem Haus zurückgelassen, in dem das Paar wohnte. Wie erklären Sie sich so was? Ein dermaßen intelligenter Mann und eine so belanglose Puppe. Von der Sorte sammle ich am frühen Abend in einer halben Stunde fünfzehn fürs Dutzend von unseren Bordsteinkanten auf. Ich sage in einer halben Stunde, wohlgemerkt! Und dennoch ist mein Freund untröstlich. Er wird sich vielleicht umbringen.«

»Wurde die Polizei nicht alarmiert? Vielleicht steckt ja ein Verbrechen dahinter?«

»Die Polizei? Die hiesige Polizei? Unsere Staatsmacht, Monsieur, ist eine Partie Baseball zwischen Pinseläffchen, wie ich Ihnen schon sagte.«

»Man hat mir gesagt, das Regime und sein Präsident wären sehr unpopulär. Ist das wahr?«

»Unpopulär? Und wie, Monsieur! Das können Sie sich nicht vorstellen! Warten Sie mal kurz.«

Eddie hob die Hand und winkte energisch nach einem Kerl, der neben dem Tresen saß. »Kaschemmenpirat«, rief er dem Unbekannten zu. »Komm mal zu uns rüber.«

Und als der Mann sich Eddie und Georges gegenüber niedergelassen hatte, meinte Eddie zu ihm: »Sag dem Monsieur guten Tag.«

»Guten Tag, Monsieur«, gehorchte der Hinzugekommene ausgelassen grinsend und entblößte dabei einen Oberkiefer, dem die sechs vorderen Zähne fehlten und wo sich ein riesiges Loch auftat.

Womöglich hatte ihm dieser Umstand den von Eddie ausgedachten Spitznamen Kaschemmenpirat oder Freibeuter eingehandelt. Eddie dürfte in Paris oder anderswo einen Piratenfilm voller verwegener Gestalten mit Augenklappen, zahnlosen Mündern und Holzbeinen gesehen haben. Dieser Mensch hatte jedoch ganz offensichtlich kein Holzbein, da konnte man ihn noch so lange beobachten, sein Gang war kerzengerade wie der eines mit zwei normalen Beinen ausgestatteten Mannes. Doch wenn Eddies Freund lachte, und er lachte oft, sah man nur noch dieses klaffende Loch in seinem Kiefer, als ob das gesamte Gesicht mit einem Mal darin verschwunden wäre.

»Das ist ja nicht alles«, fuhr Eddie, an den Freund und Freibeuter gewandt, fort. »Der Monsieur, der hier vor dir sitzt, ist Franzose und möchte wahnsinnig gerne etwas über Lokalpolitik hören. Würdest du ihm nicht vielleicht gerne ein Lichtchen aufstecken?«

»Muss man mal sehen«, erwiderte der Hinzugekommene knapp und in einheimischem Idiom, einem Ramschhändler gleich, der ein gutes Geschäft gewittert hat.

»Was heißt?«, fragte Eddie auf Französisch. »Spuck's schon aus, verdammter Mist. Red Klartext, und nenn deinen Tarif.«

An den Toubab gewandt, fuhr er fort: »Machen Sie sich wegen seines etwas ausgeräumten Kiefers keine Sorgen, der Kerl ist mit allen Wassern gewaschen, verlassen Sie sich auf meine Erfahrung, Monsieur … Monsieur wie noch gleich?«

»Georges«, entgegnete der Toubab.

»Aha, Georges. Nun denn, Georges, Sie können auf das sachkundige Wissen meines Freundes bauen. Man muss diesen Freibeuter nur ein bisschen motivieren. Und bei ihm bedeutet ein bisschen meistens viel, und sogar *très beaucoup,* wie wir manchmal sagen.«

Dann drehte er sich erneut dem feixenden Freibeuter zu: »Also, wirst du dich jetzt endlich entscheiden?«

»Wissen Sie«, hob der Freibeuter an, »ich bin vor fast zwölf Monaten abgebaut worden.«

»Zur Sache«, grummelte Eddie, »zur Sache, Kerl. Wie viel willst du?«

»Wofür?«, protestierte Georges.

»Um Sie ins Bild zu setzen, zum Henker nochmal!«, erklärte Eddie. »Lieber Freund, Sie werden Ihre Freigebigkeit nicht bereuen, Sie glauben mir doch, nicht wahr, Georges?«

»Selbstverständlich«, antwortete der Toubab.

Nach allerlei scheelem Lächeln, etlichen Faxen, Seufzern und anderen Hüsteleien sagte der Freibeuter: »Zehntausend am Tag, und dafür biet ich ihm die Kampagne.«

»Die Kampagne?«, fragte Georges ängstlich nach.

»Ja klar, die Wahlkampagne«, meinte Eddie. »Wir sind hier doch mitten im Wahlkampf, wussten Sie das nicht?«

»Mir schien auch so«, erwiderte der Toubab. »Ich dürfte tatsächlich irgendwo davon gehört haben, aber nur ganz beiläufig.«

»Also, schlagen Sie ein?«, erkundigte sich Eddie.

»Zehntausend Francs am Tag, das ist ein ordentliches Sümmchen, trotz aller Abwertung!«, meinte der Toubab versonnen. »Doch letzten Endes … also, nun ja, gut …«

»Ein komisches Pfarrkind«, sagte Eddie zu dem Freibeuter, nachdem der Toubab ihr nächstes Treffen festgesetzt und sich verabschiedet hatte. »Falls er auf irgendwelche Schwierigkeiten stoßen sollte, dann vergiss nicht: Es gibt keinen Besseren als mich selbst, um Ausländer aus der Scheiße zu ziehen, kapierst du? Dank meiner Hilfe wirst du dich sechs Monate lang satt futtern können. Du schickst mir den Fahrstuhl also wieder zurück, he? Das nennt man sich durchlavieren, wenn mich nicht alles täuscht. In was für einem Land von Arschlöchern leben wir hier eigentlich? Was haben wir dem lieben Gott nur getan, um so was zu verdienen? Ich, ein allseits bekannter Rechtsanwalt, hau kleine Weiße übers Ohr! Ich würd Harakiri machen, wenn ich nur ein bisschen Mut hätte. Trotzdem, was für ein komischer Vogel. Das müssten wir irgendwann mal abklären.«

14

Wie jeder Gauner war Eddie ein Mann von Lebensart, das heißt, er kannte eine ganze Menge ausnahmslos fragwürdiger, doch nicht minder ersprießliche Kniffe und ging überall ein und aus – seltsamerweise auch in den Dienststellen der verschiedenen Polizeiabteilungen. Und so hatte er geglaubt, diese diversen Stätten und ihr dazugehöriges Personal würden ihm das Geheimnis um Bébètes Verschwinden über kurz oder lang preisgeben. Gleichwohl verliefen alle seine diesbezüglichen Bemühungen im Sande.

Aus reiner Verzweiflung redete er sich schließlich ein, dieses Geheimnis erkläre sich sicher aus dem Zusammenleben des Paares Zam-Bébète, weswegen er Zam, der sich darüber empörte, hart zusetzte: »Da muss es einen Zusammenhang geben, versuch dich zu erinnern: Am Vortag oder zwei, drei Tage zuvor muss irgendetwas vorgefallen sein, was weiß ich, vielleicht auch eine Woche davor oder zwei, oder gar einen Monat. Eine junge Frau verschwindet doch nicht einfach so.«

Und Zam zerfloss daraufhin in Tränen. Er hatte zwar noch nie den Eindruck eines Hartgesottenen vermittelt, doch wenn er getrunken hatte, mangelte es ihm weder an Mumm noch an Schneid, und bisweilen beeindruckte er den Winkeladvokaten sogar, wie etwa an dem Tag ihrer Verfolgungsjagd auf der Straße nach Zoatoupnda. Inzwischen aber konnte Zam sich, selbst nach Einverleibung von Hektolitern billigen und verheerendsten Whiskys, dem Ansturm der Tränen und des Kummers nicht mehr erwehren, ganz im Gegenteil.

Eddie brannten zwar Worte auf der Zunge wie Heulsuse, Waschlappen, Weichei, Schlappschwanz und noch viele mehr, eines zärtlicher als das andere, doch er redete zumeist freundschaftlich, in Euphemismen und Umschreibungen, auf ihn ein – allerdings auch nicht immer.

»Das ist doch nicht möglich«, packte ihn manchmal der Zorn, »du bist nicht mehr derselbe. Ich kann mich doch nicht dermaßen getäuscht haben! Und all das nur wegen eines Weibs? Hab ich dir denn nicht lange vorher schon verklickert, wie das Ganze ablaufen wird? Da kommt irgendein Typ an, hässlicher als eine Laus, unter Umständen sogar ein Blindfisch … Ja richtig, wo ich grad dran denke … stimmt ja. An deiner Stelle würd ich mich mal bei dem Blindfisch umsehen. Aber lass uns jetzt ernsthaft miteinander reden …«

»Du sagst es, Schafskopf.«

»Ich bitt dich, du solltest das nicht so arrogant abtun! Klar, ich mein das sicher nicht ganz ernst, aber er könnt's doch trotzdem sein, warum eigentlich nicht? Verstehst du, was ich mein? Da würd ich mich aber schepp lachen. Der Film könnte *Die Nutte und der Blindfisch* heißen. Nein, falsch, ich hab ja einen vergessen: *Die Nutte, der Blindfisch und der Gehörnte.* Ha, ha, ha, hörst du, Kerl? *Die Nutte, der Blindfisch und der Gehörnte.* Oder besser: *Der Blindfisch, die Nutte und der Gehörnte.* Aber vielleicht sollte man den Letzten doch besser nach vorn stellen: *Der Gehörnte, der Blindfisch und die Nutte.* Nein, dann schon eher *Der Gehörnte, die Nutte und der Blindfisch.* Wär doch chronologischer, oder? Hi, hi, hi, *Der Gehörnte, die Nutte und der Blindfisch.* So ein Trio infernale hat's sicher noch nie gegeben. Das klingt nach einem Blues von Sonny Boy Williamson.«

Und schon begann Eddie, wie dieser Musiker (der andere mit demselben Namen, der Pseudo, nicht der Echte, Eddie mochte nämlich nur den Falschen) zu singen, allerdings auf die Melodie von *Back O'Town Blues,* wobei er die Rollen vertauschte und etwas Mühe hatte, *tramp* und *cuckold* in den beiden ersten Sätzen ordentlich unterzubringen und das Wort Blindfisch, dessen Entsprechung im amerikanischen Slang er vielleicht nicht kannte, durch einen Scat ersetzte. Zu guter Letzt ging er voll aus sich heraus wie ein echter Bluesman, der ohne Hemmungen losheult: »*But she wasn't satisfied, she had to run around.* Hörst du das? Nie zufrieden! Rennt immer in der Gegend rum. Und natürlich weißt du, wer der Gehörnte ist. Nein? Na du, ist doch klar. *Der Gehörnte, die Nutte und der Blindfisch,* genial!

Ein ganzes Weltbild in sieben Wörtchen. Da könnt man sich glatt bepissen … Wir sind doch alle Gehörnte, alle Puppen sind Nutten, und mit Ausnahme von dir gibt es in unserer Welt nur Böse, Hässliche und Blindfische. Mal ehrlich, ganz unter uns, was soll denn die Demokratie in diesem Ozean aus Scheiße überhaupt? *Der Gehörnte, die Nutte und der Blindfisch,* ich jedenfalls find das klasse, so als Philosophie. Genau das hab ich schon immer gedacht. Das ist wenigstens echt, das ist authentisch. Und du, was meinst du, du gefeierter Philosoph und Apologet der Griechen und anderen Altvorderen der alten Antike?«

»Du herzloser Mensch, du!«

»Na komm, lach doch ein bisschen. Gib dir einen Schubs. Grins wenigstens mal. Ich hab's dir ja gesagt, sogar ein Leprakranker oder ein Blindfisch hat Chancen! Zwei oder drei kleine Lappen, und schon verflüchtigt sich deine Julia, armer Romeo! Allerdings muss ich zugeben, dass ich Blindfische sowieso noch nie riechen konnte. Die sind … wie hast du das doch kürzlich in irgendeinem Artikel ausgedrückt? … Ich hab's, die sind die Allegorie der durch Feigheit noch verschlimmerten Falschheit, die Verkörperung der menschlichen Hässlichkeit eben. Ein Typ mit einem Knick in der Optik, bei dem ein Auge vielleicht sogar nach Kairo schielt und das andere zum Kap, der ist doch zwangsläufig dubios. Und bei dem da, mit seiner Fresse, mit der er einen Leichenwagen ad hoc ins Schleudern bringen könnt, wüsst ich wirklich nicht, warum ich mich mit dem nicht mal näher befassen sollte. Ach, übrigens, hab ich's dir noch nicht gebeichtet? Weißt du noch, irgendwann hast du mal zu mir gesagt, ich würd langsam auf die schiefe Bahn geraten. Tja, das hast du verdammt richtig gesehen, aber wirklich. Ich bin nämlich gerade zur Privatpolizei konvertiert, mit Ermittlungen, Beschattungen und dem ganzen Mist. Angeblich ist das die Zukunft der Literatur und des Humanismus. Und da fang ich doch gleich mal mit dir an, okay? Kannst du dich für Elisabeths Kommen und Gehen verbürgen? Nein? Da sieht du's. Wart mal kurz, lass mich raten. Du denkst sicher, das ist nicht möglich, ich hab ihr doch wirklich genug Knete rüberwachsen lassen. Genug, glaubst du? Machst du dir tatsächlich eine genaue Vorstellung davon, was ein Mädchen wie Bébète braucht? So eine ist manchmal die einzige Stütze einer ganzen Sippschaft von fünfzig oder zwanzig Personen. Fünfzig oder zwanzig Mäuler, die auf einen einzigen Arsch bauen, ist dir das klar? Da reicht's schon, dass ein Greis rumröchelt, als würd er im Sterben liegen, schon bricht Panik aus, und deine Julia verkauft ihren Hintern mal hier, mal da für ein paar Tausend Francs, weil sie sich nicht traut, dich nur einen Tag nachdem sie von dir was bekommen hat, schon wieder um Kohle anzugehen – und außerdem, würdest du ihr überhaupt was geben, so knauserig, wie ich dich kenn? Weil man den siechen Patriarchen ja unbedingt dem Tod entreißen muss, warum eigentlich, hab ich bis heute nicht kapiert. Aber sicher, mein Großer, so ist das Leben hier – außer für einen kleinen romantischen Zeitungsschmierer. Wie sollten die Leute sonst überleben, he? Hast du dich das schon mal gefragt? Oh, diese großen Intellektuellen. Ihr macht mir wirklich Spaß, du glaubst es gar nicht.«

»Tatsache ist …«, meinte Zam eines Tages, etwas lallend und plötzlich irgendwie nachdenklich. »Gelegentlich schleicht sich ja tatsächlich eine vernünftige Bemerkung in dein ganzes spinnertes Gefasel. Tatsache ist, dass ich mich oft gefragt habe, was sie mit ihrem Geld macht, so ohne Ehemann, ohne Kind und irgendwelche Verpflichtungen. Man konnte ihr massig Geld geben, wobei hier bei uns natürlich alles relativ ist, und drei Tage später hatte sie keinen einzigen Sou mehr. Mehr als einmal hab ich daran gedacht, wie sich das in den Romanen von Balzac abspielt: Der Alte gibt sein Letztes, und der Herzallerliebste sackt den ganzen Batzen ein.«

»Nicht möglich! An so was hast du gedacht? Bist du wirklich fähig, so etwas Frevelhaftes von deiner geliebten Bébète zu denken? Ein Skandal, eine Schande ist das. Na komm, schüttel dich mal kräftig, versuch's zu vergessen, das war nur ein böser Traum. Der Tag ist angebrochen, und die Sonne erleuchtet unsere blühende Natur. Das

Leben ist so schön. Weißt du nicht, was die Franzosen, die sich damit ja besser auskennen als alle anderen, sagen? Nein? Na, dann hör mal gut zu. Warum um eine weinen, wo's noch tausend andere gibt. Genial, nicht wahr?«

Bisweilen gelang es Zam, seine tränenüberströmten Augen zu heben, den Winkeladvokaten mit vorwurfsvollem Blick anzuschauen und ihm entgegenzuhalten: »Dafür bist und bleibst du der Strolch, den ich seit jeher kenne. Du verstehst überhaupt nichts davon, weil du in jeder Frau immer nur eine Nutte gesehen hast – ein Paar Hinterbacken und ein Loch, in dem du dich eben erleichtern kannst. Ist ja auch so einfach: Da hast du keinerlei Verpflichtungen, und vor allem brauchst du dich weder binden noch jemand beschützen.«

»Hübsche Predigt, Monsieur le Curé, auf welcher Seite steht die im Katechismus? Wenn ich bedenk, dass ich dich für einen Lutheraner gehalten hab oder einen Calvinisten oder für … ich weiß nicht mehr – ah doch, für gar nichts, wenn ich mich recht erinnere. Jedenfalls ist dieser ganze frömmlerische Humbug nicht meine Stärke, das müsstest du ja wissen. Und zunächst einmal gibt's da nicht *einnn* Loch, sondern *zweiii,* so!«

»Blöder Barbar! Du widerlicher Mensch!«

»Bambara-Bambule, selber dekadent! Los, komm, lach mal ordentlich.«

»Was willst du machen, ich hatte Bébète halt lieb gewonnen, mein Alter, ob dir das nun gefällt oder nicht. Und das ist gewissermaßen eine Metapher, weil es nämlich tausend Möglichkeiten gibt, das Gleiche nüchterner auszudrücken. Vielleicht steckt ja irgendeine Geschichte mit Rinden* dahinter, daran denken unsere Leute doch als Erstes, wenn einer so was Fürchterliches durchlebt wie ich zurzeit. Das Übernatürliche ist ihr Ding, wie du sagen würdest. Aber liegen sie wirklich so falsch? Ohne ein Don Juan zu sein, hatte ich vor ihr doch schon ein paar Frauen gekannt. Was ist da nur passiert, kannst

* Liebestrank, Zaubermittel.

du mir das erklären? Ich hätte nie gedacht, dass ich mich in eins unserer Mädchen dermaßen vernarren könnte, in ein Mädchen, das wirklich nichts Besonderes an sich hat, ich kann's ja selbst kaum glauben, ein Weibsstück, so vulgär wie sonst was. Siehst du, jetzt quatsch ich schon genau wie du. Und für ein vulgäres Mädchen war sie wirklich vulgär, das muss man ehrlicherweise zugeben.«

»Je nun, genau das müsstest du dir eben immer wieder sagen, um dich aus diesem Bann zu lösen«, erwiderte Eddie. »Mit der Liebe sollte es sich in etwa wie mit den Steuern verhalten.«

»Wo ist da der Zusammenhang?«

»Der liegt doch auf der Hand. Man sagt ja, zu viel Steuern machen die Steuer kaputt, nicht wahr? Und ganz offensichtlich ruiniert zu viel Liebe die Liebe. Du liebtest sie zu sehr, und das kann ich auch ein bisschen nachvollziehen, denn sie war ja geradezu göttlich bestückt. Du dürftest ihr sicher einen Haufen Eifersuchtsszenen gemacht haben oder Säuferszenen, was weiß ich? Vielleicht sogar beides zusammen. Sie ist die Stürme der Leidenschaft müde geworden und mit irgendeinem anderen durchgebrannt, der sie vielleicht überhaupt nicht liebt und nicht mal richtig bumsen kann, ihr aber im rechten Augenblick ein paar Lappen hingelegt hat. So sind die Frauen hier eben, mein liebes Väterchen. Alles Nutten. Ich hab's dir gesagt. Ihr Blödmänner seid wirklich zum Totlachen. Die Frauen sind nicht dafür geschaffen, geliebt zu werden, o Mann, das sind doch alles nur Ammenmärchen! Die Erfahrung im Alltag zeigt, dass die Frau für alles Mögliche geschaffen ist, vielleicht auch, um gebumst zu werden, und selbst das … aber sicher nicht, um geliebt zu werden.«

»Weißt du was?«, entgegnete Zam. »Du gehst mir allmählich ziemlich auf den Sack. Es dauert nicht mehr lange, und ich setz dich an die Luft.«

»Sag mir jetzt die Wahrheit. Ihr hattet euch doch ständig in der Wolle; darüber hast du dich zwar selten ausgesprochen, aber ich weiß es trotzdem, weil sie ja häufig für ein paar Tage verschwunden ist, oder täusch ich mich? Ihr hattet wieder mal richtig Krach, nicht wahr? Wann? Am Vortag?«

»Am Vortag, zwei Tage davor, was macht das schon für einen Unterschied. Wir hatten uns quasi täglich in der Wolle, das war unsere liebste Beschäftigung, weit mehr noch als die ganzen Bettspielchen. Dem Anschein nach wirkt sie ganz wie eine Märtyrerin – solange wir unter Leuten sind. Davon darf man sich jedoch nicht täuschen lassen. Sobald wir nämlich nicht mehr in der Öffentlichkeit sind, kann sie fuchsteufelswild werden, schlimmer als eine Tigerin. Wenn ich mir beispielsweise mal ein paar etwas lautere Worte erlaube, dann steigt Madame aufs hohe Ross, mustert mich von oben bis unten, kanzelt mich ab und schimpft mich ein altes versoffenes Arschloch und 'nen egoistischen geilen Heuchler. Was hat sie mir nicht alles an den Kopf geworfen, seitdem wir zusammen sind! Aber immer noch besser, als Scharlach zu kriegen, letzten Endes. Jedenfalls sag ich mir das heute, zumal ich ihr ja auch nichts schuldig geblieben bin. Ich hatte mir angewöhnt, sie dauernd zu beleidigen, einfach so, ohne jeden Grund. Muss wohl ein bisschen maso sein, und das sogar ziemlich heftig. Diese Anfälle kamen ganz plötzlich über mich, einfach so, vor allem wenn ich getrunken hatte, ich geb's ja zu, und was das betrifft, hat sich's ja auch nicht gerade gebessert, im Gegenteil. Und da hab ich sie dann mit den schlimmsten Beleidigungen überhäuft. Ich hab ihr unglaubliche Dinge reingeknallt – ausgeleiertes Luder, dreckige kleine Nutte zu fünf Sous die Nummer, Schlampe, Kacka, Scheiße. Ich glaub, das hat mich irgendwie so richtig aufgegeilt, oder so was in der Art.«

»Kanntest du ihre Vergangenheit?«

»Welche Vergangenheit? Was soll das heißen, ihre Vergangenheit? Was glaubst du, wo du hier bist? In Ménilmontant vielleicht? Haben die kleinen Mädchen hier eine Vergangenheit? Wie kann die Vergangenheit eines unserer Mädchen schon aussehen? Die hat in der Sexta oder in der Quinta mit dem Bumsen angefangen? Mit elf oder zwölf Jahren? Wie viele Kerle sind über die gestiegen? Wie viel hat sie von denen für die Nummer bekommen? Hat sie's denen mit Fellatio besorgt? Du weißt doch genau, dass es immer dieselbe Geschichte ist. Kennst du eine, dann kennst du alle. Bébètes Vergangenheit habe ich nie erfahren wollen, zumindest die Einzelheiten nicht. Ich konnte mir nämlich denken, dass ihre Geschichte allen anderen gleicht. Im Grunde wusste ich es, ohne es zu wissen, wie ein alter Kalauer sagt. Das ist fürchterlich, mein Alter! Wenn ich genau darüber nachdenke, dürfte sie mich fast ebenso sehr abgestoßen haben, wie sie mich angezogen hat. Je stärker sie mich anzog, desto stärker stieß sie mich ab. Vielleicht hab ich mich deswegen an ihr gerächt, oder vielleicht am Schicksal, weil es uns so spät zusammengeführt hat …«

»Du hast sie also ohne besonderen Grund als Nutte beschimpft?«

»Geh mir nicht auf die Nüsse. Seit wann bist du der Ansicht, dass man einen Grund braucht, um hier bei uns ein Mädchen als Nutte zu bezeichnen? Hast du dich da jemals geniert?«

»Also wirklich! Ich war doch der Strolch, und du warst der Humanist. Wir hatten uns die Rollen aufgeteilt, oder etwa nicht?«

»Lass mich in Frieden, Monsieur, wenn du mir sonst nichts bieten kannst. Vor allem das Warten bringt mich um. Und die schlimmste Tortur ist ihre Abwesenheit. Ich will mir nicht mal mehr die Mühe machen, mich hinzulegen. Die ganze Nacht über hocke ich in diesem Sessel da und schrecke schon hoch, wenn eine Schabe von der Decke fällt, weil ich dauernd die Ohren spitze und auf ein Klingeln lauere. Übrigens, da du ja alles wissen willst, schon gleich beim ersten Mal hat sie anstandslos mit mir bumsen wollen, und ich erinnere mich noch, dass sie recht ausgehungert war. Wie nennt man ein Mädchen, das gleich bei der ersten Begegnung mit dir bumsen will und seinen Kohldampf so herauskehrt? Auf gut Französisch, he?«

»Ein hungriges Mädchen, nicht?«

»Wen willst du hier verscheißern?«

»Vielleicht ein leichtes Mädchen?«

»Red von jetzt an mit meinem Arsch. Im Übrigen klebst du mir auf der Pelle. Ich mag zudringliche Leute nicht. Komm ich etwa zu dir und rück dir auf die Bude? Ein Typ, der einem auf der Pelle sitzt, ist nie harmlos, und so was endet immer übel.«

»Also gut, du hast es gesagt, eine Nutte. Du kannst einem vielleicht auf den Sack gehen! Alles Nutten, hab ich's dir nicht gleich gesagt? Sind ja auch dazu gezwungen. Na und?«

»Aber was macht das schon? Ob Nutte oder nicht, sie ist die Einzige, die ich je geliebt habe. Bébète, meine Göre, wo bist du? Was machst du? Ich halt's nicht mehr aus. Wie gern würde ich hören, dass sie in einen Fluss gesprungen ist oder sich vor einen Laster geworfen hat, irgendwas eben. Und selbst wenn sie mit einem Typ weggegangen sein sollte, dem erstbesten Dahergelaufenen – stimmt schon, dass mir das wehtun würde, wenn ich mir vorstellen müsste, dass ein Typ ihr seinen dicken Pimmel zwischen die Hinterbacken rammt. Alles, nur nicht dieses endlose Warten.«

»Weißt du, dass du allmählich vollkommen plemplem wirst, so richtig behämmert und reif fürs Irrenhaus? Du hast dich wie ein Idiot in die Falle locken lassen.«

»Ich bin ein Idiot. Na und? Was ist daran so schlimm? Hör zu, du willst doch alles ganz genau wissen. Am Vorabend hab ich sie mit den verletzendsten Grobheiten überschüttet. Stimmt schon, seit einiger Zeit hat sie sich nach jedem Streit für einige Tage oder auch Wochen verdrückt. Das hat mich vielleicht geärgert! An jenem Abend hab ich ihr also ein paar Nettigkeiten gesagt, so in dem Stil: ›Dreckiges Miststück, wenn du das nächste Mal gehst, tanz ich nicht mehr an und hol dich zurück, wie ich's bisher immer getan hab, klar, durch eine Mittelsperson, das geb ich zu. Du verdankst mir alles, du blöde Tucke von einem Luder, und da sollte ich vor dir noch auf die Knie fallen, bevor ich dich anspreche? Hältst du dich für die wieder geborene Heilige Jungfrau Maria? So viel ist dein dreckiger Arsch nicht wert, falls es das ist, was du dir einbildest.‹

Solche Sachen hab ich ihr an den Kopf geknallt, stundenlang, bitte schön. Was ist nur in mich gefahren? Man könnt meinen, sie hätte mich vollkommen verrückt gemacht. Sicher war da eine gehörige

Portion Irrsinn im Spiel, stimmt, da hast du Recht. Ich sollte tatsächlich mal zum Arzt gehen.

Kurz und gut, meiner Meinung war das der Tropfen eben, der das Fass zum Überlaufen gebracht hat. Falls meine Bébète je wieder zurückkäme, würde ich genau das machen: Ich würde vor ihr auf die Knie fallen, bevor ich sie ansprechen würde. Da wär ich wenigstens sicher, sie nicht zu beleidigen.«

»Leider hab ich noch immer nichts erfahren, mein Guter, bis jetzt jedenfalls. Immerhin konnte ich diesen Hinterlader von Norbert überreden, uns zu helfen. Er ist ja angeblich mit irgendeiner top secret Mission beauftragt, behauptet er jedenfalls, als ob es so etwas bei unserer Polizei geben könnte. Er hat mich allerdings mit einem seiner Kumpel zusammengebracht, einem Flic natürlich, einem wirklich pittoresken Kommissar, der mir ein paar Tipps gegeben hat, weil die selbst ja keine Ermittlungen anstellen dürfen. Weißt du eigentlich irgendwas über Bébètes Familie, von ihrer Schwester, der Krankenpflegerin, mal abgesehen?«

»Nix, null. Das gehört zu den Dingen, um die ich mich nie kümmere, vor denen ich mich sogar mit Bedacht hüte. Wenn du hier bei uns anfängst, dich um die Familie einer Geliebten zu kümmern … Mann, Scheiße, du musst doch wissen, wie das läuft … Ich kenne ihre Familie nicht, kann sie mir aber gut vorstellen. Ein betagter Papa, pensionierter was weiß ich, dessen Rente nicht mehr ausbezahlt wird – wie alle Renten hier –, mit vier Frauen, die letzte noch ziemlich jung, fünfzehn oder zwanzig Sprösslinge jeden Alters, wenig oder gar kein Auskommen. So ist das hier doch immer, oder nicht? Braucht man da eine überschäumende Vorstellungskraft?«

Zwischen Eddie und Norbert, dem Flic und Freund von Zubrot, bestand das gleiche Band wie zwischen Zam und Eddie: Sie mussten einander immer wieder suchen und finden, miteinander reden und sich in die Wolle kriegen, was manchmal sogar zu üblen Beleidigungen ausarten konnte. Trotz aller Abfuhren, mit denen Norbert ihn seit einiger Zeit reichlich eindeckte, konnte Eddie der Versuchung nicht widerstehen, diesem Menschen hinterherzulaufen und ihm Vertrauliches mitzuteilen, worauf der Flic angeblich gut verzichten konnte, ohne dass sein alter Komplize indes daran verzweifelt wäre. Obwohl der große Freund von Zubrot mit einer streng geheimen Mission betraut war, wie er immer wieder gern herausstrich, besuchte er auch weiterhin jene Etablissements, in denen Eddie ihn meist anzutreffen wusste, wie es auch an diesem Abend geschah.

»Ist er etwa mein Freund?«, wiederholte Norbert. »Er ist dein Freund, nicht meiner. Er ist verrückt geworden und wird sich umbringen … na und, was soll mir das schon ausmachen? Selbstmordkandidaten gibt es in der ganzen Welt wirklich genug, soll ich mich womöglich um alle kümmern? Kann ich damit meine zehn Kinder ernähren?«

»Du blöder Drecksack!«, fluchte Eddie …

»Kapierst du das denn nicht? In meiner momentanen Position kann ich dir nicht mehr helfen. Geh doch wieder zum Kommissar, eine andere Möglichkeit hast du nicht. Arrangier dich mit ihm. Er kann dir *sehr* helfen, sehr, sehr, sehr. Hast du verstanden, ich hab sehr, sehr, sehr gesagt. Warum kapierst du das nicht, Mann! *Salut!*«

Eddie litt an jenem Abend also an einer veritablen Depression, als er unvermutet den Kaschemmenpiraten traf. Der Freibeuter berichtete ihm von seinen Streifzügen, die er mit dem »alten Toubab da« in die von der Wahlkampagne sowie einer Syphilisepidemie heimgesuchten Dörfer unternahm. Es war zum Totlachen. Und zu normalen Zeiten hätte Eddie sich das auch nicht versagt, nur waren eben keine normalen Zeiten, alles andere waren die als normal.

Wie verblüfft war der »Toubab da« bei ihrem ersten Spektakel doch gewesen. Sie befanden sich im Tross eines Kandidaten des Regimes, der gerade über ein Dorf mitten im Urwald hereingebrochen war wie das Unheil über die arme Welt.

Während Trommeln dröhnten und ringsum kleine Mädchen in

Tutu-ähnlichen Röckchen herumzappelten, wurden aus Lastwagen Tonnen von Viktualien ausgeladen – halbe Ochsen, kistenweise Rotwein und Bier, Pappkartons mit Fisch. Und als der Held des Tages endlich aus seinem funkelnagelneuen Toyota-Kombi stieg und den Fuß auf die Erde setzte, bestürmte ihn sogleich ein Heer von Matronen in Gewändern mit dem Konterfei des Staatschefs darauf, des Gönners des Kandidaten, und erstickten ihn beinahe unter ihren Küssen und Umarmungen, wobei sie gleichzeitig gellende Triller ausstießen, dass einem Hören und Sehen verging. Die Buschtrommeln gerieten außer Rand und Band, und sämtliche Dorfbewohner, einschließlich der zahnlosen, wie aufgekratzten Greise, verrenkten sich nun nach dem Vorbild des Kandidaten schier die Hüften, der mit seinem strahlend weiße Zähne entblößenden Lächeln, dem hüpfenden Schmerbauch und den entzückten Blicken seiner gleichwohl regen Augen eine geradezu ekstatische Verzückung zum Ausdruck brachte.

Sodann folgten die Ansprachen, und insbesondere die des Kandidaten, der just ein einziges oratorisches Ausdrucksmittel kannte, nämlich die Anrufung der Menge in Form von Fragen, deren Antworten offenbar abgesprochen waren. Und der Mann mit dem ausgeräumten Kiefer dolmetschte demjenigen, den er den alten Toubab da nannte, treu und brav.

»Ist es etwa nicht wahr, dass ich euch grüße?«, hub der Kandidat an.

»Es ist wahr«, antwortete die Menge. »Und auch wir grüßen dich.«

»Wie heiße ich?«

»Amougou Ondoua Rigobert.«

»Und woher stamme ich?«

»Aus Nkolmetou.«

»Aus welcher Sippe?«

»Mvog Nnomo.«

»Ist es etwa nicht wahr, dass ich ein echter Sohn dieses Landes bin?«

»Ein echter Sohn des Landes, genau das bist du.«

»Ist es denn nicht wahr, dass wir uns schon seit langem kennen?«, fuhr er fort.

»Wir kennen uns schon seit langem«, antwortete die Menge.

»Ist es denn nicht wahr, dass ich euch bei jedem meiner Besuche hier königlich beköstigt habe?«

»Königlich. Das ist wahr.«

»Ist es denn nicht wahr, dass ihr auch diesmal erwartet, dass ich euch königlich beköstige?«

»Königlich. Das ist wahr.«

An diesem Punkt entlud sich der Enthusiasmus der Menge in Wogen von Freudentrillern, Lachern, zustimmendem Gebrüll und lautstarkem Beifall.

»Ist es etwa nicht wahr, dass ihr tief betrübt wärt, wenn sich die Dinge ändern würden?«

»Das ist wahr.«

»Ist es etwa nicht wahr, dass eure Kehlen trocken sind und ihr darauf brennt, sie zu befeuchten?«

»Das ist wahr.«

»Ist es etwa nicht wahr, dass wir dieses Glück dem Staatschef und der Partei verdanken, die unser Land seit fünfzehn Jahren regieren?«

»Das ist wahr.«

»Nun, liebe Brüder und liebe Schwestern, dann lasst uns jetzt auf der Stelle essen und trinken.«

Die Menge stürmte sogleich in einen Schuppen, in dem die Lebensmittel gelagert worden waren, und tat sich hemmungslos daran gütlich. Zum Glück gab es für alle reichlich zu essen, und zu trinken ebenfalls – der Kandidat des Regimes und seine Partei hatten wohlweislich an nichts gespart. Das Ganze glich eher einer Plünderung denn einem Festschmaus. Ein silberweißes Haupt schleppte einen von Soße triefenden Wildschweinskopf fort. Eine Göre verschlang genüsslich einen Hühnerschenkel. Ein Mann schüttete sich, den Kopf zurückgeworfen, einen Tetrapack spanischen Rotwein in die Kehle.

Plötzlich kam ein ziemlich aufgedrehter junger Mann, ein hagerer und nicht sonderlich großer Bursche mit einer Art amerikanischer Kappe und hautengen Hosen, Typ Baseballer, auf den Toubab zu und reichte ihm einen Teller mit Reis und Geflügel.

»Na, so was, bist du das wirklich, mein kleiner Blödmann?«, fuhr Georges den Kerl schroff an, denn er erkannte den Mittelsmann, den er seinerzeit mit Elisabeths Beschattung beauftragt hatte.

»Nun ja, mein Werter, ich bin's.«

»Machst du jetzt in Politik? Und ich habe geglaubt, du wärst bloß ein kleiner beschissener Zuhälter.«

»Sich zu irren, ist ja noch nicht verboten«, erwiderte der Bursche in der Diktion eines Regierungsblatts. »Wir leben in einer fortschrittlichen Demokratie, in der völlige Meinungsfreiheit herrscht. Lass uns doch später darüber reden, ja?«

»Seit wann duzt du mich, kleiner beschissener Zuhälter?«

»Du duzt mich doch auch, oder?«, rechtfertigte sich der Pseudo-Baseballer einigermaßen arrogant und provokativ, bevor er eilends verschwand.

Auch dem kleinen Zuhälter wurde nun das Privileg zuteil, auf die Tribüne zu steigen, wo er eine Lobrede auf den Kandidaten des Regimes, die Partei des Regimes und den Staatschef anstimmte. Anschließend setzte Georges, der irgendwie einen Pik auf den zum Volksredner beförderten Zuhälter zu haben schien, dem Burschen in der Menge nach, die erneut zu den wilden Rhythmen der Buschtrommeln zu tanzen begonnen hatte. Verbissen schlängelte sich der Toubab zwischen den Tänzern hindurch, ging um eine Trommel herum, schritt über einen der Länge nach im Staub ausgestreckten Trunkenbold und störte ein überaus eng umschlungenes Paar auf. Augenscheinlich war er bei seiner Jagd durch nichts zu entmutigen und grummelte ständig vor sich hin: »Du kleiner Schweinehund! Dich krieg ich am Wickel. Wart nur, dir geb ich's noch.«

Ein andermal schleppte der Mann mit dem ausgeräumten Kiefer und der Tross irgendeiner Oppositionspartei den Toubab in ein anderes Dorf, das dem ersten in allem ähnlich sah, wenn es nicht sogar dasselbe war. Das ganze Brimborium lief genauso ab, zumindest anfangs.

Als der Held aus seinem Fahrzeug stieg, bedauerlicherweise ein altertümlicher und sehr symbolträchtiger Peugeot-Lieferwagen, entfesselte er dasselbe Höllenspektakel mit den gellenden Freudentrillern und dem rollenden Getrommel. Und auch er versuchte sogleich, mit der Menge zu kommunizieren, jedoch ohne demagogische Tricks, vielmehr gebrauchte er abstraktere, rationalere Argumente und heimste dennoch einen nicht unerheblichen Erfolg ein.

Eine böse Wendung nahm die Sache erst, als er seiner Zuhörerschaft eingestehen musste, dass seine Partei keineswegs über dieselben Mittel verfüge wie der Staatschef und er sich daher leider außer Stande sehe, seinen Gastgebern Getränke oder Fleisch anzubieten. Der Redner hatte, von den örtlichen Verbindungsleuten seiner Partei äußerst schlecht beraten, die Erwartungshaltung der Menge unterschätzt, die es seit Jahr und Tag gewohnt war, bei Stippvisiten von Politikern tüchtig zu schmausen. Wüste Verwünschungen im Munde, reckten einige Männer drohend die Fäuste und sogar ein paar Macheten in die Höhe; andere packten zwar still, aber nicht minder bedrohlich ihre Buschtrommeln zusammen und zogen, schäumend vor Wut, ostentativ davon. Fast kam es zu einem offenen Aufstand.

Eddie hatte der Schilderung seines Freundes schon seit einer Weile nur noch mit halbem Ohr zugehört und fragte ihn auf einmal: »Lass uns auf diesen Baseballer zurückkommen. Hat Georges ihn schließlich gefunden?«

»Das weiß ich nicht«, antwortete der Freibeuter ziemlich überrascht darüber, dass man diesem Laffen irgendeine Bedeutung beimaß.

»Würdest du ihn wieder erkennen?«, fragte Eddie.

»Wen? Den Baseballer? Das denk ich schon, dürfte ja nicht sonderlich schwer sein. Da müsste man nur wieder mit Amougou Ondoua Rigoberts Wahlkampftross in Verbindung treten, und schon hätten wir unseren Mann.«

»Eine sehr gute Idee«, schloss Eddie. »Danke, alter Bruder. Dafür schulde ich dir was.«

15

Doch leider war es im Augenblick gänzlich unmöglich, mit Amougou Ondoua Rigoberts Wahlkampftross in Verbindung zu treten, und zwar aus einem einfachen Grund: Eines schönen Morgens erfuhr man nämlich durch die staatlichen Rundfunk- und Fernsehanstalten, den einzigen bedeutenden Medien des Landes, dass die Wahlen auf einen späteren, nicht näher bestimmten Termin verschoben worden seien und somit auch der Wahlkampf zunächst einmal ausgesetzt worden sei. Dabei handelte es sich um eine völlig willkürliche Entscheidung, im gewohnten Stil des Regimes und ohne jedwede Absprache mit den Parteien der Opposition getroffen, obgleich auf Grund der vorangegangenen Wahlen hinlänglich bekannt war, dass diese mehr als die Hälfte der Bevölkerung repräsentierten.

Weder entrüstete Proteste der Oppositionsführer noch flammende Leitartikel in den unabhängigen Zeitungen änderten etwas daran. Die Staatsmacht wandte eine Politik an, die man die Taktik des Federbetts nennen könnte: Sie reagierte auf keinerlei Anschuldigungen, missachtete sämtliche Aufrufe, stellte sich den Angeboten zum Dialog gegenüber taub, hielt sich unerbittlich an schärfste Repression, sobald die Opposition Anstalten machte, auf die Straße zu gehen, und schoss bei Gelegenheit ohne Bedenken in die Menge, was die wundersame Wirkung zeitigte, die überbordenden Leidenschaften in den Reihen der Protestler jäh abzukühlen. In den frankophonen Republiken Afrikas geben sich die Regierungen nie mit irgendwelchen Feinheiten ab.

Eddie, der Winkeladvokat, hatte bis dato nicht gewusst, wohin ihn sein Großmut führen könnte. Er ahnte nicht einmal, dass in ihm der Keim des fahrenden Ritters schlummerte, eines Beschützers der Witwen und Waisen und Rächers der gehörnten Verliebten, einer Spezies also, zu der, wie er glaubte, sein Freund Zam nun gehörte.

Die Verschiebung des Urnengangs und der Abbruch des Wahlkampfs hatten ihn aus diversen Gründen in einen Zustand erbitterter Frustration gestürzt, die nach gebührender Kompensation verlangte, in welcher Weise auch immer. Noch nie war er dem Ideal jenes Berufes, dessen Titulierung er sich usurpatorisch angeeignet hatte, so nah gewesen. Bislang hatte sein Moralbegriff – zu dem er sich zwar niemals offen bekannte, es sei denn mit lakonischen Floskeln, der sich aber in der täglichen Praxis nachgerade als offenes Buch erwies – auf der Ansicht beruht, dass in einer Gesellschaft, die zum Nutzen der etablierten Mafia und vor allem ihrer fernen Paten vierschrötig und durch Gewalt zusammengehauen wurde, Überleben und Rechtschaffenheit unvereinbar seien. Nur musste man bei der Wahl der Schändlichkeiten, die er in eine recht originelle Skala eingeteilt hatte, eine gewisse Eleganz an den Tag legen.

In unseren so genannten *Quartiers* kennt jeder jeden und weiß folglich so einiges über seinen Nachbarn zu erzählen. Bei seinem Gespräch mit Bébètes krankenpflegender Schwester gefiel Eddie daher das verworrene Gerede der jungen Frau wie auch deren ausweichendes, ja beinahe verstörtes Verhalten nicht sonderlich. Jedenfalls machte sie irgendwie einen gehetzten Eindruck, und sehr wahrscheinlich log sie auch, möglicherweise um Elisabeth zu schützen. Und diesem Gefühl ging Eddie sofort nach.

Als er dann durch den Block armseliger Bruchbuden, in dem Bébètes Schwester lebte, und das umliegende Viertel schlenderte, erfuhr Eddie schon bald mehr über Bébète, als er sich erträumt hatte, wobei er auch Überraschendes zu Tage förderte. Bis auf ein paar geringfügige Abweichungen jedoch, die ihm zunächst unerheblich erschienen, entsprach die Frau tatsächlich dem Bild, das Zamakwé sich von ihr machte.

Elisabeth war die Freundin eines Toubab gewesen, der ihr ein Kind gemacht hatte. Eddie erhielt mehrere übereinstimmende Beschreibungen des Mannes, aus denen er mühelos Georges wieder erkannte. Die ganze Situation war ziemlich banal. Die Jagd nach weißen Liebhabern ist der bevorzugte Sport unserer jungen Mädchen. Der bewusste Toubab hatte jedoch eine sonderbare Manie: Er verschwand nach ein paar Monaten, blieb lange weg, tauchte dann urplötzlich wieder auf, unterließ es aber im Übrigen, die junge Frau mit allem Nötigen zu versorgen, um ihren kleinen Jungen großzuziehen. Über diese Liebelei und deren Folgen hatte die krankenpflegende Schwester Eddie gegenüber natürlich kein einziges Wort verloren.

Irgendwann war der alte Toubab dann so lange fortgeblieben, dass Elisabeth des Wartens schließlich müde geworden war. Als er endlich wieder auf der Bildfläche erschien, hatte Elisabeth gerade einen zwar sehr verliebten, doch äußerst streitsüchtigen und unverträglichen Landsmann kennen gelernt und dem Alten den Laufpass gegeben. Von da an waren die Rollen vertauscht: Der alte Toubab klammerte sich nun an Elisabeth, während diese sich offenbar endgültig von ihm abgewandt hatte. Das war der Stand der Dinge, als Elisabeth ihrerseits plötzlich verschwand.

Davor war Elisabeth nur eine brave Schülerin gewesen, die niemand jemals in Gesellschaft eines Mannes, ob jung oder alt, gesehen haben wollte.

Weshalb war dieser alte Toubab ihr erster Liebhaber geworden?

»So ist das Leben eben«, antwortete man Eddie immerzu in scherzhaftem Ton.

Wie war diese rätselhafte Bemerkung zu interpretieren? Falls man sie dahin gehend verstehen sollte, dass die Erfordernisse des Überlebens unsere Geschicke lenken, so war dies für denjenigen, den alle Welt bloß den alten Toubab nannte, nicht sehr schmeichelhaft: Tatsache ist, dass sich unsere Frauen einem Weißen leicht hingeben, ohne auf dessen Erscheinungsbild zu achten, weil bei einem Weißen, wer immer er auch sein mag, ganz einfach vorausgesetzt wird, dass er Geld hat.

Vielleicht meinten die Leute aber auch, dass es zwecklos sei, sich über die Hintergründe der Liebeleien eines jungen Mädchens den Kopf zu zerbrechen, wenn die Conditio humana selbst doch einzig und allein unter dem Zeichen des Zufalls steht? Irgendein Zufall, ob

Regenschauer, schönes Wetter, Tageszeit, Monatsabschnitt oder jeder andere beliebige Umstand, hatte die beiden zusammengeführt, und mehr hatte es dazu nicht gebraucht.

»Sahen sie sich denn auch nach der Trennung noch ab und zu?«, hatte Eddie des Öfteren gefragt, weil er da so eine Idee hatte.

Nein, hieß es. Der alte Toubab habe alles versucht und sich sogar an einen jungen Mann gewandt, einen recht mageren, nicht sehr großen Burschen, der für gewöhnlich eine Leinenkappe trage und noch vor kurzem, während Bébète vorübergehend bei ihrer Schwester gewohnt hatte, als Mittelsmann zwischen dem Toubab und ihr gedient habe.

Da haben wir ja wieder unseren Baseballer! dachte Eddie, den das kaum überraschte. Flic sein ist wirklich nicht kompliziert. Man muss nur etwas Grips haben und sich ein bisschen den Hintern aufreißen, und schon ist die Sache klar.

Allerdings fragte er sich, warum ihm das nicht schon früher eingefallen war! Wie dumm das Leben aber auch ist, und so banal. Es war doch ganz einfach: Bébète führte ein Doppelleben, ohne es allerdings zu übertreiben.

Verdammt noch mal, natürlich führt sie ein Doppelleben *così fan tutte.* Alle unsere Puppen sind so weit gekommen, und wer würde es ihnen übel nehmen wollen? Für einen Kerl ist das Leben hier schon nicht einfach, wie schwierig es erst für eine unserer Schwestern sein muss, können Sie sich wohl unschwer vorstellen … Moment mal! Ist Bébète denn tatsächlich genau wie alle anderen? Nicht unbedingt. Ehrlich gesagt sieht das Ganze eher irgendwie nach einem Knalleffekt aus, räumte Eddie bitter ein. Ja, sicher ist das eine unerwartete Wende! Wenn ich alles richtig verstanden habe, hatte sie vor dem alten Toubab keinen Liebhaber. Und nach ihm auch keinen, soweit man weiß, bis auf Zam, nur hat sie dem nie was darüber erzählt, und so was nennt man doch wohl ein Doppelleben, da er von alledem nichts wusste.

Trotzdem deckt sich das Ganze nicht unbedingt mit Zams Vorstellungen, und mit meinen im Übrigen auch nicht. Sollten wir beide denn tatsächlich dermaßen schief gelegen haben? Großer Gott, ist das die Möglichkeit! Was Bébète, die arme, jedenfalls angeht, haben wir verdammt danebengehauen! Die ist nun wirklich nicht unbedingt das, was man eine Hure, ein Luder oder ein liederliches Weibsbild nennt. Scheiße noch mal …

Meinem armen Zam darf man das aber nicht erzählen. Der würde sich binnen zehn Minuten umbringen, der Ärmste. Ein Intelligenzler ist er schon, aber nicht sonderlich scharfsinnig. Er begreift doch ohnehin kaum, was ihm da geschieht. Er krepiert fast vor Eifersucht, das ist so offensichtlich wie die Warze auf einem schönen Gesicht. Und verflucht besitzergreifend ist er auch noch! Wo liegt eigentlich sein Problem? Er will eine Frau von der Geburt bis zum Tod, von A bis Z, vom ersten Haar bis zum Arschloch ganz für sich allein und für immer. »Ich räche mich am Schicksal, weil es uns so spät zusammengeführt hat …«, also wirklich, haben Sie so was schon gehört? Was für ein alter Trottel, ein echter Fall für 'nen Psychiater. Pathologisch eifersüchtig in Reinkultur. Sein Steckenpferd ist das Streben nach dem Absoluten, vielleicht liegt es ja daran. Und obendrein behauptet er, wir wären doch alle so, mehr oder weniger. Verflixter Zam. Verflixter Freund, der beste, den ich je hatte. Erst als Bébète auf der Bildfläche erschien, lief alles quer. Von da an war es zwischen Zam und mir nicht mehr dasselbe, wir waren zwar immer noch Kumpel, aber es war irgendwie anders. So läuft das immer, wenn plötzlich ein Miststück von einer Nutte ins Spiel kommt.

Ohne recht zu wissen, wie er dieses traurige Thema ihm gegenüber anschneiden sollte, wollte Eddie unbedingt denjenigen wieder sehen, den die Afrikaner zu Unrecht den alten Toubab getauft hatten, Georges war nämlich noch gar nicht so alt – obwohl es andererseits auch stimmte, dass er in gewissen Momenten ziemlich alt aussah. Du musst mit diesem Typ wieder Kontakt aufnehmen, flüsterte ihm sein Instinkt ein. Was macht der eigentlich hier? Und weshalb treibt er sich ausgerechnet in Milieus herum, in denen er kaum Gefahr läuft, auf seinesgleichen zu treffen? Wie weit ist er an Elisabeths Entführung beteiligt? Könnte er ein Lüstling sein und ganz versessen auf Negerinnen und ihre Hintern? Möglich. Oder aber ein Geheimdienstler, der tausend Dinge über jedermann weiß?

Eddies Nachforschungen blieben jedoch zum Verzweifeln fruchtlos. Bei dem Baseballer ging es ihm genauso. Und weder der Mann mit dem ausgeräumten Kiefer, der allem guten Willen zum Trotz nichts dafür konnte, noch Norbert, der sich weiterhin hinter seiner streng geheimen Mission verschanzte, waren ihm dabei irgendeine Hilfe.

»Ékyé«, wiederholte Norbert, »was bist du mir denn für einer? Warum sperrst du dich so dagegen, den Kommissar da aufzusuchen? Mann, ich hab dir doch gesagt, dass der Typ in Ordnung ist. Er kann dir sogar bestens helfen.«

Na ja, sagte sich Eddie, warum soll ich nicht doch zu den allerletzten Mitteln greifen?

Der Kommissar, Sargento Garcías Tropenversion, schlug Eddies Einladung in ein Restaurant zwar höflich, doch mit allerlei Faxen, verstohlenen Blicken, geziertem Getue, Zögern und sonstigem Schmus aus, womit der Beamte ziemlich deutlich zu verstehen gab, dass er gegen ein etwas anderes Präsent nicht abgeneigt wäre. Man einigte sich schließlich auf ein diskretes Treffen bei einer gemeinsamen Freundin und Eigentümerin einer bekannten Garküche. Der Kommissar wollte sich zu Fuß dorthin begeben, während Eddie statt jener auffallenden Sportwagen, mit denen er sich sonst stets als bunter Hund auswies, ein Taxi nehmen würde. Die gemeinsame Freundin hatte ihnen eine Art Boudoir reserviert, in dem sie sich ungestört unter vier Augen besprechen konnten.

»Mein Bruder«, hob der Kommissar nach dem vierten, Glas auf Glas hinuntergestürzten, Whisky an, »dieses Land da ist verrottet, sag ich dir, he. Wie kann die Regierung nur solche Sachen machen? Sogar wir müssen uns unsere Tenues jetzt selber kaufen. Wo unsere Gehälter doch schon um fünfzig Prozent gesunken sind …«

»Fünfundsiebzig!«

»Nein, fünfzig!«, wandte Sargento Garcías Tropenversion mit dröhnendem Gelächter ein und legte Eddie dabei die dicke haarige Pratze auf den Unterarm, zum Beweis, dass er ihn gut leiden konnte. »Papa, willst du etwa auch unseren Tod? Wie kannst du nur so was sagen? Mann!«

»Weil sämtliche Gehälter im öffentlichen Dienst um fünfundsiebzig Prozent gesunken sind.«

»Ékyé! Was den öffentlichen Dienst betrifft, bestreit ich das ja gar nicht. Aber sind wir, die Polizei, wirklich öffentlicher Dienst?«

»Was seid ihr dann?«

»Mann, Bruder, hast du bei der Radiosendung gestern Abend nicht richtig aufgepasst? Innerhalb eines einzigen Monats sind zwölf Polizisten von Banditen getötet worden. Hat das was mit öffentlichem Dienst zu tun? Papa, kennst du irgendeinen Bereich im öffentlichen Dienst, wo ein Typ einfach so abgemurkst werden kann? Ich für meinen Teil seh den öffentlichen Dienst so: Da sitzt ein Typ den lieben langen Tag in seinem Büro. Manchmal geht er vor die Tür und spaziert sogar ein bisschen durch die Straßen, dann kommt er zurück, setzt sich wieder und wartet auf den Feierabend. Das ist öffentlicher Dienst! Eine rundum ruhige Sache. Die Frau wartet zu Hause, sie singt, schaut Fernsehen, stellt das Bier in den Kühlschrank, sie lacht und ist sich sicher, dass der Ehemann gesund und munter heimkommen wird. Die Kinder warten zu Hause, sie üben in aller Ruhe ihr Diktat, machen in aller Ruhe ihre Hausaufgaben, manchmal kloppen sie sich auch, aber nie so richtig böse. Sie sind sicher, dass der Papa gesund und munter heimkommt und dass sie dann ein gutes Essen verputzen werden, alle zusammen, der Papa, die Mama, die Kinder, der Neffe, der oft zu Besuch kommt, die Großmutter aus dem Dorf, die sich im Krankenhaus behandeln lassen musste, alle eben. Genau das ist öffentlicher Dienst, Papa. Eine rundum ruhige und friedliche Sache. Aber bei uns ist das nicht so.«

»Wie ist es dann?«, meinte Eddie pfeffertrocken.

»Mann, Bruder, ich selbst, der hier vor dir sitze, hab keine großartigen Diplome. Ich hab nur Lehrgänge gemacht, das ist alles, nur ein paar Lehrgänge, verstehst du? Wenn es die Lehrgänge nicht gäb, wär ich gar nichts. Kapierst du das? Gar nichts. Wenn es dem Minister passt, streicht er mich schon morgen aus dem Stellenplan. Punkt und Schluss. Was wird meine Familie dann machen? Willst du dich bei mir zu Hause mal umsehen? Da leben fünfzig Personen, fünfzig Mäuler, die gestopft werden müssen. Drei Frauen, siebenundzwanzig Kinder, Jungen und Mädchen. Die Jungen haben großartige Diplome, aber keine Arbeit. Meine Töchter haben Kinder, aber keine Ehemänner. Was soll ich machen, wenn der Minister sagt: Boundougou, für dich hab ich keine Arbeit mehr?«

Eddie wartete ab, bis man das Hühnchen DG und die Flasche Rachenputzer, die unerhörterweise als Beaujolais Village etikettiert war, aufgetragen hatte, ehe er sein schweres Geschütz auffuhr.

»Kennst du einen nicht mehr ganz jungen Toubab, ein kleines Männlein mit rundem Schmerbauch und leicht ergrautem Haar? Weißt du, wen ich meine? Kennst du ihn? Hast du seine Adresse? Norbert hat gesagt, du könntest mir sehr helfen.«

Zorros Prügelknabe in Tropenversion versenkte prompt die Nase in seinen Teller, in dem sich, von einer öligen roten Soße ertränkt, Hühnerfleisch, Kochbananenstücke und als Krönung eine Pyramide weißer Reis türmten, und machte sich eifrig daran, diese Pampe unter kollernden Schluckgeräuschen, kräftigem Schnauben, wütendem Grunzen und heftigem Seufzen zu verschlingen. Von Zeit zu Zeit goss der Kommissar sich ein Glas des missbräuchlich Beaujolais Village genannten Rachenputzers bis zum Rand ein und schüttete es sich eilends, den Kopf nach hinten geworfen, in den Schlund, wobei einen sein rollendes Gluckern an den Riesen Gargantua erinnerte.

Nach gut fünf Minuten dieser schweigend verrichteten Übung erklärte Sargento García, ohne seinen Rüssel zu heben oder von der erbitterten Zwiesprache mit dem Hühnchen DG abzulassen: »Verzeihung, mein Bruder, ich hab dich da nicht richtig verstanden, was genau hast du mich gefragt? Tut mir Leid, ich hab dich nicht richtig verstanden.«

Eddie zückte seine Brieftasche, holte demonstrativ einen Zehntausenderschein heraus und legte ihn neben der rechten Hand von Sargento Garcías Tropenversion auf den Tisch.

Der Polizist tat, als habe er nichts gesehen, und haute weiterhin geräuschvoll rein. »Ach ja«, meinte er plötzlich, nachdem er sich abermals mehrere Minuten lang in Schweigen gehüllt hatte, »mein Bruder hat mich gefragt, ob ich einen Weißen kenne, richtig? Wie war noch gleich der Name?«

»Georges«, antwortete Eddie.

»Georges ist doch kein Name, das ist ein Vorname. Kennt mein Bruder den Namen dieses Weißen da nicht?«

»Nein.«

»Dann kann ich leider nichts machen. Bei uns, also bei der Polizei, und vor allem bei den Lehrgängen, ich hab ja statt Diplome nur Lehrgänge vorzuweisen, also, auf den Lehrgängen, da heißt es nämlich immer wieder: Die Namen sind sehr wichtig. Was Wichtigeres gibt es gar nicht. Namen!«

Eddie legte einen weiteren Zehntausender auf den Tisch, dann noch einen, und beim vierten schließlich sagte der Polizist jammernd: »Mein Bruder, ich frag dich, he, willst du etwa meinen Tod oder was? Mann! Wenn ich das mache, worum du da bittest, bin ich ein toter Mann. Das wär genauso, als würd ich eine Ermittlung durchführen. Weiß mein Bruder denn nicht, dass es einem Polizisten strikt untersagt ist, Ermittlungen anzustellen, weil man da ja einen Großen kompromittieren könnt? Du verlangst von mir, dass ich dir ein Staatsgeheimnis verrate, mein Bruder. Falls du meinen Tod willst, kannst du mich auch gleich begraben. Wenn ich schon sterben soll, musst du mir auch genug geben, damit ich bis ans andere Ufer komm. Das da reicht nirgendwo hin, damit kann man keinen Bruder begraben. Begrab mich doch wenigstens ganz, wo du schon meinen Tod beschlossen hast.«

Dem harmlosen Getue des fettleibigen Vielfraßes zum Trotz war der Beamte ein echter Gauner, der sein Gegenüber trefflich am Gängelband zu führen verstand. Eddie hatte schon weitaus bedeutendere Geheimnisse für weniger erfahren. Hinter diesem für einen Fremden völlig unverständlichen Gewäsch erkannte Eddie mühelos die wahre Gesinnung des anrüchigen Polizisten und handelte dementsprechend. Doch erst beim achten Zehntausender geruhte Sargento Garcías Tropenversion, Eddie zu verraten, wo und wie er Georges, der vom Zivilstand her Georges Lamotte hieß, wieder aufspüren könnte.

Dieser Franzose war so schon unmöglich, sagte sich Eddie, nachdem er sich von Sargento Garcías Tropenversion verabschiedet hatte, und jetzt ist er auch noch mit diesem unmöglichen Namen geschlagen. Lamotte, Lamotte, Lamotte-de-beurre, na klar … So langsam bereu ich nicht mehr, dass ich zurückgekommen bin. Es geht doch nichts über dieses beschissene Kaff.

16

Norbert schien an diesem Tag offenbar wild entschlossen zu sein, mit Georges, seinem unerwarteten Vorgesetzten, zu kooperieren, und streunte daher schon in aller Frühe um das Hotel herum. Als er dann endlich sicher war, dass der Toubab ihn bemerkt und alle Vorkehrungen getroffen hatte, um ihm zu folgen, bestieg er ostentativ ein altertümlich anmutendes gelbes Taxi, das daraufhin entschieden gen Norden fuhr und schon bald die Stadtgrenze hinter sich ließ.

Georges war ebenfalls in ein ähnlich aussehendes Vehikel gestiegen und folgte Norberts Gefährt im sicheren Abstand von mehreren hundert Metern. Norbert ließ schließlich in einem Dorf anhalten, das ungefähr vierzig Kilometer hinter der Hauptstadt lag, wobei er tunlichst darauf achtete, dass die Klapperkiste gut sichtbar und bestens erkennbar am Straßenrand geparkt war. Georges sah besagte Klapperkiste zwar, ließ seinen Fahrer aber beschleunigen und an ihr vorbeifahren: Nichts durfte darauf hindeuten, dass er irgendetwas mit diesem Vehikel und dessen Insassen zu tun hatte, die es gerade verlassen hatten. Sie standen mittlerweile vor dem Haus eines Notabels, mit einem schönen Rasen davor, einer in diesem Land recht seltenen Zierde, und schienen in angeregter Unterhaltung mit einem rundlichen Mann, der eine überaus gut geschnittene Safarijacke trug.

Georges befahl dem Chauffeur, der ungewöhnlich autofahrerfreundlichen Straße noch ein paar Dutzend Kilometer zu folgen, und ließ ihn schließlich wenden. Als er nach einer halben Stunde erneut durch das Dorf kam, sah er, dass Norbert und der Fahrer seines Taxis noch immer auf dem Rasen vor dem stattlichen Wohnsitz standen und mit dem Notabel in der gut geschnittenen Safarijacke sprachen.

Georges kehrte zwei Tage später in das Dorf zurück, stieg aus und tat so, als bewundere er den Rasen. Der Notabel trat, auch diesmal wieder mit seiner Safarijacke bekleidet, sogleich auf ihn zu, als habe er ihn erwartet, und streckte ihm mit einem Lächeln auf den Lippen die Hand entgegen: »Seien Sie willkommen«, sagte dieser leutselige Mensch in ausgezeichnetem Französisch.

»Sie sind zu freundlich«, erwiderte Georges im gestelzten Ton eines Theaterdialogs.

»Wie ich höre, haben Sie einen Hauch von *assent*, demnach sind Sie Franzose. A la bonne heure, Sie müssen wissen, ich hege gegen niemanden Vorurteile, aber jeder nach seinem Gusto, zum Glück ... Möchten Sie mir die Ehre erweisen und in meine bescheidene Behausung eintreten, Monsieur ...«

»Lamotte, Georges Lamotte.«

»Sagen wir doch Georges«, meinte der Mann mit der gut geschnittenen Safarijacke auflachend, »und bleiben dabei. Nennen Sie mich Ébénezer, damit würden Sie mir die größte Freude machen.«

Sie gelangten vor ein kunstvoll gearbeitetes Portal, das sich erst im Nachhinein als monumental erwies, derart geschickt war es in den Büschen eines winzigen Parks verborgen. Zuvor hatten sie eine weitläufige Rasenfläche durchquert, deren Grün eine wahre Wonne für die Augen war.

Der Afrikaner bewirtete den Toubab derart königlich, wie es Georges in seinem ganzen Leben noch nie ergangen war. Er kredenzte ihm einen zwanzig Jahre alten Chivas, den besten Whisky, der je seine Papillen umschmeichelt hatte. Tischte ihm ein Hühnerragout mit Erdnüssen von absolut köstlichem Geschmack auf, wenn auch von einer solchen Schärfe, dass ihm der Mund wie Feuer brannte. Georges kostete mehrere Bordeaux, die ihm bislang unbekannt gewesen waren, und nach dem Dessert einen Cognac, welcher der russischen Zaren zur Zeit Peters des Großen würdig gewesen wäre.

»Wie kommt es, dass Sie über solche Schätze verfügen?«, konnte der verblüffte Franzose sich nicht erwehren zu fragen.

»Was ist das schon«, erwiderte der Afrikaner mit der verkniffenen Miene eines Mannes, den die Abgeschmacktheit seines Gegenübers pikiert.

Bei dem von Hölzchen auf Stöckchen kommenden Tischgespräch, das diesen unerwarteten Festschmaus umrankte, gewann Georges den Eindruck, sofern dies nicht bloß auf die benebelnde Wirkung des Alkohols zurückzuführen war, dass der Hausherr auf die Möglichkeit gewisser Kontakte mit Subjekten des so genannten schwachen Geschlechts anspielte. Selbstverständlich hütete sich Georges, dieses Angebot zu honorieren, aber nicht etwa auf Grund welch überkommener Prüderie auch immer, sondern weil es zwischen Leuten, die sich erst ein paar Stunden kennen, Grenzen gibt, die man nicht überschreiten sollte – sind diese nämlich erst einmal überschritten, wie jene pragmatische kleinbürgerliche Moral lehrt, die in den Kreisen des abendländischen Bildungswesens nach wie vor in Kraft ist, so gibt es keine Schranken mehr. Georges begriff sehr rasch, dass er diesen Empfang nicht allein seiner Eigenschaft als Franzose verdankte, sondern sehr wahrscheinlich auch gewissen, für den Augenblick noch diffusen Diensten, die er Persönlichkeiten erweisen könnte, deren Status zumindest im Augenblick ebenso nebulös blieb.

»Schauen Sie«, meinte der Mann mit der gut geschnittenen Safarijacke später, »wir haben uns zum Ziel gesetzt, die ausgezeichneten Beziehungen, die unser Land mit dem Ihrigen seit jeher unterhält und die für uns der einzige Garant für Stabilität und folglich für Entwicklung sind, allen Widrigkeiten zum Trotz zu retten.«

»Das verstehe ich«, erwiderte Georges wie ein Komparse.

»Ja, ich sage es meinen Landsleuten immer wieder, sie sind nämlich, um es Ihnen geradeheraus zu gestehen, bisweilen etwas schwer von Begriff. Wie die berühmte satirische Zeitschrift *Le Canard Enchaîné*, ohne die die gesamte frankophone Welt wahrhaftig recht freudlos wäre, so treffend schrieb: Sie begreifen schnell, doch man muss es ihnen lange erklären. Und daher sage ich ihnen immer wieder: ›Meine Brüder, was meint ihr, welches andere entwickelte Volk würde uns solche Privilegien bieten? Seht euch England an, seht euch Deutschland oder Amerika an. Welche dieser Nationen gewährt uns dieselben Vergünstigungen? Welche gibt uns ihr Geld?

Welche bietet uns die gleichen Möglichkeiten in ihren Universitäten?« Und so weiter, und so weiter. Genau das sage ich meinen Landsleuten unentwegt. Ich muss gestehen, viele verstehen das, doch ein Großteil sperrt sich.«

»Das ist natürlich sehr bedauerlich«, erklärte Georges, fest entschlossen, ins kalte Wasser zu springen. »Aber was kümmert es, wenn nur die Zukunft der Regierung gesichert ist? So ist es doch, nicht wahr?«

»Da legen Sie den Finger genau auf die Wunde, lieber Freund. Ja, die Zukunft des Regimes ist gesichert, ohne es wirklich zu sein. Verstehen Sie mich bitte richtig. Seit dem Ende des Kalten Krieges haben sich die Perspektiven von Grund auf verschoben. Die Amerikaner sind dort drüben aller Sorgen ledig und breiten sich mittlerweile überall aus. Sie wollen alles, und sie finden hier einige Unterstützung. Genau das ist die eigentliche Tragödie. Da redet man also von Demokratie, Korruption, Menschenrechten, aber tatsächlich ist das Ganze bloß amerikanische Propaganda, nur um unsere alten Freunde, die Franzosen, auszustechen, die uns in guten wie in schlechten Tagen beigestanden haben. Und das ist das Problem.«

»Und nun?«, wagte sich der Toubab vor.

»Folgen Sie mir«, erwiderte der Notabel.

Georges wurde daraufhin durch die weiten Räume dieses Wohnsitzes geführt, der ihm wahrlich wie ein Palast erschien. Er hatte zwar nur ein Stockwerk, war jedoch mit solch erlesenen Täfelungen und Möbeln sowie einer prächtigen Kassettendecke ausgestattet, dass selbst ein texanischer Milliardär hätte erblassen können vor Neid. Eines war indes verwunderlich: In diesem herrlichen Gebäude war nicht das geringste Anzeichen von Leben zu finden! Aber dessen Errichtung hatte sicherlich hunderte von Millionen, wenn nicht sogar ein paar Milliarden Francs gekostet, ein unsinnig im äquatorialen Urwald verbuddeltes Vermögen, das anderswo vielleicht nützlicher hätte eingesetzt werden können.

Alles in allem ein typisches Beispiel für die Verschwendungssucht jener »Staatsmilliardäre«, wie die französische Kolonie sie nennt, die diese Sippschaft im Allgemeinen verabscheut, weil sie in ihren Augen allein am Scheitern der franko-afrikanischen Zusammenarbeit schuld ist.

Wer hat nicht schon einmal die ätzende und immer gleiche Schilderung eines Vertreters dieser widerwärtigen, doch nie verleugneten Kaste gehört? Wie man ja auch so schön über unsere leichtfertigen Mädchen sagt: Kennt man einen, dann kennt man alle! Bei jedem Vermögen über einer Million Dollar können Sie ohne Risiko darauf wetten, dass Raub und andere Gaunereien den Grundstein dafür gelegt haben. Die banalste, da gangbarste Marschroute verläuft folgendermaßen: Zunächst wirft man sich zu einer über jeden Verdacht erhabenen Persönlichkeit auf, indem man das Parteibuch des Regimes käuflich erwirbt und sich somit in die Kolonne der Führungskader einreiht. Dann ergattert man beim Crédit Agricole – die Landwirtschaftliche Kreditbank zeigt sich übrigens anrüchigen Politikern gegenüber äußerst wohlgesinnt, sofern diese ihre Mokassins noch nie auf Ackerschollen gesetzt haben – ein stattliches Darlehen, das in seiner Höhe selbst die schwindelerregendste Aneinanderreihung von Nullen nicht fürchtet. Die letzte Etappe schließlich ist die Amnesie: Ist der frisch gebackene Milliardär erst einmal zum fanatischsten Anhänger des Staatschefs und zum inbrünstig tönenden Lobsänger dieses Genies ohnegleichen geworden, vergisst er ganz einfach, das Darlehen zurückzuzahlen.

Georges brannte vor lauter Fragen, die er nicht zu stellen wagte, doch sein Gastgeber nahm die Antworten ohnehin vorweg: »Dieses Haus ist zwar erst seit dreieinhalb Jahren fertiggestellt, aber raten Sie mal, lieber Georges, wer hier schon alles beherbergt wurde«, meinte der Notabel unvermittelt und brach dabei in zufriedenes Gelächter aus.

»Da muss ich leider passen«, erwiderte Georges.

»Zerbrechen Sie sich nicht allzu sehr den Kopf«, versetzte der Notabel. »Der Staatschef, der Botschafter Frankreichs, der Kardinalerzbischof und noch einige andere haben wenigstens einmal hier genächtigt. Sehen Sie den kleinen Pavillon da drüben? Dort lebe ich, zusammen mit meiner alten Mutter. Dieses herrliche Ambiente nutze ich lediglich, um meine Gäste von Rang zu ehren, Gäste wie Sie, mein lieber Georges.«

»Sie sind zu freundlich«, wiederholte Georges zum x-ten Mal.

»Aber nein, das ist doch das Mindeste, unter Freunden.«

Bei ihrer zweiten Begegnung, drei Tage später, nahm der Mann mit der gut geschnittenen Safarijacke Georges zu einem Besuch ins Nachbardorf mit, seinen von einer zahlreichen Anverwandtschaft bevölkerten Geburtsort – zahnlose Onkel, Tanten mit fratzenhaft verzerrten Gesichtern, Vettern jeden Alters, die er allesamt nach afrikanischer Sitte meine Brüder oder meine Schwestern nannte … Georges kannte den ganzen Zinnober zur Genüge.

»Wie erklären Sie sich die Verschiebung der Wahlen?«, fragte der Franzose, während sie durch das Dorf schlenderten.

»Die war unabdingbar«, verkündete der Notabel. »Wir wussten nämlich, dass die Amerikaner im Norden und im Westen des Landes irgendetwas im Schilde führten. Aber was? Statt uns von unseren Feinden manipulieren zu lassen, haben wir es vorgezogen, sie zu überrumpeln, damit ihr Komplott ins Leere läuft, zumindest was die anberaumten Wahlen angeht. Was werden sie jetzt tun, um diesen Streich wieder wettzumachen und sich auf die veränderte Lage einzustellen? Genau das warten wir nun ab, um ihre Strategie zu eruieren und ihnen eine Falle zu stellen.«

»Dann ging es also nicht darum, einer größeren Anzahl von Leuten die Möglichkeit zu verschaffen, sich in die Wählerlisten einzuschreiben?«

»Was? Oh, oh, demnach haben Sie das ebenfalls geglaubt, mein lieber Georges? Der Staatschef muss wohl ein gewitzter Mann sein, wenn er den Leuten weismachen kann, was er will. Es gehört keineswegs zu unserer Strategie, dass sich mehr Leute einschreiben, im Gegenteil. Die jungen Leute unter dreißig sind allesamt gegen uns, und Gott weiß, dass es in Afrika eine ganze Menge junger Leute unter dreißig gibt. Es kommt gar nicht in Frage, denen die Einschreibung in die Wählerlisten zu erleichtern. Damit würden wir ja eine Springflut auslösen, die uns hinwegfegen würde. Was für ein alberner Gedanke! Wir sind in Afrika, lieber Freund, und nicht in Carpentras. Wenn man schon Wahlen veranstaltet, dann will man sie doch nicht verlieren, bei Gott!«

»Wie Recht Sie doch haben!«, bemerkte der Toubab auch weiterhin kontrapunktisch.

Endlich betraten sie ein properes und ordentlich verputztes kleines Haus mit kalkmilchgetünchten Mauern, das offenbar aus Betonsteinen bestand und sich von den gewöhnlichen Behausungen im Dorf deutlich abhob. In dem großen Aufenthaltsraum saß über der Handkurbel einer tragbaren Nähmaschine eine sehr junge und schöne Frau mit der ungezwungenen Art einer Städterin, die einen schwarzen Rock und einen weißen Sweater trug. Überrascht unterbrach sie ihre Tätigkeit, trat den Herren entgegen und begrüßte sie mit einem ziemlich mechanisch wirkenden Lächeln, als habe sie die beiden erwartet, wenn auch etwas später.

»Wo ist Nathalie?«, fragte der Mann mit der gut geschnittenen Safarijacke sogleich.

Ohne seine Frage zu beantworten, wandte sich die Frau zu einer schmalen Tür, die auf einen Hinterhof ging, und rief nach besagter Nathalie, einer beinahe spindeldürren Heranwachsenden ohne sonderliche Anmut, mit einer verwaschenen blauen Schürze um den Leib, was darauf hindeutete, dass sie mit irgendwelchen Küchenarbeiten beschäftigt gewesen war. In der Tat brachte sie den Geruch von Knoblauch mit herein. Älter als vierzehn war sie sicherlich nicht. Was an ihrem Auftreten frappierte, war die Natürlichkeit der Schülerin, eine Art gelassenes Warten ohne jede Spur von Einverständnis oder Widerspenstigkeit, so als habe sie lange im Voraus beschlossen, die Kindheit nie hinter sich zu lassen, was auch immer geschehen mochte.

Der Mann mit der gut geschnittenen Safarijacke nahm das Kind an der Hand und zog es hinaus in den Hof, weg von den Ohren der beiden anderen Erwachsenen.

Georges wusste nicht, wie er sich verhalten sollte. So deutete er auf die tragbare Nähmaschine und sagte zu der Frau in dem schwarzen Rock, ganz offensichtlich Nathalies Mutter: »Diese kleinen Maschinen da sind wahre Wunderwerke. Wissen Sie, bevor ich nach Afrika kam, hatte ich noch nie so eine gesehen.«

Die junge Frau begnügte sich mit einem verlegenen Lächeln, knetete nacheinander die Finger beider Hände, wobei ihre Augen seinem Blick beharrlich auswichen. Vielleicht sprach sie nicht gut genug Französisch, um sich mit einem Europäer unterhalten zu können.

Nur so, um die Stille und ihre Dämonen zu bannen, sagte Georges darauf: »Schon verrückt, wie sehr Nathalie Ihnen gleicht. Sie sind doch ihre Mutter.«

»Ja, ich bin Nathalies Mutter«, erwiderte sie fast ohne Akzent. »Sie ist die Älteste meiner sechs Kinder.«

Er fragte sich gerade, wie er sich geschickt nach dem Vater erkundigen könnte, als der Mann mit Nathalie an der Hand wieder hereinkam. Während er das Kind mit vergnügten und zugleich inquisitorischen Blicken von Kopf bis Fuß maß, wie es ein Viehhändler mit einem Kalb tut, kurz bevor er es dem Käufer anbietet, sagte er, an den Toubab gewandt: »So, alles geregelt, mein lieber Georges. Kommen Sie, wir gehen.«

Nathalie suchte den Franzosen gegen zehn Uhr abends in dem Zimmer des prunkvollen Herrenhauses auf, in dem ihn sein Gastgeber untergebracht hatte. Der Toubab war überaus wütend, ohne sich über den Grund dafür so recht im Klaren zu sein, und fragte das Kind: »Kommt das häufiger vor?«

Das Kind blickte mit einem sanftmütigen und erstaunten Gesicht zu ihm auf.

Der Toubab fragte weiter: »Schickt man dich denn häufig einfach so, mitten in der Nacht, zu Fremden?«

Die Kleine schüttelte verneinend den Kopf.

Der Ausdruck ihres Blickes ließ indes alle möglichen, ja die widersprüchlichsten Deutungen zu – unschuldige Treuherzigkeit und Unverfrorenheit, Gleichgültigkeit sowie nur ungenügend gezügelte Neugier, Selbstsicherheit und der Panik vorausgehende Bestürzung, Zuneigung und Hass, Wertschätzung und Verachtung.

Während er ihr fest in die Augen schaute, konnte er sich nicht erwehren, ihre Hand zu ergreifen. Sie zog sie nicht zurück, überließ sie ihm aber auch nicht, ehrlich gesagt, genauso wenig, wie sie den Blick senkte oder sich gestattete, diesen Fremden zu mustern, den ganz allmählich die Begierde übermannte.

Als hätte ihn durch irgendein Wunder jähe Kühnheit gepackt, widerstand der Toubab der Versuchung nicht länger, den gordischen Knoten einfach zu durchhauen, um hinter des Rätsels Lösung zu dringen, so wie es im Abendland seit grauer Vorzeit gehandhabt wird. Ohne Hast und gleichsam unter dem Bann einer gewissen Faszination deutete er langsam all die Gesten an, die zum so genannten Liebesakt hinführen.

Das Problem blieb hiervon indes unbeschadet, wie es so schön heißt, vermochte der Toubab am Ende doch nicht zu sagen, ob das Kind den geringsten Schauder – ob nun vor Lust oder vor Ekel – verspürt hatte. Im Übrigen genügte ihm die Erkenntnis, dass die junge Heranwachsende ihn, ohne auch nur eine Sekunde zu zögern, angelogen hatte: Sie war bereits ein verdorbenes Wesen, und er würde sie dementsprechend behandeln. Außerdem hielt er sich selbst zugute, sich in puncto Pädophilie keine Gewissensbisse machen zu müssen, da dieses Kind schon seit langem kein Kind mehr war, wie er sich immer wieder sagte.

Nachdem die Jugendliche ihre Kleidung mit gewohnter, ja geradezu erfahrener Hand – so hätte man meinen können – wieder in Ordnung gebracht hatte, fragte er sie: »Bis morgen?«

Das Kind hatte ihm den Rücken zugekehrt und antwortete nicht, drehte sich auch nicht um, sondern entwand seine Hüfte flink

Georges' Händen, die es vor dem Abschied noch zu streicheln versuchten, wie es bei einem konventionellen Techtelmechtel unter solch alltäglichen Umständen üblich ist.

Georges' Gastgeber gehörte ganz offenkundig nicht zu denen, die die Dinge schleifen lassen. Kaum war der Toubab am anderen Morgen erwacht, ließ jener ihn wissen, dass er in der Caféteria erwartet werde.

»Sie haben aber trotz allem noch Zeit für Ihr Frühstück, mein lieber Georges«, fügte der Afrikaner mit seinem üblichen breiten Lachen hinzu. »Wir sind ja keine Wilden, Teufel noch mal.«

Dann senkte er unvermittelt die Stimme und fragte den Toubab mit einem schiefen Lächeln und einer derart doppeldeutigen Miene, als habe er tatsächlich zwei Gesichter: »Und?«

»Nun ja, es geht noch recht gut«, antwortete der Toubab, wobei er sich zur Fröhlichkeit zwang, ohne jedoch so recht zu verstehen, was von ihm erwartet wurde.

»Ich wusste es!«, flüsterte der Mann mit der gut geschnittenen Safarijacke, der sich Ébénezer nannte – ein Vorname, wie es ihn heutzutage kaum noch gibt –, und blickte hinauf zur Decke.

»Sie müssen doch zugeben, mein lieber Georges, dass meine kleine Nichte aufs Wundersamste begabt ist. Und halten Sie sich fest, sie ist kaum dreizehn und gerade erst in die Sexta des Kollegs der Weißen Väter gekommen! Übrigens, warum sollen wir uns von nun an nicht duzen? Wir sind doch jetzt fast ein bisschen miteinander verwandt?«

»Ja, warum nicht?«, seufzte der fremde Toubab kläglich.

Als die beiden Männer die Caféteria dieses merkwürdigen Palastes betraten, wimmelte der riesige Saal, der beinahe so weiträumig wie ein Hörsaal war (sagte sich Georges im Stillen), von Aktivisten beiderlei Geschlechts und jeden Alters. Während das Stimmengetöse der Streitereien und Unterhaltungen allmählich und gezwungenermaßen verebbte, zog der Mann seinen Gast allmählich doch entschieden zu einer x-beliebigen Bankreihe mitten unter das gemeine

Volk der Aktivisten. An einem langen Tisch aus weißem Holz am Kopfende des Raums saßen fünf Männer und eine Frau zu beiden Seiten eines jungen Parteikaders, eines etwas zu mageren jungen Burschen mit etwas zu hohlen Wangen, dem man offenbar den Vorsitz der Versammlung anvertraut hatte.

Mit leichter Verärgerung in der Stimme, was darauf hindeutete, dass die laufende Debatte nur kurzfristig unterbrochen worden war, verkündete der junge Kader mit den etwas zu hohlen Wangen: »Wir werden dieses unergiebige Gezänk nicht ewig in die Länge ziehen. Ich fasse also zusammen: Letztendlich geht es hier doch darum, uns zwischen zwei Strömungen zu entscheiden. Wir müssen die Wahlen unbedingt gewinnen, darüber sind sich wohl alle einig. Aber wie? An dieser Frage entbrennt der Streit, wie ich feststellen konnte. Die einen sagen: Wir dürfen auf keinen Fall ein Risiko eingehen, wir müssen um jeden Preis den Sieg davontragen, und zwar mit vernichtender Mehrheit – einer Zweidrittel-, wenn nicht sogar einer Dreiviertelmehrheit. Und das um jeden Preis …«

»Durch Wahlbetrug, Kamerad«, schrie eine couragierte, wenngleich nicht auszumachende Stimme vom anderen Ende des Saals. »Sprich das Wort doch aus, Kamerad, durch massiven Betrug, Betrug, Betrug …«

»Na und! Wenn's weiter nichts ist!«, brüllte der Mann mit der gut geschnittenen Safarijacke, der jäh aufgesprungen war, ohne ums Wort zu bitten. »Massiver Betrug, ja, Kamerad, und wenn schon? Wahlbetrug, oder was du so nennst, was ist das genau, meine Freunde? Eine in der ganzen Welt gängige Praxis, die noch dazu auf die Antike zurückgeht. Wahlbetrug ist gewissermaßen eine Institution in ebendiesen Ländern, die sich als alte Demokratien, wenn nicht als Erfinder der Demokratie ausgeben. Kameraden, wisst ihr eigentlich, wie viele Anträge auf Annullierung nach der letzten französischen Parlamentswahl bei den Gerichten eingegangen sind? Dreihundertsechsundfünfzig, und nicht einer weniger, Kameraden. Solche Anträge setzen Wahlbetrug voraus. Gut die Hälfte aller französischen

Abgeordneten ist davon betroffen. Die Hälfte aller französischen Abgeordneten kam durch Wahlbetrug ins Parlament. Also, warum sollten wir da Hemmungen haben? Machen wir es denn nicht wie alle Welt? Ihr so genannten Intellektuellen, ihr seid doch Heuchler. Ihr sorgt euch nur darum, Scheiße in schöne Worte zu verpacken. Im Grunde denkt ihr genau wie wir, wie alle Welt eben. Aber statt dieses Land retten zu wollen, was dank unserer Partei und unseres Präsidenten machbar wäre, liegt euch nur daran, eure schönen Seelen zur Schau zu tragen. Das Leben ist nun einmal Scheiße. Und Wahlen sind überall Betrug, mit mehr oder minder schönen Worten um ebendiese Scheiße. Wir sind an der Macht und sollten sie ohne unnötige Spirenzien behalten. Punkt und Schluss.«

Für einen kurzen Moment aus der Fassung gebracht, setzte der junge Kader, dessen etwas zu hohle Wangen ganz den Eindruck erweckten, als könne er sich nur selten satt essen, brav wieder an: »Sollten wir also gewinnen, indem wir die Dinge zu unseren Gunsten geraderücken …«

»Durch Wahlbetrug!«, schrie die unbekannte Stimme aus den hinteren Reihen, zweifelsohne dieselbe wie zuvor. »Sprich das Wort doch aus, Kamerad, nur keine Angst. Wir sind ja da.«

»… indem wir dies oder jenes machen, und so weiter«, fuhr der Vorsitzende der Versammlung fort, »so stellt sich doch die Frage, was uns das letzten Endes bringt. Wird Seine Exzellenz, unser Präsident, nicht gerade wegen dieser fragwürdigen Wahlen Probleme bekommen? Dubiose Wahlen mögen die Leute nicht sonderlich. Denkt nur mal an Amnesty International, an den Internationalen Währungsfonds und die Weltbank, dessen Handlanger, die dürfen wir doch trotz allem nicht vergessen, und an die Sozialistische Partei Frankreichs, die britische Labourpartei, die Grünen der ganzen Welt, die ausländischen Zeitungen, wie etwa *Libération, Le Monde,* usw. Wir alle kennen diese Leute da, wir wissen doch, dass sie uns im Auge haben. Ganz zu schweigen von den tagtäglichen Anfeindungen ihrer Radiosender – Radio France International, Deutsche Welle, BBC,

Voice of America, um nur die wichtigsten zu nennen. Stellt euch nur mal den Tumult vor, wenn die mit ihren Verurteilungen loslegen …«

Der Mann mit der gut geschnittenen Safarijacke schnellte abermals hoch wie der Teufel aus seiner Kiste und polterte wiederum, ohne ums Wort gebeten zu haben: »Na und! Wenn's weiter nichts ist! Das ist doch nichts Neues! Diese Leute da haben uns schon immer verurteilt, vom ersten Tag an, und hat uns das irgendwie geschadet? Nicht im Geringsten! Vor fünf Jahren sind wir unter dem Vorwand, unsere Parlamentswahlen wären nicht transparent gewesen – das Wort ist ja schwer in Mode –, mit gehässiger Vehemenz verurteilt worden. Und ist Seine Exzellenz, unser Präsident, anschließend nicht mit allen seinem Rang gebührenden Ehren erst in Washington empfangen worden, und dann in Paris, in Bonn und sogar in London, von Mrs. Thatcher*, der Eisernen Lady persönlich? Und wurde er von einer hoch angesehenen amerikanischen Universität nicht auch noch mit dem Doktor honoris causa gekrönt? Sind unsere Beziehungen zum Internationalen Währungsfonds und zur Weltbank heute nicht ungetrübt? Wovor habt ihr also Angst, ihr hasenfüßigen Pappsoldaten?«

Dies war das Signal zu einem grimmigen Händel zwischen den beiden verfeindeten Lagern, deren wortgewaltige Redner nun reihum auf das Podium stürmten, um sich in der Rhetorik der Beleidigung und der Kampfansage zu übertrumpfen, wobei der Mann mit der gut geschnittenen Safarijacke die Siegespalme errang, indem er endgültig Maske, Haltung und Diktion des Falken annahm.

Eine Art Hysterie schien die recht zahlreichen Nostalgiker jener guten alten Zeit der Einheitspartei ergriffen zu haben, als die Ausübung der Macht noch Ähnlichkeit mit einer Vergnügungspartie aufwies, da jedweder politische Widerstand nicht bloß verpönt, sondern

---

* Eine recht ungenaue, wenn nicht rundweg zweifelhafte Chronologie, da Mrs. Thatcher bereits 1990 zurückgetreten war. Aber was kann man von dem Mann mit der gut geschnittenen Safarijacke schon anderes erwarten?

schlicht unvorstellbar war. Und es fanden sich, o Graus, sogar Leute im Saal, die zu einer unabhängigen Wahlkommission tendierten, wie sie die Parteien der Opposition forderten, und sie wagten gar, dies einzugestehen, selbst auf die Gefahr hin, den Extremisten zu trotzen, deren Arroganz durch die Gewissheit, in diesen Mauern heimisch zu sein, noch angestachelt wurde.

Die Dissidenten verstanden es zwar, sich mit lauter Stimme Gehör zu verschaffen, konnten indes über die Dürftigkeit ihrer Reihen nicht hinwegtäuschen. Man hätte bloß zu warten brauchen, bis sie sich abreagiert hätten, denn diese Windmühlen stellten keinerlei Gefahr dar. Jedoch gab es unter ihnen einige renommierte Intellektuelle, die im Verdacht standen, die treibende Kraft dieser nicht zu duldenden Fronde zu sein. Die Don Quichottes des Extremismus begingen also den Fehler, ihnen das Maul stopfen zu wollen und diese Aufgabe einem Mann zu übertragen, den sie als ihren besten Wortführer betrachteten, man fragt sich wirklich, wieso, handelte es sich doch um ein Subjekt von selten populistischer Exotik.

»Was habt ihr überhaupt schon gesehen?«, stieß dieser Mensch statt einleitender Worte hervor. »Ja, ich frage euch, was habt ihr *überhaupt* schon gesehen? Na, ihr da, was sagt ihr jetzt dazu? Wir anderen, wir wollen die Dinge nach afrikanischem Brauch regeln, nach Art unserer Väter. Und ihr da, ihr wollt es wie die Toubab machen? Warum? Seid ihr denn Toubab, meine Brüder? Sind die Toubab etwa unsere Ahnen? Die Sache da, wie nennt ihr die doch gleich, na ja, die Sache da eben, die unabhängige Wahlkommission, was ist das eigentlich? Das ist doch eine Erfindung der Weißen, oder nicht? Warum wollt ihr, dass wir alles nach Art der Weißen machen, wo wir alle doch Afrikaner sind? Seht mich doch mal genau an, meine Brüder, bin ich etwa ein Weißer? Nein, nicht wahr? Und ihr da, seid ihr etwa Weiße? Nein. Also, was soll das mit der unabhängigen Wahlkommission?«

Dieser sich vorgeblich auf die Négritude stützende Diskurs, eine von dem großen, auf Martinique geborenen Poeten Aimé Césaire ersonnene Philosophie, wird von den afrikanischen Diktatoren und ihren fanatischen Gefolgsleuten stets mit Enthusiasmus, Erleichterung und Dankbarkeit begrüßt, wie auch zumeist von Volksansammlungen, denen diese niedere Demagogie schmeichelt. Allem Anschein nach aber hatte sich der Wind gedreht. Diesmal entfesselte die niedere Demagogie ein denkwürdiges Tohuwabohu aus Hohngeschrei, Pfiffen, Gekicher und verletzenden Zurufen, etwa in der Art: »Ab aufs Scheißhaus mit den Säufern!«

Zum Glück war der Mann mit der gut geschnittenen Safarijacke auf der Hut. Und so schritt er mit oratorischen Attacken ein, die jedes Mal wie Pronunciamientos widerhallten, formal und inhaltlich stets mit Argumenten gewappnet, die wie ebenso viele Infanterieangriffe donnerten. Dieser Mann hatte den Putsch nachgerade im Leib. Obwohl er kein professioneller Säbelrassler war, erinnerte er nichtsdestoweniger an den chilenischen Einfaltspinsel namens Augusto Pinochet, der den demokratisch gewählten Präsidenten Salvador Allende stürzte und ermorden ließ.

Durch die Güte des Subjekts von selten populistischer Exotik, dessen Glanzleistung die soeben beschworenen Verheerungen angerichtet hatte, war die Sympathie dieser Versammlung, die sich größtenteils aus anständigen Leuten zusammensetzte, zum Lager der Anhänger von Wahlen mit menschlichem Antlitz umgeschwenkt, wodurch sie die Mehrheit der Mitglieder des Nationalen Exekutivrates mitzureißen drohten.

Der Mann mit der gut geschnittenen Safarijacke namens Ébénezer stand erneut auf. Diesmal aber sprach er die Menge nicht mehr von seinem Platz des anonymen Aktivisten an, wie er es bislang aus Snobismus getan hatte. Stattdessen stürmte er hastig zu dem Tisch aus weißem Holz, an dem das Sitzungspräsidium hockte, seinen sichtlich verdatterten Freund Georges im Schlepptau, der einfach nicht fassen konnte, dass er sich, ohne gefragt zu werden, in diesen Schlamassel hatte ziehen lassen.

»Seht euch diesen Mann genau an«, donnerte Ébénezer und richtete einen quasi militärischen Zeigefinger auf den armen Georges. »Ja, seht ihn euch genau an und prägt ihn euch gut ein, denn ihr werdet ihn nicht so bald wieder sehen. Eigentlich wäre mir lieber gewesen, er wäre nicht vor dem Nationalen Exekutivrat erschienen und hätte im Verborgenen bleiben können. Denn wer könnte alles in allem versichern, dass sich in diesem Saal keine Verräter befinden? Spitzel und Spione, die bereit sind, unsere Geheimnisse zu Geld zu machen, gibt es innerhalb der Partei doch auf allen Ebenen. Ich sage es noch mal: Sicher wäre es von Vorteil gewesen, wenn seine Reise ein Geheimnis zwischen ihm, mir und unseren Freunden jenseits der Meere geblieben wäre. Doch ganz offensichtlich ist es inzwischen nicht mehr möglich, die Kameraden zu überzeugen, ohne zu den äußersten Mitteln zu greifen. Dass das Band des Vertrauens zwischen den Aktivisten unserer großen Partei und der obersten Führung des Staates mittlerweile offenbar brüchig geworden ist, beklage ich sehr. Man muss es leider wieder und wieder sagen: Die Disziplin geht zum Teufel. Wo ist die Zeit geblieben, in der eine schlichte Grußadresse Seiner Exzellenz, unseres Präsidenten, ausreichte, den Enthusiasmus zu schüren und die Reihen zusammenzuschweißen? Vor drei Wochen hat der Botschafter Frankreichs, ein Mann, dessen Wohlwollen und Hingabe für unser Land nie genug herausgestrichen werden kann, hat der Botschafter Frankreichs also die Güte gehabt, persönlich vor uns zu erscheinen. Und erscheinen ist genau das richtige Wort. Wir hofften nämlich, dass ihr danach wieder neuen Mut fassen würdet und dass alle Zweifel beseitigt wären. Doch geändert hat es nichts. Dieser Mann, den ihr nun hier vor euch seht, ist mein Freund Georges. Er hat gerade eigens die Meere überquert, um uns in aller Vertraulichkeit die Garantien zuzusichern, die ihr wünscht. Möglicherweise findet ihr ja, es mangele ihm an Nimbus, weil er allzu schlicht gekleidet ist. Das hieße aber, die Toubab schlecht zu kennen, denen vor Prahlerei graust, für die Zurschaustellung von Macht und Glück eine Provokation des Schicksals ist. Ich, der ich hier vor euch stehe, ich kann behaupten, dass ich die Toubab kenne. Ihr würdet es nicht fassen, wenn ich euch die verwandtschaftlichen Beziehungen zwischen unserem Freund Georges, den ihr hier vor euch seht, und jenen Männern offen legte, die dort oben an der Spitze des Staates stehen. Vom Ausmaß seines Einflusses ganz zu schweigen. Georges, wiederhole ihnen doch, was du mir gestern Abend und noch heute Morgen gesagt hast, dass unsere Freunde dort oben nämlich mehr denn je entschlossen sind, uns zu stützen. Gib ihnen die Zusicherungen, auf die sie in banger Erwartung hoffen. Nur zu ...«

Bedrückende Stille lastete inzwischen über der Cafétéria.

»Ganz gewiss«, improvisierte Georges, der in der Falle sitzende Toubab, nachdem er sich feierlich geräuspert hatte, um seiner Diktion ein mitreißendes Timbre zu verleihen und jedes Wort, selbst jede Silbe wie im Theater besonders deutlich zu betonen, »ja, ganz gewiss wäre es ein arger Fehler, ein sehr schlimmer Fehler, würde ich sogar behaupten, diesbezüglich den geringsten Zweifel zu hegen. Schließlich handelt es sich dabei um eine überaus gravierende Angelegenheit, ich würde sogar behaupten, um die gravierendste, die es in ganz Afrika gibt. Nichts könnte uns von diesem Ziel abbringen, das wir uns gesetzt haben: Wir werden unsere afrikanischen Freunde unterstützen, im Guten wie im Schlechten. So verhält es sich ja auch in der Ehe ...«

Ein Beifallssturm, wie ihn der weiße Mann noch nie in seinem Leben geerntet hatte, brandete in aufeinander folgenden, immer wieder von neuem hochschlagenden Wellen durch die Cafétéria. Man hatte den Eindruck, ein von der Sonne völlig ausgedörrtes Stück Land würde nach einer langen Trockenperiode die ersten Regentropfen mit grimmiger Gier aufsaugen. Vielleicht hatte der Toubab, ohne es zu wissen, die ersehnten magischen Worte ausgesprochen, um die Ängste zu zerstreuen, den schlaflosen Nächten abzuhelfen und sämtliche Unzulänglichkeiten zu beheben – es sei denn, irgendein unerkannt gebliebener Schubs hätte in einem äußerst opportunen Moment dem Enthusiasmus der Massen auf die

Sprünge geholfen. Der Mann mit der gut geschnittenen Safarijacke stand inzwischen auf dem Tisch aus weißem Holz und löste schließlich, mit unbändigen Armbewegungen die Massen orchestrierend, die abschließende Ovation im Saal aus, bei der die mit einem Mal wieder versöhnten Anwesenden sich unermüdlich in Jubelrufen übertrumpften.

Kaum war die Sitzung beendet, hatten die Aktivisten ein Recht auf diverse Getränke, darunter auch sehr kostspielige Importspirituosen, auf Luxuszigaretten und üppig belegte Sandwichs. Ihr tüchtiger Appetit, am augenscheinlichsten verkörpert durch den jungen Kader mit den zuvor noch etwas zu hohlen, nun aber prallen Wangen, zeugte von der kollektiv wiedergewonnenen Hochstimmung. Und illustrierte durch die urplötzlich verwaschene Aussprache aufs Vergnüglichste jenes Axiom, dass ein voller Mund nicht spricht.

Der Mann mit der gut geschnittenen Safarijacke ging währenddessen unverdrossen mit dem Glas in der Hand von einer Gruppe zur anderen und wurde es nicht müde, einem jeden in Voraussicht irgendwelcher ominöser Umschwünge, die seinen Worten nach unmittelbar bevorstünden, vehement Mut zuzusprechen.

Eigentlich hätte man mit einem Austausch frustrierter, wenn nicht gar verbissener Glückwünsche rechnen können, als er auf die Ecke jener Personen zusteuerte, die mutmaßlich zur intellektuellen Strömung gezählt wurden und ihn übrigens entschlossen erwartet zu haben schienen – gemeint sind damit solche von Lokalberichterstattern als mörderisch bezeichnete Sätze, die unter den gegebenen Umständen gerne Verwendung finden. Doch dem war nicht so. Auch die angeblich so kritischen Intellektuellen empfingen den Hausherrn mit einem strahlendem Lächeln, aus dem er seinen Sieg in flammenden Lettern ablesen konnte. Sagt nicht auch die Bibel, alles habe seine Zeit, ja selbst der Schmaus guter Speisen?

Georges folgte seinem Gastgeber in einigem Abstand. Wenn er an jungen Aktivisten vorbeikam, verneigten sie sich tief und schweigend und bedachten den Toubab mit verliebten Blicken, als wäre er ein Messias oder zumindest ein Mutant, den man nicht anzusprechen wagt.

»Was für ein Theater!«, vertraute der Mann mit der gut geschnittenen Safarijacke seinem Gast noch am selben Abend an. »Schon seit zehn Tagen war alles bis ins Kleinste beschlossen und festgezurrt. Dann aber hat der Präsident mir zu verstehen gegeben, das Ganze bedürfe, seinen Worten zufolge, eines demokratischen Gewands, worauf er großen Wert lege. Die Aktivisten lieben das Gefühl, an Entscheidungen teilzuhaben oder sie sogar mittels ihrer Vertreter zu diktieren. Es bedarf ihrer Billigung, mein lieber Georges, ganz gleich, was sie billigen, Hauptsache, sie sind davon überzeugt, dass sie etwas billigen dürfen.«

»Und was haben sie nun eigentlich gebilligt?«, fragte Georges aus reiner Böswilligkeit. »Die demokratischen Tugenden des Wahlbetrugs?«

»Da ist etwas dran.« Ohne mit der Wimper zu zucken, gestand der Afrikaner zur großen Verwunderung seines Gesprächspartners, der sich noch einen Bodensatz an Illusionen über die Menschheit bewahrt hatte: »Und das ist auch der Beweis dafür, dass man mit diesen Leuten da machen kann, was man will. Wir haben aber noch weit mehr erreicht: Sie haben nämlich vor allem in unser Vorhaben eingewilligt, ewig an der Macht zu bleiben. Ein lateinischer Dichter, Horaz vielleicht, hat irgendwo gesagt, es sei Afrikas Bestimmung, der Welt Überraschungen zu bescheren: Ewig an der Macht zu bleiben, das ist doch wohl eine Überraschung, mein lieber Georges, fünftausend Jahre* nach Tutenchamun, und dem heftigen Sturm der globalen Demokratisierung zum Trotz? Heute Abend war die Crème de la crème unserer Intelligenzija zugegen. Der Präsident wollte diese unnütze Brut um jeden Preis für unsere Sache gewinnen, um sie zu kompromittieren und zu neutralisieren. Er war fest davon überzeugt, dass das eine harte Nuss, ein halsbrecherischer Seiltanz wer-

* Dieser Kerl steht mit der Chronologie definitiv auf dem Kriegsfuß.

den würde, so sehr überschätzen die Leute unsere angeblichen Intellektuellen und deren Sinn für Würde. Da erweist man diesen Witzbolden wahrhaftig zu große Ehre. Und jetzt haben wir das mühelos gedeichselt, wie du ja gesehen hast, nicht wahr, Georges? Erst haben sie zwar ein bisschen rumgeschrien, nur so, der Form halber. Provokation ist nämlich deren bevorzugte Showeinlage. Doch dann haben sie sich wie alle anderen aufs Buffet gestürzt. Hattest du etwa den Eindruck, dass meine köstlichen Sandwichs sie angewidert hätten? Mitnichten, ganz im Gegenteil. Es ist stets ein Fehler, sich von diesen Leuten da beeindrucken zu lassen, nur weil sie angeblich mit der Feder umgehen können oder sich auf ermüdende Reden verstehen. Das sind doch bloß Hochstapler und Clowns. Die Besten von denen bringst du mit ein paar hunderttausend Francs* zum Schweigen. Und in unserem Fall haben wir sie jetzt wie richtige Blödmänner am Wickel. Rat doch mal, wie wir sie für den Nationalen Exekutivrat gewinnen konnten. Na, durch Verpflichtung, das heißt durch Kooptation, ohne sie je nach ihrer Meinung zu fragen, und halt dich gut fest, keiner hat Nein gesagt. Was den einen oder anderen betraf, waren wir mit dem Präsidenten einer Meinung: Der da zum Beispiel wird das nie akzeptieren, der ist ein Mann mit Prinzipien, ein Philosoph, ein Weiser, ein Moralist, ein richtiger schwarzer Gandhi. Mann! Kaum hatten wir den Clown kontaktiert, kam er auch schon angerannt und fiel schneller als eine faule Frucht, bei einigen hat nicht viel gefehlt, und sie hätten sich dir vor die Füße geworfen, um dir die Knie zu küssen. Und weißt du, warum, mein Lieber? Na, wegen des Sitzungsgelds! *Primum manducare* … Alle Welt soll erfahren, dass sie in das Komplott um den Wahlbetrug verwickelt sind, verlass dich drauf. Intelligenzler gibt's auch auf der anderen Seite, und die kenn ich schon lange, glaub mir. Tagsüber spielen sie den Operetten-Saint-Just in den Käseblättern und auf den Bühnen der Opposition. Aber bei Nacht kommen sie

* CFA-Francs wohlgemerkt, also mit dreimal nichts.

angeschlichen und fressen mir wie die Schoßhündchen aus der Hand, für ein Darlehen, für irgendeinen jämmerlichen Posten im öffentlichen Dienst, für eine Lappalie, für alles und nichts. Denen könnte ich ohne weiteres einen reinwürgen, wenn ich nur wollte – und deren Moral hätte. Willst du mal sehen, was der Mensch wirklich ist, mein lieber Georges? Dann treib ihn in den Hunger. Sowie der Wolf aus dem Wald kommt, wird er zum Lamm und liegt dir gleich zu Füßen. Wenn man das Glück hat, die Macht zu besitzen, diese einzigartige göttliche Fähigkeit, Massen und den Einzelnen zu bändigen, sie deinen Launen zu unterwerfen, wäre es doch Irrsinn, diese Macht einfach so entgleiten zu lassen, selbst wenn man dafür an allen denkbaren Fäden ziehen und alles einsetzen müsste, von der List bis hin zum Bürgerkrieg, und warum nicht auch bis hin zum Genozid. Ich lach mich tot, wenn ich die mit ihren endlosen Geschichten über den Völkermord in Ruanda höre. Na und? Wenn's weiter nichts ist! Diese Hutus sind doch Arschlöcher, weil sie gescheitert sind. Einen Völkermord muss man immer richtig zu Ende führen, hat man ihn erst einmal angefangen. Demokratischer Wechsel, freie Wahlen, Transparenz, Mehrparteiensystem, alles Humbug, wie mein Freund, Präsident Omar Bongo, ein Experte in dieser Materie, sagen würde. Was bin ich dir zu Dank verpflichtet! Wie könnte ich dir all das je vergelten? Ewige Dankbarkeit, genau das schulde ich dir!«

»Na hör mal, wo wir jetzt doch beinah ein bisschen und sogar eher ziemlich eng miteinander verwandt sind?«, versetzte Georges, teils aus Widerspruchsgeist und teils, weil dieser Mann, der alles andere als ein Trottel war, wie der Leser sicher bereits gemerkt hat, so allmählich eine Vorstellung davon bekam, welchen Vorteil er aus dieser bizarren Situation ziehen könnte.

Gleichwohl blickte der andere ihn mit großen Augen an, und Georges glaubte sogar, darin eine Träne auszumachen – eine Träne des Glücks, vor lauter Dankbarkeit, notgedrungen.

Anderntags verkündete der Direktor von ANDECONINI, nachdem Georges ihm als treuer Diener der franko-afrikanischen Entwicklungshilfe Bericht erstattet hatte: »Bravo, lieber Freund, dreimal bravo! Sie können sich gar nicht vorstellen, wie wertvoll all diese Informationen sind, die Sie uns da bringen. Eigentlich sind sie unbezahlbar. Nochmals: bravo!«

»Ich fühle mich sehr geschmeichelt, Monsieur le Directeur«, meinte Georges aufrichtig, schließlich hatte sein Gegenüber ihm noch nie so viel abverlangt.

»Das dürfen Sie auch, teurer Freund. Wie geht es der kleinen Nichte? Sie brauchen mich gar nicht zu fragen, woher ich das weiß. Lieber Freund, ich wiederhole es noch einmal, hier kommt alles an den Tag, noch bevor es geschieht: Man könnte es antizipierende Intuition nennen.«

»Der kleinen Nichte geht es gut, Monsieur le Directeur, sehr gut, danke der Nachfrage«, ironisierte Georges, bescheiden lachend. »Und ich werde Sie auch nicht fragen, woher Sie das wissen.«

»A la bonne heure! Und was gedenken Sie jetzt zu tun? Sie finden sicher, ich sei nun wirklich indiskret, und da haben Sie Recht. Wissen Sie, ich erwarte auch keineswegs, dass Sie auf meine Frage antworten. Ich möchte Ihnen nur Folgendes sagen, lieber Freund: Sie sollten sämtliche Gelegenheiten, die Afrika bietet, zu nutzen verstehen. Ja, ich weiß, wer die Dinge hier mit denen in unserer Heimat vergleicht, wird einige Überraschungen erleben, nicht wahr? Aber, das ist es ja gerade, man darf eben nicht vergleichen. Alle Zivilisationen verdienen unseren Respekt, vorausgesetzt, man betrachtet sie in ihrem Kontext. Die Freude war ganz auf meiner Seite, lieber Freund. Weiterhin gutes Gelingen.«

Was hat dieser Typ eigentlich genau sagen wollen? fragte sich der Toubab und loyale Diener der franko-afrikanischen Entwicklungshilfe, als er die Büros von ANDECONINI verließ.

17

An der Seite des Mannes mit der ewigen gut geschnittenen Safarijacke, der sich Ébénezer nannte – ein Vorname, den es heute kaum mehr gibt, nicht einmal mehr bei uns –, begegnete Georges Gestalten, die ihn genauso befremdeten wie ihm sein Gastgeber merkwürdig vorkam, und deren Verhalten die als typisch bezeichnete Überschwänglichkeit der Afrikaner Lügen strafte. Denn diese beinahe sehr allmächtigen Leute schienen am Zwielicht nächtlicher Zusammenkünfte, an den flüchtigen Treffen in irgendwelchen Hotels – doch nie denselben – und femeartigen Geheimbündeleien abseits allen protokollarischen Gepränges erheblichen Gefallen zu finden.

Jedem von ihnen tischte der Mann mit der gut geschnittenen Safarijacke die immer gleiche und ebenso abgeschmackte wie unglaubhafte Räubergeschichte auf: Sein Freund, der Toubab, sei gerade von dort oben gekommen und habe von denen jenseits der Meere den Auftrag erhalten, den führenden Kreisen der Republik im Hinblick auf die jüngsten Ereignisse, die allein von ihrer Beschaffenheit her zwangsläufig Besorgnis ausgelöst und das afrikanische Umfeld schwer erschüttert haben müssen, gebührend den Rücken zu stärken. Er sei da oben eine Graue Eminenz, ein wahrer Père Joseph, dessen Einfluss etliche Entscheidungen von allerhöchster Wichtigkeit in die richtigen Bahnen gelenkt habe. Und wenn er diese Maske der Unscheinbarkeit übergestreift habe, so nur deshalb, weil er die Neugier der stets wachsam lauernden amerikanischen Dienste habe überlisten wollen.

Jedermann schien sich mit dieser Augenwischerei zufrieden zu geben – was Georges sich nicht so ohne weiteres erklären konnte. Sollte er dieses Verhalten der Einfältigkeit jener hohen afrikanischen Würdenträger zuschreiben, wie man sie bei den französischen Entwicklungshilfeorganisationen ja nur zu gut kannte, oder aber unglaublich virtuoser Verstellungskunst. Dabei kam ihm jedoch nie der Verdacht, dass schlichtweg die Spirale fortwährenden Laisser-aller oder gar jene Form von Unvermögen dahinterstecken könne, welche man dereinst im Rom der Prokonsuln mit dem markigen Terminus *imperitia* bezeichnete.

Im Grunde war Georges ein großer Romantiker und der politisch-mondänen Wende seines Schicksals zum Trotz mit den Gedanken immerzu woanders. Da er sich auf Selbstbeobachtung nicht sonderlich gut verstand, begriff er auch nicht, dass der Zauber, den diese Stätte auf ihn ausübte, vor allem auf die geheimnisvolle Aura zurückging, die den im tiefsten äquatorialen Wald gelegenen Palast aus Tausendundeiner Nacht umgab.

Irgendwo muss da ein Haken sein, sagte sich der Franzose immer wieder, es wird mir niemand ausreden können, dass da ein Haken an der Sache ist.

An der inneren Ruhe seines Gastgebers und mächtigen Beschützers, wenn nicht sogar an dessen seelischem Gleichgewicht fing er schon bald an zu zweifeln. Sonderlich viel gehörte allerdings nicht dazu, denn der Mann mit der gut geschnittenen Safarijacke machte aus seiner Zugehörigkeit zur Gattung der Zyniker keinen großen Hehl. Inzwischen aber, kaum eine Woche später, war bereits die Phase des systematischen Argwohns erreicht: Georges war regelrecht abergläubisch geworden, wie jeder erstbeste Afrikaner, und sogar an das zu glauben versucht, was die Einheimischen Rinden nennen.

Daher plagte er sich ständig mit unzähligen Fragen, insbesondere hinsichtlich der köstlichen Weine und der ausgezeichneten Spirituosen, die ihm so großzügig kredenzt wurden. Weshalb zeigte sich Ébénezer geradezu ängstlich erpicht auf das Privileg, seinen Gast selbst zu bedienen, eine Aufgabe, die er niemand anderem überließ? Er müsste es sich von nun an zur Pflicht machen, die Augen offen zu halten.

Tatsache war, dass ihm im Laufe der Zeit zunehmend bewusster wurde, wie sehr er sich in die kleine Nichte vernarrt hatte, und zwar in einem Maße, dass es ihn inzwischen jeden Tag – gegen seinen

Willen und wie durch eine unbekannte Kraft – zu ihr hinzog. Obgleich er sich doch sagte, dass Elisabeth die einzige Frau war, die er in seinem Leben wirklich geliebt hatte. Und Elisabeth und dieses Mädchen, das er bisweilen ungerechterweise das kleine Luder nannte, so verschieden waren wie Tag und Nacht.

Wenn das bei der kleinen Nichte da keine Liebe ist, fragte er sich und versuchte dabei, das Französisch der Afrikaner zu parodieren, was ist es dann überhaupt?

Wobei er besagte Nichte, das in paradoxester Weise wildeste Geschöpf, das es auf der ganzen Welt womöglich je gegeben hat, erst einmal zähmen musste. Der Toubab, ein großer Kenner der Frauen und namentlich der Afrikanerinnen, hatte seinen eigenen Weg nach Damaskus schon bald gefunden. So kam er eines Abends mit einer Videokassette in der Hand aus der Stadt zurück, lieh sich eines der zahlreichen Abspielgeräte aus, mit denen die Räume des Palastes bestückt waren, wartete bis zur nächtlichen Stunde, in der das Kind inzwischen schon aus Gewohnheit zu ihm stieß, und fragte es: »Willst du dir einen Film ansehen?« Und ohne die Antwort des Kindes abzuwarten, setzte der Toubab hinzu: »Schau nur, das wird dir gefallen.«

Als hätte er die Erwartungen des hiesigen Publikums gekannt oder erahnt, zeigte der Regisseur mit an Provokation grenzender Eindringlichkeit zunächst die untadelig ebenmäßigen und glatten Fahrbahnen – sorgfältig unterhalten und bar aller Dellen und Schlaglöcher –, auf denen neue oder bestens gepflegte Automobile dahinfuhren, ohne dabei weder schwarzen noch weißen Qualm auszustoßen.

Anschließend zogen die charakteristischen Bilder eines schmucken Vorortes irgendeiner französischen, mittelgroßen Stadt im Frühling vorüber. Blühende Sträucher in den leuchtendsten Farben säumten die Bürgersteige. Hier ragten elegante Villengiebel von entzückendem Geschmack, doch ohne jede Protzerei, über der Straße empor. Etwas weiter waren es traumhafte Fassaden, erhascht hinter einem Backsteinmäuerchen, einer von Koniferen aufgelockerten Hecke, einer Einfriedung aus Holz oder Beton, alles stets hübsch in Brusthöhe, um dem Vorübergehenden die Möglichkeit zu lassen, diese kleinen architektonischen Wunderwerke mit Muße zu bestaunen.

Endlich verharrte die Kamera auf den glücklichen Bewohnern dieser gesegneten Gefilde. Als Erstes zeigte sie eine junge blonde, mit einem Wollkostüm bekleidete Frau, den empfindlichen Hals von einem granatfarbenen Kaschmirschal umhüllt, in verschiedenen Einstellungen und Großaufnahmen. Sie schob einen fast vollkommen geschlossenen Kinderwagen vor sich her, in dem nur mit Mühe ein kuschelig zugedeckter Säugling zu erkennen war.

Die folgende Szene sollte sich für die Person, die das geheimnisvolle Kind bis dahin unentwegt gespielt hatte, wider Erwarten als fatal erweisen: Sie zeigte einen älteren Mann über ein unförmiges Etwas gebeugt, eine Art großen hohen Kasten auf Rädern.

Das Kind, das sich an den Toubab geschmiegt hatte, kniff ihm plötzlich in den Arm und artikulierte deutlich: »Sag, was ist das?«

Es war das erste Mal, dass das Kind so sprach, in verständlichen Lauten, wie jedes menschliche Wesen eben.

»Ist das die Möglichkeit«, brach es triumphierend aus dem Toubab heraus, während er gleichzeitig die Pausentaste drückte. »Ist das denn möglich! Dann kannst du also tatsächlich reden? Wer hätte das gedacht?«

»Erklär schon!«, verlangte das Kind, indem es den Arm des Toubab launisch zwackte und schüttelte, wie es jedes kleine Mädchen auf der Welt getan hätte.

»Wart mal kurz, jetzt wart mal. Ich will es dir gern erklären, und den Rest auch. Nur musst du danach auch ganz ganz lieb zu mir sein, ja? Von jetzt an wirst du mit mir reden, versprichst du's mir?«

Das Kind antwortete ihm nicht, klammerte sich aber umso stärker an den Arm dieses Toubab, der sein Großvater hätte sein können. Die Gutmütigkeit in Person, streichelte der Franzose ihm über das

Kinn und sagte: »Ich werd's dir trotzdem erklären, bin ja kein Unmensch. Was du da siehst, ist eine Mülltonne für Wohnungen oder Eigenheime. Weißt du, was eine Mülltonne ist? Der alte Monsieur da tut gerade seinen ganzen Abfall in dieses Dingsbums. Irgendwann kommt dann ein Lastwagen vorbei und sammelt den Inhalt des Dingsbums ein, verstehst du? Deshalb liegen nicht überall Müllberge auf der Straße herum wie hier, in deinem Land, verstehst du?«

Während das Kind Georges' Erklärungen förmlich in sich aufsog, wurde es von Schauern durchrieselt, die sein Entzücken verrieten. Oder war es eher staunende Verblüffung, fragte sich der Toubab, oder womöglich ein ganz anderes Gefühl? Schließlich war diese Göre ein einziges Rätsel.

»Wart mal kurz«, meinte Georges, von einer plötzlichen Eingebung gepackt, und ließ das Band weiterlaufen.

Die nächste Szene zeigte einen funkelnagelneuen Peugeot 406. Er bog von der Straße ab, fuhr auf einen Kiesweg, hielt vor einem kunstvoll durchbrochenen Tor, dessen Flügel jäh aufschwangen, um sich hinter der Limousine sofort wieder zu schließen. In der folgenden Einstellung öffnete der Mann hektisch die Wagentür, stieg aus, überquerte einen kleinen Vorplatz und erklomm schließlich die Stufen einer Freitreppe.

»Aber das bist ja du!«, rief das Kind, dem Toubab grimmig zugewandt, atemlos aus.

»Na und?«, meinte der Toubab ironisch, den Onkel des Kindes nachäffend. »Darf ich das etwa nicht sein?«

Das Kind fixierte Georges mit großen Augen und einem sonderbaren Ausdruck im Gesicht, einer Mischung aus Neid, Ungläubigkeit, Bewunderung und sogar Wut. Diese Situation war dem Franzosen bestens vertraut: Doch noch nie hatte sie ihm ein solch unschuldiges Vergnügen bereitet wie in diesem Augenblick. Alle Kinder dieses Landes, das in seiner Art sicherlich einzigartig auf der Welt war, träumten davon, dem Heim ihres Geburtsortes zu entfliehen, um anderswo das Glück zu finden, bei anderen, behütenden, vermögenderen und nachsichtigeren Eltern, die sie sich in ihren verzweifelten Träumereien ersannen. War dies nicht das beredteste Stigma des Fluchs, der auf ihm lag?

»Dir würde es gefallen, mit mir nach Frankreich zu gehen, nicht wahr?«

Die Kleine antwortete ihm nicht. Doch von dem Tag an war sie eine andere. Zwar nach wie vor ebenso einsilbig, jedoch weitaus entgegenkommender, scheinbar folgsam und sogar unterwürfig, immer bemüht, den Wünschen des Mannes zuvorzukommen, und stets auf seine Stimmungsschwankungen bedacht.

Nach und nach fand der Franzose heraus, dass es sinnlos war, dem Kind Fragen zu stellen, wie er es bislang getan hatte, und dass er sich besser an seine spontanen, auch weiterhin völlig unwägbaren Bekenntnisse halten sollte, und besser noch an das, was seine Taten offenbarten – für ihn geradezu ein offenes Buch.

Nicht unbedingt nur aus selbstlosen Motiven beschloss Georges, die Erziehung des Kindes auf audiovisuellem Wege fortzusetzen. Im Grunde amüsierte es ihn. Da ihr Videogerät plötzlich ausfiel, mussten sie durch die düsteren Flure und unzähligen Räume dieser befremdlichen Behausung schleichen, um sich ein anderes auszusuchen. Das Kind, das von Tag zu Tag durchtriebener, aber auch wortkarger wurde, wie man meinen konnte, schien hierin eine geeignete Gelegenheit zu sehen, dem Toubab einige Wesenszüge eines wahrlich nicht alltäglichen Onkels zu enthüllen. Als eines Tages von irgendwoher laut anschwellende Stimmen, von Schmerzensschreien unterbrochen, hörbar wurden und der Ausländer vor Verwunderung einen Moment wie erstarrt stehen blieb, nahm ihn das Kind unvermittelt beim Arm.

Sie verließen den Flur und schlugen eine andere Richtung ein. Mehrere Minuten lang, die dem Weißen wie eine Ewigkeit vorkamen, eilten sie durch die Gänge, die Kleine ganz ohne jede Vorsicht, er aber auf leisen Sohlen, den Kopf tief zwischen den Schultern. Sie waren gerade jäh nach rechts gebogen, da klangen die zuvor noch fernen und gedämpften Stimmen und Schmerzensschreie plötzlich durchdringend und nah. Das Kind gab seinem Begleiter mit einem Wink zu verstehen, es ihm gleichzutun und sich hinter einer Säule zu verstecken.

Sie bekamen eine Szenerie von jener Sorte zu Gesicht, die man niemals mehr vergisst. Unter der Anleitung des Hausherrn, der mit dem Rücken zu ihnen dastand und versonnen auf einen Chronometer in seiner linken Hand starrte, traten mehrere Folterknechte nacheinander vor, um mit einem Ochsenziemer auf den nackten Oberkörper eines Mannes einzuschlagen, der bei jedem Hieb einen gellenden Schrei ausstieß.

Von Zeit zu Zeit hob der Onkel die rechte Hand und brüllte dann ebenfalls, scheinbar als Erwiderung auf die Schreie des Gequälten, irgendwelche Worte in einer unverständlichen Eingeborenensprache.

Wer wurde hier so brutal gefoltert? Und weshalb? Erst nachdem sie sich entfernt hatten, antwortete das Kind mit einem Kopfschütteln, wie es die Kleine immer tat, wenn sie etwas nicht wusste. Als der Toubab jedoch fragte, ob das denn oft vorkomme, nickte die Heranwachsende traurig, was ihn sehr verblüffte. Sie sprachen nie wieder darüber. Allein das Alltagsleben des Palastes als auch die mehr oder minder okkulten Aktivitäten, deren Schauplatz er war, boten Stoff genug für einen Monumentalroman, der sicher umfangreicher werden würde als *Vom Winde verweht,* aber leider auch weit weniger heroisch und ungleich düsterer. Die Göre war offenbar ohne Wissen der Erwachsenen Zeuge von noch weit grauenvolleren Begebenheiten als jener gewesen, die sie soeben gemeinsam beobachtet hatten. Und dies war sicherlich nicht der unbedeutendste Grund für ihr Trauma, durch das sie beinahe stumm geworden war, dachte der Franzose.

Was Georges im Anschluss an dieses Ereignis an der Seite des Kindes entdeckte, das bei ihren Exkursionen immer völlig unschuldig wirkte, ermöglichte ihm den entscheidenden Schritt zu einer eingehenderen Kenntnis dieser Gesellschaft. Sowie Sire Ébénezer am Abend seine immer gleiche gut geschnittene Safarijacke abgelegt hatte, schloss er sich in seinen Gemächern ein, um sich der Drogensucht hinzugeben. In einer altmodischen Manier sog er gierig und mit geschlossenen Augen an einer Art gigantischer Pfeife mit goldenem Kopf, dessen aus irgendeinem glänzenden Metall gefertigtes Rohr durch eine gelbe Flüssigkeit geführt wurde, genau wie es die Chinesen in Kinofilmen taten. Nackt wie Adam im Garten Eden auf ein Kanapee gefläzt, Arme und Beine weit von sich gestreckt, verfiel er dann in tiefe, fast schon komatöse Betäubung und schnarchte mal wie ein Brummkreisel oder winselte nur, einem Welpen ähnlich, den man zu früh abgesetzt hat.

Einem großen schüchternen Hasenfuß gleich, war Georges an der Schwelle stehen geblieben. Vergebens machte ihm das Kind so beharrliche wie rätselhafte Zeichen. Schließlich wurde die Kleine es leid, ging zu ihm, nahm ihn bei der Hand und bedeutete ihm, sich neben ihrem Onkel niederzulassen, was dessen Dämmerzustand nicht im Geringsten beeinflusste. Mit einem Mal lächelte sie ekstatisch, fast hätte man meinen können, sie hätte gerade einen besonders köstlichen Schabernack ausgeheckt und würde gleich in die Hände klatschen, ohne Rücksicht darauf, den Franzosen vielleicht zu schockieren.

Wie Robinson auf seiner Insel hatte die Göre unablässig die mäandrischen Labyrinthe des Gemäuers abgeschritten und sämtliche Ecken und Winkel, als wären es wilde Gipfel und Täler, gründlich erkundet, sodass sie dessen Geografie inzwischen in- und auswendig kannte. Sie war die unbestrittene und offen gestanden einzige Herrin dieses Anwesens aus einem Schauermärchen geworden. Sie bewegte sich hier mit der Anmut eines Schmetterlings und der Gewandtheit einer Libelle, flatterte launenhaft von hier nach da, verschwand und tauchte dort wieder auf, wo sie niemand erwartet hätte. Dieses Spiel beherrschte sie in solchem Maße, dass sie völlig ungehindert auch in all jene Räume gelangte, die eigentlich der intimsten Privatsphäre des mächtigen Mannes vorbehalten waren – denn entgegen den vertraulichen Informationen des Notabels hatte sich der Mann mit der gut geschnittenen Safarijacke eben doch ein schwer zugängliches und kaum bekanntes Refugium in seinem Palast eingerichtet. Zweifelsohne war das Kind dadurch so frühzeitig verludert, dachte Georges, allen Vorkommnissen und Gegebenheiten zum Trotz noch immer ein Musterbeispiel des kleinbürgerlichen Franzosen.

Eines Tages zeigte die Göre dem Toubab, wie sich der mächtige Mann in Gesellschaft mehrerer Damen verschiedener Rassen, einschließlich einiger weißer Frauen, herzlich schlüpfrigen Tollereien hingab. Als wollte sie diesem Spektakel noch die Krone aufsetzen, betrat das Kind verwegen den Schauplatz dieser Traulichkeiten und gab sich den Anschein, nach irgendeinem Gegenstand zu suchen, wobei sie sich reichlich Zeit ließ ... ohne dass irgendeiner der Akteure, aller erdenklichen Blößen zum Trotz, sich im Geringsten an ihrer plötzlichen Anwesenheit zu stören schien. Allerdings wagte sie es dann doch nicht, Georges hereinzuholen, der furchtsam auf der Schwelle stehen geblieben war, und ihn aufzufordern, als Kerzenhalter zu fungieren.

Um das Ausmaß seiner Zufriedenheit nach jeder neuen Videositzung zu verdeutlichen, hatte sich das Kind eine umfangreiche Skala an Belohnungen ausgedacht – für den Toubab ein Rätsel mehr und ein weiterer Punkt für sein fasziniertes Staunen über die Lasterhaftigkeit, die er der heranwachsenden Schwarzen unterstellte.

Nach einem längeren Streifen, der den Zuschauer Paris im Sommer unter allen denkbaren Blickwinkeln entdecken ließ, insbesondere den Jardin du Luxembourg mit seinen Kindern, die neben ihren Sportwagen laufen lernten, den blonden Jugendlichen beim Tennisspiel unter dem Schatten von Platanen sowie den netten alten Paaren auf Parkbänken, fiel die Note zum großen Verdruss des weißen Mannes mittelmäßig aus: Sie entsprach gerade mal 12 Punkten auf einer

Skala von 20. Hingegen löste das Band, bei dem das Mädchen das Leben auf einem normannischen Bauernhof kennen lernte, eine geradezu dramatisch wundersame Wirkung aus. An den Arm des Toubab gelehnt, konnte das Kind einfach nicht mehr stillsitzen, als es den Traktor beim Pflügen, Eggen, Säen und Zerstäuben sah, und zappelte unentwegt herum. Der Mähdrescher und dessen geschäftige und ernst dreinblickende Mannschaft entlockten ihm immer wieder ein verzücktes Lächeln. Der ausgiebige Besuch des Geflügelhofs jedoch, mitsamt seiner unendlichen Vielfalt an Federvieh, sowie die Sequenzen, welche Kühe im Stall, Bullen auf der Weide und die vielen umherlaufenden Hunde und Katzen in der großen Stube zeigten, in der den Landarbeitern zu guter Letzt eine Mahlzeit in dampfenden Schüsseln aufgetragen wurde, die brachten die Ergriffenheit des Kinds unweigerlich zum Überborden und rührten es zu Tränen.

Der weiße Mann hatte diese elektroschockartige Wirkung zwar erreichen wollen, doch dieses Mal den Bogen eindeutig überspannt. Er wusste gar nicht mehr, wie er sich verhalten sollte: »O mein Püppchen, du weinst ja?«, rief er aus und nahm das Kind in die Arme. »Was hat dir denn einen so großen Kummer bereitet? Die Tiere? Magst du Tiere? Du würdest gerne mit vielen Tieren um dich herum leben, und nicht nur mit den grässlichen Bluthunden dieses Scheusals von einem Onkel. Stimmt ja auch, für ein kleines Mädchen dürfte das Leben hier nicht alle Tage sehr lustig sein. In diesem merkwürdigen Gemäuer, das eines römischen Kaisers und babylonischen Königs in einer Person würdig wäre, da passieren schon komische Dinge. Verzeih mir, mein Püppchen, ich habe mich in dir vollkommen getäuscht. Du bist ein kleines Mädchen, ein ganz kleines Mädchen, dem man die Kindheit geraubt hat – und das den Erwachsenen deswegen böse ist, nicht wahr?«

Schniefend und schluchzend rieb sich das Kind mit der flachen Hand bereits ein Auge nach dem anderen und wischte sich die Tränen ab.

Obwohl der weiße Mann sie um nichts dergleichen gebeten hatte, führte die Nichte ihn noch am selben Tag und zu dem Zeitpunkt, da sich ihr Onkel rituell den Wonnen der *künstlichen Paradiese* hingab, in das geheime Gemach, das dem Hausherrn als Heiligtum diente. Der Toubab blieb seinem verzagten Naturell zunächst treu und begnügte sich damit, eine noch unschuldige Neugier zu befriedigen. Der Trieb des Spions kam erst einige Tage später, nämlich beim vierten Besuch in diesem Raum, einer Art Ali-Baba-Höhle, als ihm ein Verzeichnis in die Hände fiel, dessen Seiten in ein halbes Dutzend Kolonnen unterteilt waren: Über der ersten standen jeweils drei Buchstaben, von fünf Ziffern gefolgt, wahrscheinlich ein Code, während die letzte gleich bleibend mit dem Wort *Dioxin* überschrieben war.

So legte sich der Franzose mächtig ins Zeug und machte sich die Spitzentechnologie, mit der der gesamte Palast bis zur Manie ausgestattet war, so gut es nur ging zu Nutze, um so ziemlich alles, was er aufspüren konnte, zu fotokopieren. Anschließend brachte er seine Ernte auf schnellstem Weg dem Direktor von ANDECONINI.

Als dieser ihn ein paar Tage später erneut empfing, trug er eine finstere Miene zur Schau. »Haben Sie schon mal die Möglichkeit physischer Bedrohung in Betracht gezogen?«, fragte er Georges.

»Ich weiß nicht, ob ich Sie richtig verstehe, Monsieur le Directeur«, erwiderte der Toubab ehrlich überrascht.

»Aber ja doch. Es gibt Leute, für die Ihre Neugierde in mehrfacher Hinsicht gefährlich werden kann. Ich bin wahrlich kein Giftmüllexperte, keineswegs. Dennoch würde ich meine bescheidene Karriere und sogar meinen Kopf darauf wetten, dass die Schriftstücke, die Sie mir geliefert haben und deren Kopien in Paris gerade von kompetenten Leuten unter die Lupe genommen werden, höchst brisanten Sprengstoff enthalten könnten.«

»Was soll das heißen, Monsieur le Directeur?«

»Sie werden es in ein paar Tagen erfahren, sagen wir mal, in höchstens drei oder vier. Ist Ihnen das recht? Eine Frage noch am Rande: Halten Sie es wirklich für unerlässlich, wieder dorthin zurückzukehren? Warten Sie einen Moment, bevor Sie antworten. Ich will Ihnen nämlich noch etwas sagen: Aus unserer Sicht ist der Auftrag erfüllt und hat sogar alle unsere Erwartungen übertroffen. Wollen Sie also immer noch unbedingt dorthin zurückkehren?«

»Ja, Monsieur, wegen der kleinen Nichte natürlich.«

»Das steht Ihnen frei. Passen Sie trotzdem auf, die Sache ist äußerst gefährlich. Wissen Sie, was mit Ihnen geschehen würde, wenn man irgendwann hinter Ihre eigentlichen Aktivitäten käme?«

»Keine Ahnung, Monsieur le Directeur«, stammelte Georges bedrückt, dem es plötzlich angst und bange wurde.

»Sie würden ohne viel Federlesens erschossen werden, glauben Sie mir. Natürlich nicht in aller Öffentlichkeit, das wäre zu viel der Ehre, sondern irgendwo im Wald und ohne weitere Umstände. Das Einzige, was man auf höchster diplomatischer Ebene noch für Sie tun könnte, wäre, ihre Leiche in die Heimat überführen zu lassen. Haben Sie schon mal etwas über Dioxin gehört? Dieses Zeug ist zweifellos eines der tödlichsten Gifte. Obendrein mit nahezu unbegrenzter Wirksamkeit. Bislang waren uns nur Gerüchte darüber zu Ohren gekommen. Nun aber fürchte ich, dass wir des Corpus Delicti gewissermaßen habhaft geworden sind, wenn man so sagen darf. Vielleicht hätte ich Ihnen all das nicht erzählen dürfen, zu Ihrem eigenen Wohl, ganz zu schweigen davon, dass noch nichts hundertprozentig erwiesen ist. Wenn ein wackerer Kämpe jedoch schon der Gefahr ausgesetzt wird, sollte man ihn meiner Meinung nach wenigstens informieren. Nun, das wäre also hiermit erledigt. Es heißt ja, ein Gewarnter sei doppelt vorsichtig. Behalten Sie dieses Wissen für sich, lieber Freund, und lassen Sie uns in Kontakt bleiben. Einen schönen Abend wünsch ich Ihnen.«

Wie es seine Art war, hatte der Mann sehr schnell gesprochen, mit sonorer Stimme und abgewandtem Rücken, wie eben ein Spion aus einem amerikanischen Film.

Zumindest für die kleine Welt der französischen Diplomaten in der Hauptstadt kam die Antwort aus Paris tatsächlich einer Bombe gleich. Der Mann mit der gut geschnittenen Safarijacke machte gemeinsame Sache mit europäischen Schiebern, vielleicht sogar mit der Mafia, für die er heimlich Dioxin – ein wie die Pest gefürchtetes und in den reichen Ländern gänzlich unerwünschtes chemisches Abfallprodukt – importierte und irgendwo auf dem Staatsgebiet lagerte. Und im Gegenzug strich Harun ar-Rashid, wie der Mann mit der Safarijacke in diplomatischen Kreisen genannt wurde, in denen er nicht unbedingt als Philanthrop galt, eine in unseren Landen ohnehin höchst seltene Spezies … strich Harun ar-Rashid also Abermillionen in klingender und schwerer Münze ein!

Somit erklärte sich das ungeheure Vermögen eines Mannes, der auf keine einzige Staatskasse Zugriff hatte, Gefälligkeitsdarlehen rundweg ausschlug und sich auf dem politischen Parkett in einem Maße arrogant gebärdete, dass bereits das Gerücht die Runde machte, der Staatschef sehe die stetig wachsende Machtfülle seines wohl einflussreichsten Beraters mit einiger Besorgnis. Jedenfalls war dieser Mann in unserer Bananenrepublik eine unantastbare Persönlichkeit, von welcher Seite auch immer man ihn angreifen mochte.

Am Ende seiner Ausführungen meinte der Direktor von ANDECONINI zu Georges: »Das Ganze ist äußerst Besorgnis erregend. Wie fühlen Sie sich, wenn Sie sich dort aufhalten?«

»Ja bestens, Monsieur le Directeur, jedenfalls bislang.«

»Trauen Sie dem Braten nicht allzu sehr, die Lage kann sich von einem Augenblick auf den anderen zuspitzen. Sie haben, nein, wir haben es hier mit Leuten zu tun, die weit mächtiger sind als wir, mitunter sogar weit mächtiger als die Staaten selbst, unseren eigenen mit eingeschlossen, lieber Freund. Weiterhin gutes Gelingen.«

Am selben Tag empfing der Botschafter Frankreichs den Direktor von ANDECONINI zum Diner, ohne Gattinnen wohlgemerkt, wie es in ernsten Situationen gehandhabt wird, und äußerte sich diesem gegenüber mit jenen Worten, die man anderswo ironischerweise als aufbauend bezeichnen würde, die hier aber täglich Brot sind: »So triftig und überzeugend die Beweise auch sein mögen, Stillschweigen heißt die Devise, wir vertuschen alles, das versteht sich ja von selbst. Muss ich es Ihnen wirklich haarklein erklären, Monsieur? Statt uns zu fragen, wie es üblich ist, wer im Falle eines Skandals kompromittiert werden würde, ist es in unserer Situation ratsamer, folgende Frage zu stellen: Wer würde nicht beschmutzt? Überlegen Sie doch mal, Monsieur: Wer wäre davon nicht betroffen? Wünschen Sie noch weitere Erläuterungen? Zunächst zur Person: Bei ihr handelt es sich ja nicht nur um einen engen Vertrauten des Staatschefs – der, nebenbei bemerkt, Frankreichs verlässlichster Freund in Afrika ist –, sondern um eine mächtige Figur, glauben Sie mir ... vielleicht ein wenig irregeleitet, wenn man so will, doch selbst dann! Um einen Intellektuellen von gewissem Rang, einen Philosophen mit Doktortitel, der über Nietzsche und die christliche Ethik promoviert hat ...«

»Das passt ja wie die Faust aufs Auge!«, konnte sich der Direktor von ANDECONINI kaum verkneifen auszurufen.

»Kommen wir zu einem anderen Thema: Kennen Sie sich auf dem Gebiet der Abfallendlagerung aus?«, fragte der Botschafter.

»Nicht im Geringsten«, antwortete der Direktor. »Wie alle Welt weiß auch ich nur, dass seit der Seveso-Affäre einige Rätsel ungeklärt blieben: Mehrere Fässer mit Dioxin wurden als verschollen erklärt.«

»Irgendwo mussten sie sich ja befinden.«

»Sehr richtig, Monsieur le Directeur.«

»Glauben Sie, dass es diesselben sind?«

»Tausende von Indizien gehen in diese Richtung.«

»Hm! Es handelt sich hier um eine überaus komplexe Angelegenheit, Monsieur. Von einem ausschließlich philanthropischen und westlichen Standpunkt aus wäre es natürlich bedauerlich, Afrika in eine Deponie für unsere Abfälle zu verwandeln: Das ist die landläufige Meinung bei uns, auch wenn sich dahinter eine gewisse Neigung zur Utopie ausmachen lässt, vor allem bei unserer Jugend, der man so etwas bereitwillig verzeiht, da sie nicht wie wir Kenntnis aller Fakten hat. Doch nehmen wir einmal an, die hiesige Führungsschicht würde dieser Lösung zustimmen, dem sie anscheinend einen gewissen Vorteil abzugewinnen vermag. Sollten wir ihnen dann um jeden Preis unsere Werte aufzwingen? Einmischung zu verdammen ist recht und billig. Und in diesem Fall würden wir jetzt weiß Gott ein schönes Beispiel für Einmischung liefern.«

»Herr Botschafter«, wagte sich der Direktor von ANDECONINI vor, indem er auf schwülstig machte, »wir sollten doch nicht allein die Vergangenheit berücksichtigen, sondern auch die Gegenwart, und mehr noch die Zukunft.«

»Was wollen Sie damit sagen, Monsieur?«, wunderte sich der Botschafter plötzlich sichtlich verstimmt, die Gabel wie ein Damoklesschwert in der Schwebe haltend, denn er war es nicht gewohnt, sich mit Widerspruch auseinander setzen zu müssen.

»Nun ja, Monsieur l'Ambassadeur, erinnern Sie sich, es ist ja auch die Rede von einem Vertrag über Nuklearabfälle, die in unbestimmter, vielleicht schon recht naher Zukunft angeliefert werden sollen – oder vielleicht sogar schon geliefert wurden, woher soll man das so genau wissen?«

»Hatte ich vergessen«, räumte der Diplomat ein. »Das ist in der Tat sehr bedenklich. Man könnte sogar so weit gehen und sagen, dass das alles ändern würde. Dennoch …«

Nach einer langen Minute angestrengten Nachdenkens, während deren die eine Hand beiläufig über den Fuß eines halb leeren Glases Saint-Émilion strich, das auf einer mit Nationalfarben bestickten Leinentischdecke stand, fügte er endlich hinzu: »Na ja, ich fürchte, dass bei einer derart delikaten Angelegenheit selbst in diesem Fall über unsere Köpfe hinweg entschieden wird, Monsieur. Das steht wirklich zu befürchten. Was soll ich Ihnen sagen, mein Lieber?«

Was soll ich Ihnen sagen? Schon eine komische Leier, dachte der Direktor von ANDECONINI auf der Heimfahrt durch die Dunkelheit der Nacht. Was soll ich Ihnen sagen, mein Liiieber? Der hat gut lachen. Mit solch aufgeblasenen Sprücheklopfern wie dem da fahren wir unweigerlich voll an die Wand. Dem ist das völlig schnurz, wie allen seines Schlages, die sich in ihren feinen Büros vor jedem Unheil sicher wähnen … durch welch wundersame Fügung das möglich sein soll, möchte man mal gerne wissen. Exzellenz, mit Verlaub, Unheil stößt nicht immer nur den anderen zu. Im Moment sind Sie hier, mit uns, unter uns, denselben Katastrophen preisgegeben, im Guten wie im Schlechten, so sagt der Bürgermeister doch zu den frisch Vermählten, oder? Im Guten wie im Schlechten, von wegen. Im Guten wie im Schlechten, wenn's sonst nichts ist. Sollte es nämlich knallen, und es wird knallen, dann werden wir alle dran glauben, die Neger, die kleinen Weißen, die Reichen und die Armen, die Exzellenzen jeder Sorte, die Proleten, die Saftsäcke, die Intelligenzler, ja alle, Sie eingeschlossen. Da laufen schon seit einiger Zeit, lange vor Ruanda, Hirnrissige in der Gegend herum, mit genügend Teufelszeug in den Fingern, um den phänomenalsten Genozid der Geschichte zu veranstalten, und mehr Eindruck hinterlässt das nicht bei Ihnen? Was soll ich Ihnen sagen? Nein wirklich, das kann doch nicht wahr sein. Ich sag's Ihnen, eines Tages wird's knallen. Und puff! Weg ist die Menschheit! Alles futsch! Was soll's, umso besser. Wenn man sich nämlich ansieht, was die Menschheit dem Leben auf diesem Planeten gebracht hat, na danke. Wenn's doch nur bald knallen würde! Was soll ich Ihnen sagen … Nein wirklich, das kann doch alles nicht wahr sein. Wenn's doch nur bald knallen würde …

»Fahrer, halt an, wir sind da. Hier hast du einen Zehntausender. Behalt den Rest, heute ist dein Glückstag. Gute Nacht. Und scheiß auf die Diplomaten und die Gehörnten! Alles Arschlöcher und Hinterlader. Tod den Arschlöchern …«

Hier ziemt es sich, dem Alkohol eine gehörige Mitwirkung an der nachgerade extremistischen und subversiven Absonderlichkeit dieses Höhenflugs aus dem Munde eines Diplomaten beizumessen – der Typ war nämlich zu allem Überfluss tatsächlich auch noch Diplomat!

18

Letztendlich sorgte ein banaler Zwischenfall dafür, dass Georges die wahre Beschaffenheit jenes Anwesens mitten im äquatorialen Wald kennen lernte, dessen von ihm als Palast aus Tausendundeiner Nacht bezeichneter Teil lediglich die Spitze des Eisbergs war, um die traditionelle, für dies eine Mal in der Tat gerechtfertigte Redewendung zu gebrauchen.

In jener Nacht war es sehr spät geworden, als der Mann mit der gut geschnittenen Safarijacke, der seinen Gast in seinem brandneuen Mercedes mitgenommen hatte, sich nach mehreren Versuchen eingestehen musste, dass der elektronisch gesteuerte Antrieb des Prunkportals ihm den Gehorsam verweigerte. Daher fuhr der Satrap an der Umfriedung seines Besitzes entlang, einer veritablen Chinesischen Mauer – endlos, titanisch, babylonisch, pharaonisch. Zunächst nahm er eine öffentliche Straße, bis er unversehens abbog, um einem sehr schmalen Privatweg zu folgen, der schon nach wenigen Metern an einem verschlossenen Metallgatter endete.

Der Mann mit der Safarijacke stieg aus, steckte einen Schlüssel in das Torschloss, und schon schwangen die Flügel auf. Der Mercedes rollte im Schritttempo auf das Anwesen zu, der mächtige Ébénezer kletterte wieder aus dem Wagen, sperrte das Tor ab und kehrte zu seinem Begleiter zurück.

Zur großen Verwunderung des Franzosen fuhr der Wagen nun hoch oberhalb einer riesigen Wasserfläche einen schmalen Weg entlang. Ringsum befanden sich Bewohner, die er bislang noch nicht gesehen hatte und die über das gesamte Gelände verstreut waren. Sie blieben zwar auf Abstand, machten aber auf ihn ganz den Eindruck von regelrechten Galgenvögeln. Seine Beklemmung wuchs, als er ein rußig-diffuses Leuchten erspähte, das in dieser mondlosen Nacht von irgendeiner nicht zu identifizierenden Quelle ausging – vergleichbar mit einem Eigelb in einem Tintenfass. Der Mercedes fuhr in einen Tunnel und stoppte schließlich in einer

Halle, die ihm eine weiträumige und nur spärlich beleuchtete Tiefgarage zu sein schien.

Während sie dann den Wagen verließen, sagte der Mann mit der Safarijacke, ohne sich zu seinem Gast umzudrehen oder sein übliches feistes Lachen auszustoßen, so als spräche er in die Kulissen: »Auch ein Unglück hat sein Gutes, sagt man doch. Wenigstens hast du mein Domizil auf diese Weise besser kennen gelernt, nicht wahr, Georges? Verflixter Georges!«

Die beiden Männer stiegen nun nicht enden wollende Stufen und Treppenabsätze hinauf, wobei der Mann mit der gut geschnittenen Safarijacke ungeahnte Behändigkeit und Ausdauer bewies. Wie viele Stockwerke hatten sie erklommen? Drei? Vielleicht vier? Georges war jedenfalls völlig außer Atem und wollte schon um Gnade rufen, da kamen sie endlich in dem Bereich des Palastes heraus, mit dem der Toubab inzwischen vertraut war.

Am anderen Morgen zermarterte er sich Hirn und Vorstellungskraft, bis er zu der Überzeugung gelangte, der Palast müsse in der Weise erbaut sein, dass sich unter der Fassade zu ebener Erde, einem zwar prunkvollen, doch alles in allem bürgerlich beruhigenden und wohl gesitteten Ensemble, eine klassische Hanglagenarchitektur von mehreren Stockwerken verbarg, die hinter einer düsteren Felswand aus Beton versteckt war, welche sanft bis in die Wasser des Sees abfiel.

Nachdem er durch Zufall einen unbequemen, aber praktischen Beobachtungsposten entdeckt hatte, machte er sich daran, das andere Ufer eingehend abzusuchen, und glaubte schließlich, dort eine lang gestreckte Terrasse zu erblicken, die halb in den Fels eines diesmal offenbar natürlichen Hangs eingelassen war. Sowie Georges wieder mit dem Kind zusammentraf, sagte er ziemlich gehässig zu ihm: »Davon hast du mir gar nichts erzählt! Warum? Ah, stimmt ja, du sprichst ja nicht. Wo war ich nur mit meinen Gedanken?«

Das Kind zuckte nur mit den Schultern, wie üblich, ohne zu einer anderen Antwort bereit zu sein. Doch wie sonst auch erwies es dem

Toubab sofort den opportunen Dienst und kam damit seinem Wunsch zuvor. Die Göre verschwand, kehrte nach ungefähr zehn Minuten mit einem Fernglas zurück und reichte es ihm. Statt eines Danks lobte er die Kleine: »Weißt du, dass du ein richtiges kleines Genie bist?«

Sie nahm ihn an der Hand und zog ihn mit zu einer Art auskragendem, in einer Mauerecke verborgenem Erker – die Grille eines Barockbaumeisters –, von dem man den See und dessen Umgebung bestens sondieren konnte. Den ganzen Tag über gab Georges sich dieser undankbaren Übung mit einer Beharrlichkeit hin, die sich vielleicht aus der Vorahnung des heraufziehenden Unheils erklärte. Auch am nächsten Tag sowie den darauf folgenden setzte er seine Beobachtung fort.

Das Ereignis trat endlich ein. Und zwar im März, an einem Sonntag, so erinnerte er sich – dem einzigen Tag der Woche, an dem die Göre, Schülerin der Sexta an einem Kolleg der Weißen Väter in der Stadt, ihn bereits in den Morgenstunden begleiten konnte. Es hatte die ganze Nacht Bindfäden geregnet. Doch im Morgengrauen stieg, von leuchtendem Blau umrahmt, eine strahlende Sonne am Firmament empor. Plötzlich tauchten in den Linsen seines Feldstechers Figuren eines Schattentheaters auf. Sie traten zunächst recht fügsam, doch auch etwas zögerlich in mehreren Reihen an, vergleichbar mit Schülern, die überdrüssig irgendwelchen ungenauen Anweisungen gehorchen. Dann blieben sie mit einem Mal stehen, als wollten sie auf einen entschlosseneren Anführer warten. Die Gesichter blickten in der Tat gespannt in eine bestimmte Richtung, aus der diese Person wahrscheinlich kommen sollte.

Es stand völlig außer Zweifel: Dies musste ein Trupp Gefangener sein, den man einem Richter oder vielleicht einem Straflager zuführte. Der Gedanke hatte sich ihm langsam, aber unwiderruflich aufgedrängt. Denn in Wahrheit erinnerte die ganze Staffage eher an einen schmierigen Gerichtsflur in irgendeinem unterentwickelten Land oder den Zellengang eines Gefängnisses denn an die Galerie eines Vergnügungsetablissements.

Mit einem Mal war der Franzose fest davon überzeugt, dass er dort drüben eine vertraute und schmerzlich ersehnte Silhouette erkannt hatte: die von Elisabeth. Er fingerte aufgebracht an den Stellrädern herum und schlug das Fernglas sogar mehrfach auf seine Knie, als hielte er es für schlecht justiert. Doch jedes Mal, wenn er das Glas auf jene Wesen richtete, die im diesigen Licht hin und her wankten, bot sich seinen Blicken wie in einem Albtraum immer wieder dasselbe Profil dar, nämlich das Elisabeths.

Am Ende schrie der Toubab auf: »Das ist doch nicht möglich, ich werde verrückt.«

Er wurde ohnmächtig und fiel schwer auf den Betonboden.

Selbst Tage danach stand der Franzose noch immer unter Schock und verschanzte sich in seinem Hotelzimmer. An diesem Nachmittag meldete ihm die Rezeption einen Besucher.

»Ich komme runter«, erwiderte er.

Die wächserne Hautfarbe des Toubab musste Eddie sofort beunruhigen, da er seit langem mit europäischen Gesichtern vertraut war. »Geht es Ihnen nicht gut?«, fragte er ihn in einem Ton, der seine mit Enttäuschung gepaarte Verwunderung nicht verbarg.

Sein Gegenüber erkannte ihn nicht wieder. Georges' Augen waren halb geschlossen, die Pupillen glasig, kaum sichtbar hinter den schweren Lidern – ja in Wirklichkeit starr, wie gelähmt. Er musste den Kopf zurückbeugen, um Eddie anzuschauen, so wie man eine Sturmlampe schwenkt, um besser sehen zu können.

»Kennen wir uns, Monsieur?«, murmelte er.

»Aber sicher«, antwortete Eddie. »Sie wissen schon, die Frau ist die Zukunft des Mannes, die Polygamie, die afrikanische Seele und die ganzen Flausen …«

»Ah ja, ja, ich erinnere mich. Sie hatten mir Ihren Namen übrigens nicht verraten …«

»Nein? Na so was! Man nennt mich Eddie.«

»Nun denn, Eddie, lassen Sie uns in mein Zimmer hinaufgehen, wenn Sie nichts dagegen haben.«

Eddie musste sich die Nase zuhalten, so sehr stank es in dem Raum nach Rum, diesem grässlichen Zeug, das bei Gehörnten weit geschätzter war als Whisky. Es bestand kein Zweifel, Freund Georges hatte sich ausgiebig mit diversen Fläschchen auseinander gesetzt, ehe er den Rausch, den der Dichter dereinst besang, gefunden hatte. Neben dem zu Kopfe steigenden Geruch des von den Inseln kommenden Alkohols waren jedenfalls sämtliche Symptome vorhanden.

»Schon merkwürdig, alle meine Freunde besaufen sich in letzter Zeit bis zum Umfallen. Haben Sie sich einen angesoffen? Was ist denn passiert? Da steckt doch sicher auch eine Weibergeschichte dahinter, möcht ich wetten?«

Der Toubab nickte schlenkernd.

»Verdammt noch mal«, rief Eddie erneut aus, »was stellt ihr nur mit den Puppen an? Was machen die mit euch? Und was macht ihr eigentlich mit ihnen? Sie sind wohl auch der Ansicht, dass die Frau dafür geschaffen ist, geliebt zu werden, möchte ich wetten! Was für ein Irrglaube!«

Seine Geheimnisse zunächst wohlweislich für sich behaltend, spielte der Winkeladvokat, der sich in seiner neuen Rolle gefiel, nun den Beichtvater, um dem Toubab die Würmer aus der Nase zu ziehen, bis der nicht mehr ferne Augenblick kommen würde, da sie sich unweigerlich verbrüdern und womöglich zusammentun würden.

»Ich frage mich, ob ich Ihnen das Ganze erzählen soll«, meinte der Toubab und streckte sich dabei auf dem zerwühlten Bett aus. »Andererseits wüsste ich nicht, wem sonst … vor allem nicht meiner Schwägerin. Meiner Schwägerin, können Sie sich das vorstellen, in meinem Alter?«

»Schweigen wie ein Grab, ja, das werde ich«, posaunte Eddie und legte den Zeigefinger seiner rechten Hand auf die Lippen.

»Ich habe einer Afrikanerin ein Kind gemacht, einem sehr jungen

Mädchen von hier, das selbst noch fast ein Kind ist und in das ich sehr vernarrt war.«

»Ich erteile dir die Absolution, mein Sohn, Irrungen sind menschlich.«

»Und eines Tages hat sie mich in die Wüste geschickt. Sie wollte mich halt nicht mehr, wahrscheinlich, weil ich zu alt bin.«

»Könnte es nicht eher so sein, dass Sie zu oft verschwunden sind, ohne eine Adresse zu hinterlassen?«

»Dann wissen Sie also Bescheid!«, rief der Toubab, stützte sich auf den Ellbogen auf und starrte seinen Gesprächspartner mit glasigem Blick an. »Woher wissen Sie das?«

»Bisher war ich Anwalt, oder besser gesagt, habe ich mich als Anwalt ausgegeben. Sie werden es mir nicht glauben, aber es ist mir schon unterlaufen, in einem Gerichtssaal das Wort zu ergreifen und mit den endlosen Ärmeln meiner Robe herumzuwedeln, ohne Scherz! Was muss man in diesem Land nicht alles tun, um sich ein empfehlenswertes Image zu verschaffen. Inzwischen bin ich jedoch zur Privatpolizei konvertiert, ein zumindest aufregender Stand, wenn auch für anständige Leute nicht unbedingt empfehlenswert.«

Der weiße Mann hatte sich etwas entspannt und lachte.

»Das finden Sie lustig?«, empörte sich Eddie. »Dazu sehe ich wirklich keinen Grund. Wir sind hier doch alle vielseitig einsetzbar und häufig sogar im falschen Fach, haben Sie das noch nicht bemerkt? Bei uns macht der Staatschef in Kapitalflucht, Minister und Spitzenbeamten machen in Import-Export und anderen nicht immer ganz sauberen Geschäften, Pfarrer und Bischöfe auf Marabutismus und Hexerei, Versicherer und Bankiers genau wie Gangster in Erpressung, Schülerinnen in Prostitution, deren Mamas in Zuhälterei, Quacksalber in Kurpfuscherei und Garageninhaber in Hehlerei mit gestohlenen Autos. Kurzum, wir sind allesamt Gauner. Andererseits fordern wir gleichzeitig auch noch Demokratie, als ob wir uns anmaßen wollten, Nordpol und Äquator, Kirche und Bordell miteinander zu vereinen. Um aber auf besagten Hammel zurückzukommen, im Grunde weiß ich nicht allzu viel, und außerdem noch nicht sehr lange. Ich weiß nur, dass es sich um eine gewisse Elisabeth handelt. Das ist ungefähr alles. Also, was weiter?«

»Ich habe sie von einem Strolch beschatten lassen.«

»Warten Sie – es ist wirklich unglaublich, wie klein die Welt doch ist –, der betreffende Strolch ist nicht zufällig ein eher kleiner Typ, mit eng geschnittener Hose und einer Kappe, wie sie die amerikanischen Baseballer tragen, oder?«

»Ganz richtig. Dann wissen Sie ja, dass sie still und heimlich verschwunden ist.«

»Ich weiß.«

»Sie kennen Elisabeth, könnte man meinen?«

»Und wie!«, antwortete Eddie nach kurzem Zögern. »Ich kenne Elisabeth sehr gut. Ich gehe sogar noch weiter: Es gibt wenige, die ich so gut kenne.«

»Demnach sind Sie der Journalist?«

»Nein, das ist ein Freund von mir. Es wäre jedoch besser, ihm niemals was davon zu sagen.«

»Warum?«

»Tja, er ist ein Zeitgenosse von einer ganz speziellen Sorte, wenn Sie verstehen, was ich meine. Außerdem muss man berücksichtigen, dass Elisabeth ihm weder von Ihnen noch von dem Kind je etwas erzählt hat.«

Der Toubab lag weiterhin auf dem Bett und starrte zur Decke. Schließlich meinte er in betrübtem Ton: »Sagen Sie mal, Eddie, an dem Tag, an dem wir uns das erste Mal begegnet sind, da haben Sie doch von Elisabeth gesprochen, als Sie das Mädchen erwähnten, das durch so ziemlich alle Hände gegangen sein soll?«

»Ich ziehe alles zurück, Monsieur Lamotte«, erwiderte Eddie impulsiv. »Seit kurzem weiß ich, dass ich mich getäuscht habe.«

»A la bonne heure«, murmelte der Toubab. »Vielleicht erzähle ich Ihnen eines Tages etwas mehr darüber. Trotzdem muss der Journalist es erfahren, auf die eine oder andere Weise. Ich habe den Eindruck, dass irgendeine überraschende Wende in der Luft liegt.«

»Schon wieder!«

»Wieso, schon wieder?«

»Das erzähle ich Ihnen später. Sprechen Sie sich erst mal aus.«

»Ich weiß, wo Elisabeth ist. Aber Vorsicht! Die Sache ist ganz und gar unglaublich. Ich weiß, wo sich Elisabeth befindet, unter welchen Bedingungen aber, ist mir nicht bekannt. Gegen ihren Willen? Aus freien Stücken? Ich kann nur sagen, dass sie für den Normalsterblichen unerreichbar ist. Ich täusche mich nicht, ich kenne ihre Figur sozusagen in- und auswendig. Ich habe Elisabeth aus großer Entfernung mit einem Feldstecher erspäht. Es ist jedoch völlig ausgeschlossen, dass ich mich geirrt habe. Sie war es tatsächlich, es war Elisabeth.«

»Und wo genau war das?«

»Den Ort darf ich noch nicht preisgeben, das wäre sehr sehr unvorsichtig. Dabei geht es mindestens um das Leben einer Göre, vielleicht sogar um das Elisabeths selbst.«

»Was halten Sie von dem Baseballer?«

»Mit diesem Mann ist alles möglich. Der Kerl ist ein Perverser.«

»Sie haben ihn seit der abgebrochenen Wahlkampagne aber nicht wieder gesehen?«

»Aha, das wissen Sie also auch schon. Sie wissen wirklich sehr viel.«

»So schrecklich kompliziert war das nicht. Denken Sie mal nach.«

»Nein, ich habe ihn seither nicht wieder gesehen. Nicht, dass ich nicht den Wunsch gehabt hätte, aber der Kerl ist nun mal so glitschig wie ein Aal.«

»Folglich müssen wir ihn unverzüglich in die Finger bekommen.«

»Da bin ich ganz Ihrer Meinung.«

»Ich habe eine Idee«, sagte Eddie plötzlich. »Die Zeitung eines Freundes feiert morgen Kabilas Einzug in Kinshasa. Wir könnten doch vielleicht dort anfangen.«

19

Es kam, wie es kommen musste, allerdings auf recht absonderliche Weise, wenn man es genauer betrachtet.

Es musste jedenfalls so kommen, weil Zam außer Stande war, sich über Bébètes Verschwinden hinwegzutrösten, und unaufhaltsam in einer morbiden Einsamkeit versank, als hätte er in seinem Alter endlich jene besondere, der Selbstbefriedigung recht ähnliche Glückseligkeit entdeckt, die ein untröstlicher und immer währender Kummer verschafft; als hätte er entschieden, sich nun ein für alle Mal darin zu suhlen. Er schlug Eddies freundschaftliche Angebote jedes Mal so barsch aus, dass diesen allein bei dem Gedanken an einen Besuch bei Zam schon der nackte Ekel packte. Sobald er auftauchte, brüllte Zam ihm so laut wie ein schreiender Esel entgegen: »Hab ich etwa nach dir gepfiffen? Nein? Warum verbringst du also deine Zeit damit, mir auf der Pelle zu hocken? Ich mag zudringliche Typen nicht. Wenn ein Typ einem anderen dauernd auf der Pelle sitzt, dann ist da was faul. Lass mich allein, lass mich in Frieden. Ich will allein sein, das ist doch mein gutes Recht, oder? Lass mich einfach in Ruhe, ich will allein sein, allein, allein, allein … hi, hi, hi! … Scher dich zum Teufel!«

Wissen Sie, selbst wenn Eddie im rechten Augenblick da gewesen wäre, so hätte das die Entführung nicht verhindert.

Zam trank einfach ohne Maß und Ziel, schüttete entweder nach- oder wild durcheinander Biere, Weine, Importspirituosen in sich hinein, die seine Schutzengel sich nie nehmen ließen in diversen Geschäften zu besorgen, um sie ihm dann treu und brav zu bringen. Jedenfalls war er ständig in tumber Apathie versunken. Der Kerl ist nur noch weich gekochtes Gemüse, sagte sich Eddie betrübt, wenn er bisweilen an seinen Freund dachte.

Zam saß beinahe ununterbrochen kraftlos in einem schlechten Rattansessel in sich zusammengesackt, was ihm schmerzhafte Verkrampfungen in Rücken und Schenkeln bescherte. Als hätte er nicht einmal mehr die nötige Energie, um aufzustehen und sich ins Schlafzimmer zu schleppen. Der Kerl war einfach am Ende.

Ihn zu überrumpeln, war folglich kein Problem gewesen. Dennoch bleibt bis zum heutigen Tage suspekt und ungeklärt, welche Rolle die vorgeblichen Schutzengel, die PTC zu Zams Sicherheit abgestellt hatte, dabei gespielt haben. Gewiss kann hier ein jeder jedermann kaufen, sofern das nötige Kleingeld vorhanden ist, was nicht unbedingt viel sein muss. Und sicher ist es möglich, dass die von PTC ausgeliehenen Gorillas schlicht und ergreifend gekauft wurden. Man könnte ihnen etwa gesagt haben: Hier habt ihr Geld, verschwindet still und leise. Und das haben sie dann auch ruck, zuck befolgt, ganz artig, genau so artig übrigens, wie sie ja auch brav losgezogen sind, um sich für ihren vermeintlichen Schützling mit Getränken einzudecken, in welch kläglichem Zustand dieser auch immer war.

Diese Sorte Individuen braucht man mitunter nicht mal zu kaufen. Ist womöglich die Staatsmacht selbst bei derartigen Vorkommnissen beteiligt, so genügt schon die Frage: Legt ihr wirklich Wert darauf, jahrelang in einem unterirdischen Verlies zu vermodern und tagtäglich zwanzig Hiebe mit dem Ochsenziemer auf den nackten Hintern zu bekommen? Nein? Na, auf was wartet ihr dann noch? Macht euch schleunigst aus dem Staub! Und schön den Mund halten, Kerls, sonst …

Eine solche Sprache versteht hier jeder sehr schnell, obgleich wir zwar alles Mögliche sind, aber nicht in Chicago zur Zeit der Prohibition leben. Zumindest dem Anschein nach …

Ja, aber wieso hat man diese Clowns seither nie mehr wieder gesehen? Genau das ist das Verwirrendste an der ganzen Sache, zumal es bestimmt nicht an Assen des investigativen Journalismus gemangelt hat, noch an den riskantesten Unterfangen, riskant in einer Bananenrepublik wie der unsrigen, versteht sich, die in vielerlei Hinsicht dem Lande Toussaint Lovertures gleicht, als dort Papa Doc und Baby Doc herrschten. Alles wurde getan, geändert hat es nichts.

Wie viele waren es? Vielleicht zehn, sollte Zam sich später zu erinnern versuchen. Er glaubt sogar, sich zu entsinnen – was wohl das Drolligste zu sein scheint in dieser Angelegenheit, die ansonsten nicht sonderlich lustig ist –, dass sie ohne die geringsten Hemmungen munter miteinander plauderten, ihre Witzchen machten, laut loslachten, im Grunde also herumkrakeelten, wie Leute eben, die sich überall zu Hause fühlen. Da denkt man doch unweigerlich an die lustigen Gesellen in dem Baby-Benz auf der Straße nach Zoatoupnda.

Sie knebelten ihn ohne jede Brutalität, verbanden ihm die Augen mit der Behutsamkeit von Spitzenklöpplerinnen, fesselten ihm die Hände fachmännisch, doch eigenartigerweise ohne Grobheit, auf dem Rücken. Solche Gegensätze à la Victor Hugo aneinander zu reihen, ist ja gut und schön. Doch konnte Zam in seinem damaligen Zustand tatsächlich mit aller Klarsicht wahrnehmen, was mit ihm geschah?

Einen Filmriss gibt es jedenfalls: Um ihn zu jenem Schauplatz zu schaffen, wo sich die unerwartete Auflösung des hier wiedergegebenen Dramas abspielen sollte, hat man ihn möglicherweise ohnmächtig geschlagen, ganz behutsam, mit einem Fausthieb an die Schläfe – diese Leute da schienen für die eigentlich recht unwahrscheinliche Kunst, Gewalt und Freundlichkeit, Hass und Liebe, Karpfen und Hase und warum nicht auch Flusspferd und Klapperschlange miteinander zu vereinen, ein Händchen ohnegleichen zu haben.

Zam glaubt sich zu entsinnen, man habe anschließend einen Eimer Wasser über ihn geschüttet und mehrere Leute hätten halblaut und im Tonfall eines Chirurgen, der sich bei einer heiklen Operation über seinen Patienten beugt, gesagt: »Da, er wacht auf, alles klar.«

Was danach kam, war eine Art Remake, nur dass Zam, als er einmal saß und die auf ihn gerichteten Scheinwerfer ihn geblendet hatten, weil man ihm gerade die Augenbinde abgenommen hatte, von einer zwar energischen, doch irgendwie auch wieder liebevollen Hand durchgeschüttelt wurde, wenngleich ihr jene gewisse Mannhaftigkeit innewohnte, die die Mitglieder von Geheimpolizei und anderen Diensten auszeichnet. Dabei rief ihm jemand ins Ohr: »Geht's?«

Er hat nicht geantwortet, da diese Frage zu der Sorte gehört, die man auch so schon im Normalzustand nur schwer beantworten kann, und erst recht, wenn einem ein Knebel im Mund steckt und Arme und Schultern von einer sachkundig, doch ohne übermäßige Rohheit angelegten Fessel nach hinten verdreht werden. Nichtsdestotrotz war er in Anbetracht des gleichzeitig so virilen wie väterlichen Tonfalls darauf gefasst gewesen, dass man ihm einen Milchkaffee anböte, und warum nicht auch ein Glas Whisky.

Leider war dem nicht so. Irgendjemand sagte plötzlich mit einer gebieterischen, donnernden und doch auch etwas weinerlichen Stimme: »Raus mit euch allen, macht euch vom Acker, ihr unfähigen Idioten! Ihr seid ja noch nicht mal in der Lage, die einfachste Beschattung anständig durchzuführen. Los, haut ab! Lasst mich allein mit meinem Papa.«

Trotz der Tortur der nach hinten verdrehten Arme und Beine war Zam schließlich doch wieder zu sich gekommen, ohne indes vollends aus seinem Dämmerzustand ganz aufzutauchen.

Eine unbekannte Hand befreite seinen Mund von dem Knebel, doch seine Arme und Schultern blieben weiterhin nach hinten gebogen, was ihn letztendlich nur bedingt optimistisch stimmte.

»Papa, wie ist's?«, hob dieselbe donnernde und weinerliche Stimme erneut an.

Zam versuchte, das Ganze zu begreifen, wand sich in seinen Fesseln, reckte den Hals nach vorn und bemühte sich verzweifelt, hinter dieser Lichtkugel, die gleißender war als das Feuer der Sonne, unter der er sich niedergeschmettert und dem Ersticken nahe fühlte, irgendetwas zu erspähen.

Abermals rief die Stimme, diesmal aber eher gebieterisch als weinerlich: »Ich sagte: Papa, wie fühlst du dich? Warum antwortest du mir nicht? Du bist mein Papa, ob dir das nun passt oder nicht. Du selbst hast mir auf die Welt geholfen. Glaubst du mir nicht? Na, dann werde ich's dir eben beweisen, nur musst du zuvor noch auf meine Frage antworten: Papa, wie ist's? Du musst mir antworten, weil ich sonst nämlich böse werd. Ich frag dich also noch mal: Papa, wie fühlst du dich? Antworte, oder willst du mich wütend machen? Antworte. Papa, wie fühlst du dich?«

»Schlecht, sehr schlecht«, jammerte Zam.

»A la bonne heure!«, bemerkte die Stimme, halb gebieterisch, halb weinerlich. »Gut, gut, du hast mir also doch noch geantwortet. Aber das reicht mir nicht. Deshalb wirst du jetzt sagen: sehr schlecht, Söhnchen.«

Da Zam sich nicht dazu entschließen wollte, zumal er in seinem Erdendasein so gar niemanden entdecken konnte, zu dem er Söhnchen hätte sagen können, donnerte die gebieterische und weinerliche Stimme prompt mit unüberhörbarer Wut: »Das Wort Söhnchen reißt dir wohl die Lippen auf, du Schweinehund? Hast du dir damals auch deinen dreckigen Pimmel aufgerissen, als du meine Mama gefickt hast? Meine Mama, die ist gerade gestorben, musst du wissen, und jetzt habe ich nur noch dich auf der Welt. Mama war mein Leben, begreifst du das? Alles, was ich getan habe, hab ich nur für sie getan, damit sie endlich auch mal ein bisschen glücklich sein sollte.«

Nach kurzem Schweigen fuhr die Stimme fort: »Du wirst doch nicht bestreiten, dass du dich Ende 63 in Elig-Amougou aufgehalten hast? Das stimmt doch, verdammte Scheiße? Das stimmt, oder? Du antwortest ja gar nicht, willst du mich etwa wütend machen? Ja oder nein?«

»Vielleicht«, jammerte Zam.

»Was hast du dort gemacht?«

»Daran erinnere ich mich nicht mehr.«

»Habt ihr Beamte eigentlich an die Folgen gedacht, wenn ihr in den abgelegenen Dörfern im Busch aufgetaucht seid und die kleinen Mädchen, die kaum in der Pubertät waren, gebumst habt? Meine Mutter war noch ein ganz kleines Mädchen, du hast sie wie ein Vieh gebumst, ohne dich im Geringsten um ihre Gefühle zu kümmern, du hast ihr sogar ein Kind gemacht. Und jetzt ist sie seit einem Jahr tot. Was denkst du darüber, Papa? Wie fühlst du dich? Sag Söhnchen … Warum reißt dir das die Lippen auf? Sag Söhnchen, los, sag es. Also, wie fühlst du dich? Sag Söhnchen. Komm schon! …«

»Söhnchen«, stöhnte Zam, »ich fühle mich ganz und gar nicht gut.«

»A la bonne heure«, rief die gebieterische und weinerliche Stimme aus. »A la bonne heure. Da siehst du's, war doch gar nicht so schwer. Zur Belohnung werde ich dir die Fesseln abnehmen. Oh, du brauchst gar nicht erst versuchen, mich sehen zu wollen, Papa, es wird dir nicht gelingen. So, keine Fesseln mehr, mach's dir ruhig bequem. Bisher habe ich immer gefürchtet, ewig ein Kind zu bleiben, halt kein richtiger Mann zu werden. Ein richtiger Mann, das ist jemand, der einen Papa gehabt hat, nicht wahr? Und wenn dessen Papa mal stirbt, dann sagt der sich: Jetzt trete ich an die Stelle meines Papas, also bin ich genau wie mein verstorbener Papa, ich bin ein Mann. Stimmt's etwa nicht? Wenn aber jemand keinen Papa gehabt hat, der hat sterben können, wie soll der dann an dessen Stelle treten? Und dann wird er immer ein Kind bleiben, ein Papaloser eben, wie man ja auch ein Heimatloser sagt. Jetzt bin ich jedenfalls kein Papaloser mehr, und auch kein Heimatloser …«

Zam vernahm auf einmal ein merkwürdiges Japsen und Schniefen, sodass er beinahe vermutete, sein Peiniger habe zu weinen begonnen. Nach einer Weile brach sein unsichtbares Gegenüber plötzlich in wüstes Gebrüll aus, begleitet von dumpfen Schlägen, vergleichbar mit denen von King Kong, wenn er sich mit den Fäusten auf die Brust trommelt.

»Warum hab ich keinen Papa gehabt, so wie alle anderen auch?«, stieß der Unsichtbare zwischen zwei kernigen Brüllern eines von Früchten und Blättern lebenden Orang-Utans hervor. »Jeder hatte einen Papa, nur ich nicht, und doch gab es dich, du Schwein, du Schwein, du Schwein! Du hast sie gebumst wie ein Tier, ein ganz kleines Mädchen, das noch nicht mal in der Pubertät war. Und dann bist du fortgegangen. Du bist fortgegangen und hast uns im Stich gelassen. Du bist einfach fortgegangen, hi, hi, hi, hi …«

Die dumpfen Faustschläge, die wahrscheinlich auf eine Wand donnerten, hatten sich soeben zu einem Trommelwirbel gesteigert, bei dem sehr lebhafte Tempi und sehr leise, fast unhörbare Stellen in regelmäßigen Abständen aufeinander folgten und im Hintergrund eine Art Kratzen zu vernehmen war, wie bei einem Solo von Kenny Clarke. Wälzte sich der Früchte und Blätter fressende Orang-Utan etwa gerade am Boden? Da ihn diese Möglichkeit und deren denkbare Auswirkungen über alle Maßen entsetzten, verwarf Zam den Gedanken sofort wieder – zu Unrecht allerdings.

»Niemals wäre mir das in den Sinn gekommen. Und doch hab ich dich dauernd vor mir gesehen, beinahe jeden Tag. Du warst da, und ich, hatte ich etwa kein Recht auf einen Vater? Warum hatten alle einen Vater, nur ich nicht? Kannst du mir das erklären? Nichts auf der Welt hab ich mir mehr gewünscht als einen Vater! Und du existiertest irgendwo. Und ich sah dich jeden Tag kommen und gehen.«

Zam streckte die Arme aus, ließ seine schmerzenden Gelenke knacken, um sich wieder wie ein Mensch zu fühlen. Auf die Gesellschaft dieses eigenartigen Tiers würde ich liebend gern verzichten, dachte er. Was hält mich hier eigentlich noch aufrecht? Meine Gottlosigkeit vielleicht? Die Bébète, die könnte mir das sagen, wenn sie hier wäre. Bébète …

»Auf die Knie!«, bellte die Stimme des Früchte und Blätter fressenden Orang-Utans nun gar nicht mehr weinerlich. »Ja, auf die Knie, und zwar ein bisschen plötzlich. So. Jetzt werden wir zwei, ich und du, meiner Mutter gedenken, weil sie mich nämlich zur Welt gebracht hat, und weil du sie wie ein Vieh gebumst hast, als sie noch ganz klein war, und ihr ein Kind gemacht hast, das du wie ein Schweinehund, der du ja bist, im Stich gelassen hast.«

Zam hatte sich niedergekniet. Was wäre ihm sonst auch anderes übrig geblieben? Der unsichtbare Mann begann mit dem

Rosenkranz der Katholiken, und zwar auf Latein! *Ave Maria gratia plena …*

»Papa, warum betest du nicht mit mir?«

»Ich weiß nicht«, antwortete Zam augenblicklich.

»Stimmt ja«, erwiderte der andere, »ich habe ganz vergessen, dass du Protestant bist …«

Zam wollte schon sagen: Ich bin überhaupt nichts. Doch der Henker hatte zwischen zwei Ave-Maria schon wieder angesetzt: »In unserem Dorf, da werden die Sterbenden aufgefordert, alle Verfehlungen ihres Lebens zu bekennen. Das ist dort so Brauch. Auf diese Weise haben wir alles erfahren. Sie hat nämlich nie etwas gesagt. *Ave Maria gratia plena …* Das Ganze ist 1963 in Elig-Amougou passiert. Was hast du dort gemacht? *Ave Maria gratia plena …* Was hast du dort überhaupt gemacht, Papa?«

»Ich erinnere mich nicht mehr, das ist schon so lange her. Wenn ich nur etwas Zeit hätte, um meine Erinnerungen zu ordnen. Ach ja, als Volksschullehrer getarnt, sollte ich dort in Wahrheit die Militanten aufspüren …«

»Welche Militanten?«

»Diesen Teil aus meiner Vergangenheit mag ich nicht gerne wachrufen. Ich schäme mich dafür.«

»Mann, Papa, hab ich dich etwa danach gefragt, ob du das magst oder nicht? Welche Militanten?«

»Revolutionäre.«

»Dann bist du also nicht immer ein Subversiver gewesen, Papa?«

»Aber nein.«

»Was ist dann passiert?«

»Ich weiß nicht …«

»Du wirst dorthin fahren, sobald du hier raus bist! Das ist ein Befehl. Hörst du, Papa? Du wirst schon morgen dorthin fahren. Ich weiß, dass du kein eigenes Auto hast. Ich werd dir eins geben. Hast du irgendeine Vorliebe? Ein japanisches, ein deutsches oder vielleicht ein französisches?«

»Von welchem Geld soll ich mir so ein Auto kaufen können? Alle werden denken, ich hätte mich von der Regierung korrumpieren lassen …«

»Weshalb wirst du dann nicht gleich Minister? Wenn du willst, kannst du schon morgen früh Minister sein … Ich hab völlig freie Hand. Als Einziger! Wenn du willst, Papa, bist du schon morgen früh …«

»Nein, nein, nein, Gnade!«, erwiderte Zam. Zunächst war er einfach nur den Tränen nahe, doch dann brach er ebenfalls in Schluchzen aus. »Ich will nicht Minister werden. Nein, nur das nicht … Aber Söhnchen, so soll ich dich doch nennen, wenn du so mächtig bist, kannst du mir sicher sagen, was meiner Elisabeth, die ich so sehr geliebt habe, zugestoßen ist …«

»Genau, über Elisabeth wollte ich gerade mit dir reden.«

»Ah, das weißt du …«

»Nein, noch nicht, ich glaube aber, erraten zu können, wer den Coup gestartet hat. Ich verspreche dir, den Kerl zu bestrafen. Meine Leute haben sich als die letzten Versager erwiesen. Sie hatten nämlich den Auftrag, euch beide zu beschatten und, falls nötig, zu beschützen. Das Ganze ist die größte Schlappe meines Lebens. Papa, arrangier dich mit deinem Patron, leih dir seinen Wagen, wenn du mein Angebot schon nicht annehmen willst. Nein, ich hab eine bessere Idee. Ich werde dir Geld geben, damit du dir ein Auto mietest. Zwanzig Millionen*, reichen die? Du wirst morgen früh sofort dorthin fahren …«

»Wohin denn?«

»Ja nach Elig-Amougou, natürlich. Du wirst die schönste journalistische Recherche deines Lebens machen. Sie hieß Marie-Madeleine, falls du's vergessen hast. Sie hat Ende 1963 einen Jungen bekommen. Rekonstruiere den Werdegang dieses Jungen. Und dann kommst du wieder zu mir und erzählst mir die Geschichte.«

---

* CFA-Francs, die in harte Devisen umgerechnet kaum etwas wert sind.

»Das ist doch bekloppt!«, rief Zam aus. »Wie soll ich dich wieder finden?«

»Mann, Papa, was bist du mir denn für einer? Bist du wirklich Journalist? Ich hab gedacht, Journalisten wären ganz Schlaue. Tu, was ich dir sage, dann wirst du schon sehen. Es wird ganz einfach sein. Oh, bin ich dumm, jetzt geht mir das schon minutenlang durch den Kopf, und ich hab's einfach nicht gefragt. Was würde dir das Hirn wieder so richtig ins Lot bringen, Papa? Ein kleines Gläschen Whisky? Oder warum nicht auch ein großes?«

Offenbar hatte der Früchte und Blätter fressende Orang-Utan die Flasche Alkohol griffbereit dastehen, denn Zam hörte fast augenblicklich den Whisky gluckern wie einen primitiven Boogie-Woogie von Pine Top Smith. Wie ein Säugling, der nach seinem Fläschchen ein Bäuerchen macht, stieß Zam einen gigantischen Seufzer aus, nachdem er das Glas in einem Zug geleert hatte.

»Wenn wir uns wieder sehen, werde ich dir auch etwas über deine Bébète erzählen, bis dahin weiß ich alles, das verspreche ich dir. Und als Zugabe werde ich dir das Geheimnis um Pater Mzilikazis Tod verklickern. Der Knüller, was? Angeblich bereitet dieses ach so große Geheimnis dir und deinen Freunden ja mächtig Kopfschmerzen. Aber nur unter einer Bedingung, Papa. Hör mir gut zu. Morgen früh fährst du sofort nach Elig-Amougou.«

»Söhnchen, warst du das vielleicht, der mir seit einem Jahr diese ganzen Scherereien bereitet hat?«

»Ich wusste doch, dass dein Verstandskasten wieder in Gang kommt, wenn du erst mal ein Gläschen in der Birne hast.«

»Warst du das auch, der mir diese Leiche untergejubelt hat?«

»Selbstverständlich. *Ave Maria gratia plena* … Auf die Knie, Papa. Wir sind noch lange nicht fertig. Auf die Knie!«

»Wie hast du das angestellt?«

»Also wirklich, Papa, bei allem Respekt, den dein Sohn dir schuldet, du bist tatsächlich nicht sehr helle. Das war doch ein Kinderspiel. Ich werd's dir nach deiner Rückkehr erzählen.«

»Nein, wart mal kurz, Söhnchen. War er denn schon kalt?«

»Aber keineswegs. Man lockt ein paar Lumpen an einen bestimmten Ort, indem man ihnen zum Beispiel einen völlig problemlosen und fetten Bruch vorgaukelt, und dann belauert man sie. Und sobald sie loslegen, braucht man sie nur noch abknallen, ganz einfach. So was nennt man eine Mausefalle. Damals haben meine Leute bloß einen von denen erwischt, die anderen konnten sich verdünnisieren, was wir ihnen auch nicht wirklich übel genommen haben. Ehrlich gesagt, musste ich damals gerade ein paar Praktikanten ausbilden.«

Epilog

Der Fahrer eines geheimnisvollen Vehikels ließ Zamakwé nach Einbruch der Nacht irgendwo in der Stadt, in einer ihm unbekannten Straße, frei. Zu diesem Zeitpunkt eröffnete PTC gerade sein Fest zu Ehren Kabilas. Sein neuer Messias war am Vortag in Kinshasa eingezogen. Doch davon wusste Zam natürlich nichts. Aber was machte das schon? Würde er nach allem, was er gerade erlebt hatte, je wieder von dieser Welt sein? Er war nur noch zum Umfallen müde und dachte an nichts anderes, als schleunigst nach Hause zu gehen. Doch während er auf der Suche nach einem Transportmittel durch die Dunkelheit irrte, setzte sich das Räderwerk in seinem Kopf unwillkürlich in Gang, und seine Gedanken wirbelten wie im Fieberwahn wilder und wilder durcheinander.

Welch unseliges Schicksal das Leben in einer Bananenrepublik doch sein kann, sann der Davongekommene vor sich hin. In wie viele unheilvolle Situationen kann man hier geraten, Situationen, die sich kein Mensch im Voraus je hätte ausmalen können und aus denen es kein Entrinnen mehr gibt! Eddie lag wirklich total falsch mit seiner Ansicht, es gebe hier nur deshalb nichts zu verstehen, weil wir in einer riesigen Irrenanstalt eingesperrt wären, inmitten mehr oder minder vom Wahnsinn gepeinigter Tobsüchtiger. Was seinen Leidensweg der jüngsten Zeit betraf, hatten sich alle alles Mögliche vorgestellt, nur hatte niemand wirklich die Wurzeln all dieser Quälereien und schon gar nicht deren Triebfedern erkannt, obwohl es doch so simpel und gleichzeitig auch wieder so verblüffend war. Wohin konnten vierzig lange Jahre öffentlicher Gewalt und latenter Apokalypse letzten Endes führen, wenn nicht in eine kollektive Raserei, eine allumfassende Zerrüttung der Gemüter?

Aber wohin führt dann diese Phrasendrescherei überhaupt, die sich ebenso unweigerlich wiederholt wie das Verhängnis selbst? Nirgendwohin, weil sie nicht die geringste Gegenstrategie anzubieten hat. Somit hat Eddie doch Recht, zumindest in dem Punkt. Was bringt es, verstehen zu wollen, wenn man sowieso nicht handeln kann? Welchen Sinn hat die Theorie, wenn ihr die Praxis versagt bleibt?

Von einem Tag auf den anderen durch puren Zufall der Willkür eines Geistesgestörten ausgeliefert, der behauptet, dass ich sein Vater sei, hätte ich jetzt, nachdem ich hinter das ganze Geheimnis gedrungen bin, aufatmen und meinen können, es endlich hinter mich gebracht zu haben. Ich hätte die Seite umblättern, mich ins Bett legen und endlich in Frieden schlafen können. War dies nicht die Auflösung aller Rätsel? Ah, schlafen ... Aber nein, ich muss wieder los, wie der gegen seinen Felsbrocken gestemmte Sisyphos, und nach Elig-Amougou fahren. Was kann ich sonst machen, als mich dem Spleen dieses wahnsinnigen Berserkers zu beugen? Da verhält es sich genauso wie mit dem Tod in unserer traditionellen Mythologie. Auch wenn man seine Seele ausgehaucht hat, ist man noch lange nicht wirklich tot. Ganz im Gegenteil, man bricht vielmehr zu einer langen Wanderung auf, auf der man einen düsteren Wald durchquert, um irgendwann auf einer sonnigen Lichtung herauszukommen, dahinter folgt ein weiterer düsterer Wald und noch eine sonnige Lichtung, und so weiter und so fort. Schließlich gelangt man in ein großes Dorf, mit vielen Häusern zu beiden Seiten eines abschüssigen Weges, den man in seiner ganzen Länge abschreiten muss. Das letzte Haus zur Rechten ist das von Essam Ndziki. Er erwartet den Wanderer und bietet ihm Unterkunft. Das ist dann der richtige Tod. Ich habe gerade mal den ersten düsteren Wald durchquert. Elig-Amougou wird der zweite sein. Aber was kommt danach?

All das ging Zam durch den Kopf.

Das erinnert mich jetzt an einen Albtraum, der jedem bekannt ist, der Katzenjammer kennt, und der sich zumeist kurz vor dem Aufwachen einstellt. Da durchschwimmen Sie mühselig einen üblen Fluss, rudern heftig mit den Armen und strampeln wild mit den Beinen, die wütenden Wogen klatschen Ihnen ins Gesicht, dass Sie beinahe ersticken. Endlich bekommen Sie wieder Grund unter den Füßen,

Sie richten sich auf, doch da schlägt Ihnen eine unerwartete Welle gegen die Knie, eine andere bricht sich an Ihrem Oberkörper, eine dritte drückt Ihnen das Kinn wie ein Rammbock nach unten und zwingt Sie letztendlich, wieder in die Brustlage zu gehen, erneut mit verzweifelten Schwimmstößen zu rudern und mit den Beinen zu schlagen. Alles beginnt von vorn. Und so weiter und so fort …

Ja, ein Leben in einer Bananenrepublik ist stets ein Desaster, weil Unglück und Leid einfach kein Ende nehmen wollen. Der Leser möge sich nicht wundern, falls künftige Episoden dieser hier, die ihm gerade erzählt wurde, wie ein Ei dem anderen gleichen sollten, zumal einige der hier nur angedeuteten Dramen seinen Wissensdurst nicht gestillt haben dürften. Nichts erbittert manche Leser mehr als das dem Anschein nach nicht abgeschlossene Schicksal eines Romanhelden. Doch selbst wenn dieses ganze feine, aus den Gefilden der Imagination hervorgegangene Völkchen geheiratet, dutzende von Kindern gezeugt haben und gestorben sein wird – denn so läuft es ja immer ab –, werden sich unter eben jenen noch welche finden, die aufschreien: »So habe ich mir die Fortsetzung aber nicht vorgestellt …« Also?

Worterklärungen

Aka: In Yaoundé und Umgebung gebräuchlicher Ausruf der Entrüstung.

Assent: Etwas manierierte Aussprache von *accent,* Akzent.

Aujourd'hui la démocratie: In etwa Demokratie jetzt!

Bébète: Verkleinerungsform von Elisabeth, aber auch von »bête«, Tier. Als Adjektiv: dumm. Daraus lässt sich ableiten: Tierchen oder Dummchen.

Bei edel geborenen Seelen: ... harrt die Tüchtigkeit der Zahl an Jahren nicht. Aus Pierre Corneille, *Le Cid,* zweiter Akt, zweite Szene. Recht gebräuchliche Redewendung in Frankreich.

CFA-Franc: Deutsches Kürzel für »Franc C.F.A.«. Abkürzung für »Communauté Financière Africaine«, Afrikanische Wirtschaftsgemeinschaft. Währung einiger »frankophoner« Staaten Afrikas. Früher allerdings: Colonies Françaises d'Afrique!

Chaka: Auch Tschaka, Heerführer und Begründer des Kriegerstaates der Zulu. Idol vieler afrikanischer Intellektueller.

Cohabitation: In diesem Fall die durch die parlamentarischen Mehrheitsverhältnisse erzwungene »Zusammenarbeit« des sozialistischen Staatspräsidenten Mitterrand mit einem bürgerlich-konservativen Kabinett.

Coluche: Pseudonym von Michel Colucchi (1944–1986). Schauspieler und Komiker/Kabarettist, bekannt für seine anarchische, bisweilen auch grell derbe Komik.

L'Événement du Jeudi: Ursprünglich eher ein politisches Wochenmagazin, das unter frankophonen afrikanischen Intellektuellen, auch in Afrika lebenden, sehr en vogue war. Seit kurzem ausschließlich ein Kulturmagazin.

Ékyé: Mehrdeutiger Ausruf aus der einheimischen Sprache Yaoundés.

Goutte d'Or: Hat wie die anderen aufgeführten Stadtviertel von Paris einen hohen Ausländer-, Immigranten-, aber auch Studentenanteil.

Lamotte-de-beurre: Abgeleitet von La motte de beurre, wörtlich, der Klumpen Butter.

Mamba: Schlange, die zur Gattung der Giftnatter gehört.

Passants z'honnêtes: Die bied'ren Passanten. Georges Brassens, aus *Les amoureux, qui se bécotent sur les bancs publics.*

Patate: Als »Patate« (Batate oder schlichtweg umgangssprachlich für Kartoffel) bezeichnet man eine Gurke, einen dicken unfähigen Trottel.

Père Joseph: Eigentlich François Le Clerc du Tremblay. Kapuziner mit dem Klosternamen Joseph, führte (wohl als Erster) den Beinamen Graue Eminenz; engster und sehr einflussreicher Berater Richelieus.

Poids Total en Charge: Zulässiges Gesamtgewicht.

Primum manducare: Erst kommt das Fressen …

Sécurité nationale: Nationale Sicherheit.

Toubab: Afrikanischer Begriff für Europäer, Weiße, oder für einen Afrikaner, der den europäischen Lebensstil angenommen hat.

Mongo Beti

Mongo Beti (eigentlich: Alexandre Biyidi) wurde am 30. Juni 1932 in einem kleinen Dorf südlich von Yaoundé geboren. Als Kind arbeitete er auf den Kakao-Plantagen und besuchte dann die katholische Missionsschule. Am Gymnasium in Yaoundé schloss er sich der kamerunischen Unabhängigkeitsbewegung an. Ein Stipendium führte ihn 1951 zum Studium der Altphilologie an die Pariser Sorbonne und in die antikolonialen Organisationen in Frankreich. Unter dem Pseudonym Eza Boto erschien in der Zeitschrift *Présence Africaine* seine erste Erzählung *Sans Haine et sans Amour*, die den Mau Mau-Aufstand in Kenia zum Thema hatte.

Unter dem gleichem Pseudonym erschien 1954 *Ville Cruelle,* die Geschichte von zwei jungen Männern, die beide zugleich Opfer und Rächer der französischen Herrschaft sind. Dieser Roman brachte einen neuen, zornigen Ton in die afrikanische Literatur, die bisher von der »Négritude« geprägt war. *Der arme Christ von Bomba,* erschienen 1956 unter dem Pseudonym Mongo Beti (Sohn der Beti), brachte ihm den internationalen Durchbruch. Auch hier zeigt Beti das koloniale System erbarmungslos in der Phase seines Zerfalls: Die katholische Mission in Kamerun ist amoralisch, macht- und geldgierig geworden und angesichts der starken afrikanischen Traditionen zum Scheitern verurteilt. Der Roman wurde nach Erscheinen wegen seiner Sprengkraft in Kamerun sofort verboten.

Nach *Besuch in Kala* (1957) und *Tam-Tam für einen König* (1958) verstummte Mongo Beti als Schriftsteller. 1959 absolvierte er die französische Lehramtsprüfung und nahm eine Stelle am Lycée Corneille in Rouen an, während 1960 im unabhängig gewordenen Kamerun der Diktator Ahmadou Ahidjo mit französischer Protektion jede Opposition blutig ausschaltete.

1970 wurde in Kamerun der letzte historische Führer der nach wie vor populären Unabhängigkeits- und Widerstandsbewegung *Union des Populations de Cameroun (UPS)* im Untergrund verhaftet und nach einem summarischen Prozess erschossen. Gleichzeitig wurde der katholische Erzbischof von N'Kongsamba zusammen mit zahlreichen anderen »Sympathisanten« vor Gericht gestellt. Mongo Betis Antwort war die Streitschrift *Main basse sur le Cameroun* (1972), in der er das Schweigen um die Ereignisse in seinem Land brechen wollte. Eine Woche nach Erscheinen wurde das Buch durch den französischen Innenminister verboten und durfte erst 1977 wieder erscheinen.

Der Versuch, Mongo Beti mundtot zu machen, wurde zum Beginn einer neuen Schaffensperiode. Seine folgenden Romane erzählen die Geschichte Kameruns aus neuer Perspektive. *Remember Ruben* (1974) und *La ruine prèsque cocasse d'un polichinelle* (1979) lassen die Erinnerung des charismatischen Guerillaführers Ruben Um Nyobé aufleben, der 1958 von Fremdenlegionären erschossen wurde. 1978 gründete Beti die Zeitschrift *Peuples Noirs – Peuples Africains,* die sich dem kulturellen Widerstand gegen den Neokolonialismus in Afrika widmete.

Mongo Betis Widerstand ging weiter, als 1982 Ahidjos Premierminister Paul Biya die Macht übernahm und sich in manipulierten Wahlen (zuletzt 1997) gegen die Opposition behauptete. Nach zweiundvierzig Jahren in Europa kehrte er 1994, nach seiner Pensionierung, nach Yaoundé zurück. Er eröffnete Kameruns erste, nach eigenen Worten »wirkliche Buchhandlung« seit der Unabhängigkeit: die *Librairie du Peuple Noir.* Fünftausend Bücher auf dreihundert Quadratmetern Fläche, ein kühnes Unternehmen in einem Land, wo der Preis eines Buches so hoch ist wie der Mindestlohn. Innerhalb von fünf Jahren entwickelte sich der Ort, allen Schwierigkeiten zum Trotz, zu einem wichtigen Treffpunkt des intellektuellen Lebens von Kamerun. Hier treffen sich junge Schriftsteller und oppositionelle Gruppen. Beti nahm für die Opposition an den Parlamentswahlen teil, wurde aber vom Regime unter einem Vorwand ausgeschlossen. Er engagiert sich für die Freilassung politischer Gefangener, gegen die Ausplünderung der ländlichen Gebiete und meldet sich regelmäßig mit leidenschaftlicher Polemik zu Wort.

Stimmen zur französischen Ausgabe

Nach einer langen Reise von seinem Geburtsland Kamerun nach Rouen, wo er als Literaturprofessor Generationen junger Franzosen Griechisch und Latein gelehrt hat, ist Mongo Beti nach Yaoundé zurückgekehrt. Genährt mit französischer Kultur, vollgesogen mit Latein und Griechisch und in seinem Land lange aus politischen Gründen verboten, feiert Mongo Beti seine Rückkehr mit der Veröffentlichung eines wunderbaren Buches. Ein Buch, das die volkstümlichste französische Literatur – den Feuilleton-Roman – und die überschwenglichste aller afrikanischen Erzählformen – das Palaver – in sich vereint. Ein Buch, dessen Schwung und Musik den Leser gefangen nehmen.

Zwischen abenteuerlichen Episoden und mündlicher Erzählung erfindet Mongo Beti ein Genre, eine Welt, eine Möglichkeit, über die Grausamkeit und das Unglück zu lachen, ohne dabei seinen kritischen Sinn und seine heftige Anklage zu verlieren, die bereits seine ersten Essays über Afrika auszeichneten. Die Leser können beruhigt sein: Mongo Beti hat seinen rebellischen Stoff genauso wenig mit Wasser verdünnt, wie dies Zam, die Hauptfigur, mit seinem grausigen Whisky tut. Er hält sich an Molière und meint, dass Lachen den Verstand mehr in Bewegung bringt als Wut. Mongo Beti ist das schwierige Kunststück gelungen, die Welt seiner Ursprünge mit jener seiner Bildung zu vereinen. Mit großem Vergnügen zwinkert er uns zu.

Télérama

Afrika, wie es Mongo Beti beschreibt, ist weder das der Werbeprospekte noch jenes der naiven Westler, die dort das verlorene Paradies suchen. Es ist ein harter, grotesker Kontinent, zerrissen vom Genozid in Ruanda und dem Bürgerkrieg im Kongo, von gewalttätiger Unsicherheit und allumfassender Korruption. Doch wie Chester Himes, den er verehrt, behält Beti seinen schonungslos genauen, ätzenden Humor. In diesem totalen Desaster schafft es nur die Presse zu widerstehen. Das denkt auf jeden Fall Mongo Beti, für den die Journalisten und die Zeitungen im schwarzen Afrika häufig »die einzigen Vertreter der Freiheit, Kritik und Moderne« sind. Sie werden auf jede erdenkliche Art schikaniert und eingeschüchtert, wenn nicht gar umgebracht. »Man sagt mir, dass ich übertreibe«, sagt Mongo Beti, »aber das stimmt nicht. Die Realität ist oft viel extremer.«

Die turbulenten Abenteuer von Zam und Eddie führen im Übrigen ins Leere. Als Zam sich am Ende seines Leidensweges wähnt, wird er von einem Wahnsinnigen entführt, der behauptet, sein Sohn zu sein, und die Hölle beginnt von neuem. Denn, so schreibt Mongo Beti auf der letzten Seite, »das Schicksal in einer Bananenrepublik ist immer verhängnisvoll, weil das Unglück nie ein Ende hat.«

Libération

Beti hat einen Erzählrhythmus gefunden, der lässig und beschwingt ist wie Jazz, die Lieblingsmusik des Helden und, wie es heißt, des Autors. Diese ungekünstelte und instinktive, lockere und immer geglückte Mühelosigkeit des Schreibens ist das Privileg jener, die ihr Handwerk gelernt haben, ohne dabei ihre Feinfühligkeit zu verlieren. Dieses Buch zeigt Mongo Beti auf der Höhe seines Schaffens.

Figaro littéraire

Der Roman von Mongo Beti ist eine satirische Posse: eine Inszenierung der Illusion, des Unsinns, der allgemeinen, fundamentalen Verrücktheit, die versucht, sich als Weisheit auszugeben. In dieser Welt steht alles Kopf, unten und oben haben den Platz gewechselt, die Worte begehen Verrat an den Gedanken, der Autor interveniert in seinem eigenen Roman, die Afrikaner stopfen sich mit lateinischen Zitaten voll, die Armee und der Staat sind privatisiert, die Rollen der Handelnden werden vertauscht, das Chaos ist ritualisiert.

In Bezug auf Afrika hat Mongo Beti keine Illusionen und schon gar keine Träume. Trotzdem hat er sich entschieden zurückzukommen. Um zu widerstehen? Er misstraut großen Worten und Trommelwirbeln. Vielleicht, um einen Grundsatz des gesunden Menschenverstandes infrage zu stellen: »Wozu soll man versuchen zu verstehen, wenn man nicht handeln kann?«

Le Monde

Bibliographie

Ville cruelle (1954, dt. *Die grausame Stadt,* 1963)
Le Pauvre Christ de Bomba (1956, dt. *Der arme Christ von Bomba,* 1980)
Mission terminée (1957, dt. *Besuch in Kala oder wie der junge Medza eine ungetreue Ehefrau heimführte und obendrein eine Herde fetter Hammel gewann,* 1963)
Le Roi miraculé (1958, dt. *Tam-Tam für den König,* 1959)
Main basse sur le Cameroun (1972)
Perpétue et l'habitude du malheur (1974, dt. *Perpétue und die Gewöhnung ans Unglück,* 1977)
Remember Ruben (1974)
La Ruine presque cocasse d'un polichinelle (1979, dt. *Sturz einer Marionette,* 1982)
Les Deux Mères de Guillaume Ismaël Dzewatama (1983)
La Revanche de Guillaume Ismaël Dzewatama (1984)
Lettre ouverte aux Camerounais ou la deuxième mort de Ruben Um Nyobé (1986)
Dictionnaire de la négritude (mit Odile Tobner, 1989)
La France contre l'Afrique, retour au Cameroun (1993)
L'Histoire du fou (1994)
Trop de soleil tue l'amour (1999, dt. *Sonne Liebe Tod,* 2000)

Der Übersetzer

Stefan Linster wurde im Saarland geboren, lebte zwischen 1971 und 1983 in Frankreich und studierte Deutsche Philologie, Theater-, Film- und Fernsehwissenschaften und Französisch an der Uni Köln. Er arbeitet seit zehn Jahren als Übersetzer von Romanen (Orsenna, Kahn), Krimis (Marie & Joseph, Picouly) und historischen Romanen und Erzählungen (Jacq, Sinoué, Paillet).

Im Dickicht der Städte

Chester Himes *Fenstersturz in Harlem*
Während einer Trauerfeier stürzt ein Mann aus dem Fenster. Er bleibt unverletzt: Er ist in einen Brotkorb gefallen. Wenige Minuten später liegt ein anderer Mann im Korb. Mit einem Messer in der Brust.

David Goodis *Schießen Sie auf den Pianisten*
Eddie, einst ein bejubelter Pianist, verdient sein Geld in einer schäbigen Spelunke. Plötzlich taucht sein Bruder auf, der ihn wieder um Hilfe anfleht. Eddie bleibt hart, kommt aber nicht ungeschoren davon.

Friedrich Glauser *Matto regiert*
Der Direktor der Irrenanstalt ist verschwunden, der Kindsmörder Pieterlen ausgebrochen. Wachtmeister Studer leuchtet hinter die Kulissen psychiatrischer Theorien und Therapien. Matto, der Geist des Wahnsinns, regiert und spinnt seine silbernen Fäden.

Assia Djebar *Nächte in Straßburg*
Eine Frau erlebt mit ihrem Liebhaber neun Nächte voll sinnlicher Trunkenheit und geteilter Erinnerungen. Selbst in den lustvollen Stunden können unter der Oberfläche beklemmende Schatten der Vergangenheit aufbrechen wie schlecht verheilte Wunden.

Alan Duff *Warriors*
Leben im Maori-Ghetto von Pine Block. Duff verschweigt nichts, bricht Tabus und begegnet doch all seinen Figuren mit dem Verständnis, das ihnen im Leben verwehrt bleibt.

Yaşar Kemal *Zorn des Meeres*
Ein alter Mann und das Meer: Der Fischer Selim jagt auf dem Marmarameer seinem Traum nach. Derweil wird ein jugendlicher Mörder durch ganz Istanbul gehetzt.

Meja Mwangi *Nairobi, River Road*
Der berühmteste unter den Stadt-Romanen Afrikas: Turbulent und hart wie die glitzernde Metropole, wo das kleine Glück im Überlebenskampf nicht länger anhält als ein Glas Bier.

Monireh Baradaran *Erwachen aus dem Alptraum*
Neun Jahre lang lebte Monireh Baradaran in den berüchtigten Gefängnissen von Teheran. Von ihren Mitgefangenen zeichnet sie einfühlsame Porträts und geht dem Rätsel nach, wie Menschen sich verändern, Freunde zu Feinden werden.

Lao She *Vier Generationen unter einem Dach*
In einer kleinen Gasse Pekings lebt mit seiner ganzen Familie der ehrwürdige Herr Qi. So gerne hielte er an den Traditionen fest, wären da nicht die japanischen Eroberer, die sein gewohntes Leben aus der Bahn werfen.

Mochtar Lubis *Dämmerung in Jakarta*
Mochtar Lubis entwirft in kräftigen Bildern das Panorama einer Großstadt – die Welt der Kaufleute, Beamten, Politiker, Schurken, der debattierenden Intellektuellen und der ewig zu kurz Kommenden.

Nagib Machfus *Die Midaq-Gasse*
Einst glänzte die Midaq-Gasse wie ein Stern in der Geschichte des mächtigen Kairo. In diesem Roman des Nobelpreisträgers wird eine Altstadtgasse von Kairo zum Mikrokosmos einer Welt im Umbruch.

UT *metro*

Jean-Claude Izzo *Total Cheops*
»Total Cheops«, rappen die Kids vom Marseiller Hafen, wenn es drunter und drüber geht. Daran ist Fabio Montale nicht ganz unschuldig, der Polizist mit dem Hang zum guten Essen und einem großen Herz für all die verschiedenen Bewohner der Hafenstadt.

Helen Zahavi *Donna und der Fettsack*
Kampf der Geschlechter oder Duell um die Macht? Donna, das Mädchen von nebenan, und Henry, der fiese Kredithai, haben sich ineinander verbissen. Als die Achterbahn der Gefühle zum explosiven Ende kommt, ist völlig ungewiss geworden, wer hier der Sieger ist.

Walter Mosley *Socrates in Watts*
Nach siebenundzwanzig Jahren im Knast will Socrates wieder ein ordentlicher Mensch werden. »Mosley ist ein Künstler und ein Meister des Kriminalromans zugleich.«
New York Times Book Review

Stan Jones *Weißer Himmel, schwarzes Eis*
Als sich im Städtchen Chukchi die Selbstmorde häufen, wird Nathan Active neugierig. Bald steckt er in einem Umweltskandal, der ihn Kopf, Kragen und Karriere kosten kann. »Eine packende Lektüre, die einen seltenen Einblick in die Kultur der Inuit ermöglicht.«
Extreme Conditions

Christopher G. Moore *Haus der Geister*
Privatdetektiv Vincent Calvino kennt sich bestens aus in den Unter-, Ober- und Halbwelten von Bangkok. Nicht immer zur Freude derjenigen, die die ganz großen Räder im Fernen Osten drehen. »Bangkok – hier lebe ich. Ganz nah bei den Knochen, unter der samtenen Haut.« *Christopher G. Moore*

Rebecca Bradley, Stewart Sloan *Temutma*
Ein Mörder macht Hongkong unsicher. Das ist nichts Ungewöhnliches. Aber dass in seinen Opfern kein Tropfen Blut mehr ist, fällt auf. »Hongkongs Schauplätze, Geräusche und Gerüche rasen an uns vorbei im Rennen gegen die Zeit.« *South China Morning Post*

Chester Himes *Plan B*
Das Finale furioso des legendären »Harlem Zyklus«: ein visionäres Szenario des Aufstands der schwarzen Bevölkerung der USA. »Mit fast selbstmörderischem Vergnügen nimmt Himes den Leser mit in die Hölle.«
Fréderic Vitoux

Jon Ewo *Torpedo*
Oslo ist zur Drehscheibe geworden: Alkohol, Drogen, Macht. Selbst einem hartgesottenen Geldeintreiber wird es da zu heiß. Aber wie aussteigen, wenn er Schulden hat? »Was wir über die osteuropäische Kriminalität wissen, macht aus dieser Geschichte mehr als eine Fiktion.« *Bergens tidende*

Mongo Beti *Sonne, Liebe, Tod*
Zam, der Journalist, kommt zwischen die Mühlräder: eine Leiche in der Wohnung, die Geliebte entführt, Überfälle. Was ist los in dem fiktiven afrikanischen Land? Unter der sengenden tropischen Sonne ist rein gar nichts und niemand unschuldig.

Jerry Raine *Frankie Bosser kommt heim*
Dumm gelaufen: Kaum ist der Ganove Phil Gator wieder in England, bringt er versehentlich einen alten Mann um. Peinlich, dass dessen Sohn ein ganz anderes Kaliber ist. »Jerry Raines Prosa ist unwiderstehlich, und sein Blick ins Innere der Verbrecher großartig.«
The Times